渐入佳境

Getting better

赵海萍
◎著

中国文史出版社

图书在版编目（CIP）数据

渐入佳境 / 赵海萍著 . -- 北京 : 中国文史出版社，2017.8

（跨度长篇小说文库）

ISBN 978-7-5034-9380-5

Ⅰ . ①渐… Ⅱ . ①赵… Ⅲ . ①长篇小说 – 中国 – 当代 Ⅳ . ① I247.5

中国版本图书馆 CIP 数据核字（2017）第 150693 号

责任编辑： 戴小璇

出版发行： 中国文史出版社

网　　址： www.chinawenshi.net

社　　址： 北京市西城区太平桥大街 23 号　**邮编：** 100811

电　　话： 010-66173572 66168268 66192736（发行部）

传　　真： 010-66192703

印　　装： 廊坊市海涛印刷有限公司

经　　销： 全国新华书店

开　　本： 1/16

印　　张： 15

字　　数： 216 千字

版　　次： 2017 年 10月北京第 1 版

印　　次： 2017 年 10月第 1 次印刷

定　　价： 39.00 元

目 录

1

就在刚才，通过那部镶嵌着大理石波浪纹的电话，我与风烛残年的父亲进行了一番唇枪舌剑。战斗的结果自然是年老嘴拙的父亲没占到上风。而我，却不忍心以一个胜利者的姿态傲然自居，相反，各种难以名状的情感激烈地撞击着我的心。

我们争执的主角仍然是我那个懒惰成性、撒谎成癖、游手好闲又遭逢失恋的小弟弟刘水南。下面就让我将几分钟前与父亲舌战的内情一字不落地公之于众。当然，我可能会为此被扣上大逆不道或者忤逆不孝的罪名，然而，在维护人的善良诚信原则和作家的良心操守面前，我又是没有任何愧疚的。

“爹……”我的声音怯怯的有点不好意思，这是因为阴历年前我刚和父亲大吵了一架。那次吵架造成了极为严重的后果：惜物如金的父亲气急败坏地摔掉了手机、暖瓶和铝锅，并且，他使足了力气将卧在炉火旁打瞌睡的花猫踢到门槛外的石板上，那只养了八年的花猫当场毙命。

“我还是想说说关于水南的问题，再怎么说他也是你的弟弟，咱们不能就这样撒手不管他……不能啊，小北，你是他的亲姐姐，你最疼他了……”

父亲的话绵软了许多，话里有商榷和祈求的意味，而这和他一贯冷峻、霸气、易怒的性格极不相符。我在恍惚中感觉和我说话的不是父亲，而是另外一个谦恭温和的陌生人。但我清楚地知道他正是那个几天前摔了手机、暖瓶、铝锅，并把养了八年的花猫踢死的父亲——这个从不服输认尿的男人竟然为了一个不可救药的逆子而违拗自己的性格和良心！

“爹，您得听我说，所有问题的前提是他真的转变了吗？在他还是一坨屎之前，我无能为力。”我不容分说就打断了父亲的话。我知道这行为十分放肆，这将伤害到一位被自己的小儿子折磨得几近崩溃的老人。

“这……我保证不了。可不能不管他呀，他走在悬崖边上了，眼瞅着就得掉下去。唉——咱都是他至亲的人哪，咋能不拽他一把？”

“这几年来，我们没有拽过他吗？整个冬天，他住在女朋友家里，每天早晨，他骑着女朋友的电动车佯装上班，而在那些所谓上班的日子里他都干了些什么呢？您倒是说说呀！他整天整天地在网吧《大话西游》，或者到火车站旁的按摩店里找乐子，再或者……唉，我也不知道他到底干了多少坏事。哦，对了，他从女朋友家的褥子下偷钱，他把女朋友银行卡上仅有的一千五百块钱取得精光……而他，一个青壮年劳力却觍着一张脸在人家那混吃混喝，多下贱哪！您培养的好儿子。”

“够了，这都过去了，就不要再提了。还是说说以后的事儿吧。”父亲虽然有些愠怒，但他不好意思发作，毕竟他是为着自己那挨千刀的儿子求到我了。

“过去了吗？您能保证过去了？”我感觉一场爆炸正在酝酿，甚至，我看到捻子上闪动着火星……

“我只是想让你留意身边有没有招婿的人家，水南如果能在你身边得你照应，我和你娘也能放心了。虽然他不是个玩意儿，但眼瞅着就过了好年龄，总不能让他打一辈子光棍吧？”父亲极力克制住一腔怒火，这怒火来自一向颐指气使的父亲的不得不放下姿态的懊恼，更来自在游手好闲、欺骗、虚荣等恶习中愈陷愈深的二弟。

“我已经在托人打听了，但是前提是你的儿子刘水南转变了，变好了！是一个勤奋、诚实、人格健全的男人了。”

“小北呀，妮子，转变总需要一个过程，也许女方家里会感染他呢？也许会呢？”我的父亲在电话那边喃喃自语，也许他正死命盯着油光可鉴的黑檩条，也许，他把目光停留在那些未燃尽的松枝上。我知道，那点烟火根本温暖不了父亲那颗几近僵死的心。因为，我的二弟刘水南残忍地在里面注入了“瀚海阑干百丈冰”，纵使我那年近古稀的父亲对那个逆子有着百折不挠的勇敢的爱，有生之年，也根本融化不了它们。

“爹呀，你们，你和娘是生养了他对他有养育之恩的亲人，你们整日辛苦的劳作、你们日夜刻骨的担忧都没能感染得了他，他怎么会被一家陌生人感染呢？您这幼稚的想法和异想天开有什么区别？”

“万一可能呢？万一呢？”父亲的声音又低了几个分贝。

“几乎没有这种可能，他已经坑害了一个从小没有母亲的好姑娘，您怎么忍心让他再坑害第二个呢？”因为父亲的自私，我开始愤怒起来。这个爱子成疯的老头儿在自己无能为力之后，竟然把希望寄托在一家陌生人身上，而全然不顾我那已经堕落得不堪收拾的弟弟完全有可能给他们造成沉重的苦难和伤害。

“可是？可是你二弟的困境该怎么解决呢？我完全理解你的想法,姑娘啊,我已经没用了，就是个废物！唉——可水南——眼瞅着他——让当爹的咋忍得下心哪！”父亲的声音低到了尘埃里，我几乎听不到了。然而父亲的苦楚却通过毫无感情的电话线匍匐而来——他希望自己的小女儿刘木北有力挽狂澜式的魄力和智慧。

“所有的路都是他自己走的，不是我们让他做那些错事的，您完全不必自责，二十五岁了，他成年很久了，他应该知道责任、奋斗、勤奋、人格是怎么回事了。”

“是啊，他二十五岁了，再晚就错过找对象的最好年龄了。他不会一直这么堕落下去的吧？小北，他不会的，是吧？”

“谁知道呢？但我是无论如何不能把一个还没转变好的浪荡子介绍给我身边的邻居，如果他在婚后本性毕露，让我怎么面对人家呢？”我说。

“可是总有万一突然变好的可能呀！万一人家家里富足有余，有楼住，有车开，又仅仅缺个男孩……”父亲仍然坚持他虚无缥缈的推断，而那个推断在我看来简直可笑至极。

“爹呀，咱总不能以一种咱们渴望的推断去赌一个素未谋面女孩的终身幸福吧，咱农村人不是一向诚实憨厚吗？即使有这样的人家，人家找女婿完全是为了顶门立户，可您的儿子，他是个啥德行呢？恐怕没几天就被人家轰走了……”

“既然你这样说，那……那就让别人随意给他找个人家吧，不过我还是想他能在你身边，你是他亲姐姐，照应起来方便……”

“至于他去哪里做上门女婿，我不关心，他实在太伤我心了。但您对他太过姑息的态度很让人不理解——为什么不让他深刻反思而改过之后再给他成家呢？”

“就这样吧，我还是希望你尽一个做姐姐的本分，帮帮他。”父亲说完便挂了电话，他已经没有耐心和我打持久战了，我已经不是年少时言听计从的小女孩，而他也不是当年那个正直果敢、说一不二的男人了。

虽然，父亲那近乎哀求的语气让我内疚了许久，但是，我并不懊悔和我一直尊敬并爱戴的男人进行那场正义的辩论。

一只身形纤细、动作灵敏的小潮虫儿从脱皮的浅绿色窄木门下迅速爬了出去，以那个降生在马槽里长着络腮胡子的男人的名义祝愿你这个不曾体会人情冷暖的小东西，希望你在这薄情的人世间幸福无忧地度过一生。

一次……两次……三次……我记得在小解或者大解百无聊赖的空当，在太阳的光辉无法穿透钢筋混凝土浇筑的没有一扇窗的暗巢里，在被多种疾病侵蚀却仍然顽强活着的婆婆那抑扬顿挫的鼾声里，我的心格外不能平静。如果恰巧一只不识抬举的小潮虫涌动着它粉色的身子大模大样地闯进我的视线，那将是它最可怕的灾难。我会用一截卫生纸轻轻把它夹起，随即放入尿臊味浓重的便池。起初它会在便池里做无谓的挣扎，当然这是一切生命面临死亡的本能反应，我甚至俯下身子，不带一丝笑容地观察它们细密的小脚怎样划出来一道道涟漪，那些涟漪疲倦地涌向白瓷的便池边缘。我的耐心十分有限，这个拙劣的游泳者并不能激起我丝毫的怜悯和兴趣，在我的手指扳动便池冲水阀的瞬间，那个小生命便随着水流翻卷着滚进下水道了……我记得，即使在便池残留的水恢复平静之后，我的心也不曾对自己犯下的罪孽有丝毫的悔意。

然而今天，我竟然对这低等生物产生了强烈的怜悯之情，并且这怜悯之情促使我对之前残害它们性命的罪孽行为产生了懊悔感。

二弟，此刻，你在哪个角落里鬼混呢？你穿得暖吗？吃得饱吗？有工作了吗？工作劳累吗？还在为失恋而痛苦吗？你幡然醒悟体会到父母的艰辛了吗？你勤奋努力了吗？

让我这个姐姐，曾一度把你嘴角打得流了血的姐姐以什么样的心态对待你呢？生命，无论高低、贵贱，无论健康、残缺，无论高尚、龌龊，无论进取、沉沦……都应该是平等的！这不是我刚刚在前面说过的话吗？可是，我为什么不能像怜悯一只潮虫一样怜悯你呢？

我的心很乱，在我确定写不出任何有价值的句子之后，便开始在网上浏览网页。一则来自腾讯认证空间的消息跳进了我的视线：一辆奥迪车在澳大利亚一机场停了六天，车主出差后回来取车时发现一只鸟在车的雨刷上筑了巢，并下了蛋。车主与负责野生动物的官员联系后得知，可请人将巢移走，或者等蛋孵化出再将车取走。车主最后决定将车留在机场，自己骑车回家。

车主的大爱使我恍然间羞愧得无地自容。二弟，哪怕你在人生的道路上迷失得再远，我们都没有权利把你放弃。对于一只卑微的小潮虫尚能心存怜悯，何况对于你，我一奶同胞的弟弟呢？

爱，也许以近乎失去理智的愚钝和海纳百川的胸怀呈示才尤为可贵。

2

午夜十二点，我盘膝坐在一个有着银白色皮革面的矮凳上，这个凳子的其他部位原本的颜色是与我和姚大志结婚时买的纯白色香港红木家具相配的，然而在经历了十余年的时光变迁之后，它们都黯然失却了最初滑润而又简净的洁白，像十分不情愿步入更年期的妇女们蜡黄的脸。就是这张极为丑陋的“脸”也不能保持它的完整姿态，像老人们脸上肆意伸张的皱纹，银白色的皮革面上裂开了枝杈纵横的好几道显眼的伤疤，为了掩盖它的狰狞面目，我特意在从编辑部回家中途路经的美乐福超市站下了车，从四楼标着处理牌的一堆各种款式的坐垫中挑选了一个镶着蕾丝花边的正方形坐垫。现在，我就坐在这个坐垫上，我苦思冥想一些逝去的细节，我的初衷自然不太单纯，我冥想的动机不是为了反思顿悟，而是，我寄希望于这些曾经发生过的而现在又虚无缥缈的生活的碎片，能够成全我一个卑微而伟大的梦想。

我知道，我的希冀明显过于幼稚。这就好比在十小时前，我在电话里嘲笑父亲的幼稚一样。父亲居然把一个放荡不羁的孩子的转变寄托在一家陌生人身上，并且他的这种念头顽固得不可思议。因为关于那件事的讨论已经进行过七八次了，而我的意见每次都如出一辙：强烈反对把一个还没调教好的浪荡子交付给一家毫不知情的陌生人，然而父亲总是显得那么顽固不化。

让我腾出点时间思考自己的问题吧：虽然我已经在这座蓬勃发展着的目前还稍显鄙陋的城市赢得了“作家”的称号，然而我知道这个称号可能和我的实际水平大有出入，尽管我的诗集已经进入了最后的验审程序，她会随着春天的来临诞生于我三十三周岁的灼灼年华之中。我对这部集子并没有太多的感情，在她策划、选稿、配图、交付、终审、的整个过程中，我没有表现出像怀胎十月那般日日刻骨铭心。我之所以表现得不太热情，也许是我对自己的作品质量尚持有怀疑态度，也许是我对目前古典诗词在整个中国文坛上的尴尬境地尚持有怀疑态度。这种幽怀忐忑的焦灼情绪在长时间聚集凝结之后，便形成了一种我对文字的言不由衷的冷漠。这种冷漠并不是单纯的冷漠，是啊，一个热爱文字的人怎么可能对文字产生抵触性的单纯冷漠呢？我知道，我的这种佯装的冷漠背后隐藏着一种火热的永不懈怠的执着。

现在，我盘膝坐在镶着蕾丝花边绣着粉红色小花的坐垫上冥思苦想一些逝去的生活细节，这些细节固然存在，然而我却不能把它们严丝合缝地重现。困扰我的不仅仅是记忆碎片的模糊，与此同时，我还纠结于这样一种在常人看来过分苛刻的状况，那就是我所渴盼的熠熠生辉的句子和情节不是从我敲击键盘的指尖自动流出来的，而是我动用了思维体系中所有能给句子锦上添花的器官并且经过周密的逻辑安排形成的。我如此煞费苦心，然而，难道所有的文学作品不都是经过这样的工序产生出来的吗？

我的忠实的朋友潜初先生曾异常严肃而真诚地对我说过这样的话：虽然对于真正的作家来讲，写作并非枯燥无比，然而，写作的过程确实是对自己施行逼迫的过程，尽管这样的逼迫略微残忍，然而，当富有个性化和地域色彩的文字连缀而成的故事能够在那么三五个读者心里激起一丝涟漪，即使这微如草芥的赞赏之于作者也总能魔化成一份丰厚的精神奖励。其实我是没有任何必要纠结的，我大可这样告慰自己：年轻人，能写出来被一座小城里所谓的文人们肯定的诗词已经是难能可贵的壮举了，何况，你的生命这么年轻。然而我却执意沉浸在这种纠结中不能自拔，我甚至没有勇气翻阅两个月以来一直堆砌在右手边的文字稿。那些文字稿我已经托潜初先生校验过了，潜初先生现年四十三岁，知识分子家庭出身，他的父亲，那个毕业于河北教育学院、身材魁梧、知识渊博、谈吐风趣的老头儿在监狱里耗费过七八年的光阴，他差点儿在邓拓、老舍、傅雷们英勇弃世时追随而去，但他还是忍着羞辱、痛苦和绝望苟活了下来。为此，潜初先生的整个童年期被沉重的阴影覆盖，高小毕业后，他做过羊倌儿、种过地、垒过墙……十九岁时，在一个不起眼的市郊的炼钢厂做了几年炉前工人，从那个时候他开始了认真的读书写作，自费出版过几本诗集。那几本诗集在一定意义上改变了他的命运。他被爱才如命的上司调入总厂宣传科，虽然只是一个小小的宣传科科长，然而，毕竟有许多时间被他从烦琐的工作中节省出来，他毫不吝啬地用读书写作把这些时间填满，这才开始了真正意义上和文字结为近邻的工作。就在去年冬天，我才邂逅了这位风华正茂的潜初先生，那时他已经在晚报任文艺部主任，不过他除了偶尔采写影响重大的新闻事件之外便将精力完全倾注在诗歌写作上。我们的邂逅缘于在我编辑的刊物上有他一首诗歌，受小说板块责任编辑温凯歌的嘱托，我给潜初先生打了一个电话，电话的内容无非是通知他到我们的编辑部拿刊有他作品的那期杂志。

我好像扯得太远了，是啊，思绪有时候要比开闸的水更为可怕，它们就好像生了雄鹰那矫健的翅膀一般，在广袤无垠的蓝天上翱翔不已，这样的翱翔是任凭你使用什么手段都无法阻止的。那么，让我再次回到我坐在那个镶着蕾丝花边绣着粉红色小花的坐垫上冥思苦想一些逝去的生活细节那档儿，我的本意是趁着我的丈夫姚大志下班之前能够回想起来一些精彩而又发人深省的细节，用以充实我尚在构思中的小说章节，然而我实在难以从乱如团麻的芸芸往事中整理出一个纯粹而又合乎逻辑的头绪来。就在那个时候，我听到一阵急促而又铿锵有力的皮鞋与石灰台阶接触的声音，姚大志回来了，我的丈夫，旭光煤炭采煤四区一个普通的检修工人，他拖着疲累的步子正在上楼。之后便是钥匙插在锁眼里转动的声音，再之后便是窸窸窣窣的脱外套声音。在这一系列声音之中，我呆滞得像个木偶，既没有急切地迎上去帮他脱掉外套，也没有站起身把保温壶插上电——他习惯回家后喝大量茶水。直到他从门边探出来一张沧桑而又略显疲倦的脸，我才勉强回应给他一个浅而干涩的微笑。

“干活儿顺利吗？”我习惯性地问了一句重复过千百遍的话，这的确是一句看似无聊的废话，然而这句废话非说不可。而我除了说出这句废话之外，实在找不到其他更能真实表达心意的措辞。我是一个作家，措辞对我来说并非难事，然而，我觉得完全没有必要在一个熟视无睹的粗人面前卖弄什么斯文，而他也从骨子里鄙视这种斯文。他曾咒骂文人是无耻的流氓和骗子，并且，他千方百计阻止我参加各种和文化沾边的活动。

“糟透了！妈的宋天贵，害得一班工人跟他落点，本来转换机不能开了，他非要老子们开，开开开！结果咋样？把皮带开断了！知道吗？这已经构成中级事故了，这要让矿领导知道，伙计们一个月的奖金就没了。为了那四百块钱，一班工人硬是趁着早班上工之前忙活了将近两小时，总算弄好了，晦气！”姚大志那双细长的双眼皮眼睛边残留着没有洗净的煤屑，这就使得他那双琉璃似的眸子深陷在黑暗里，他的鼻子流线清晰、巍然挺立，嘴巴纤薄而微微上翘，这使得他性感十足。他的五官组合像极了影视演员谢霆锋，只不过谢霆锋依然保持着十几年前的苗条身材，而姚大志的裤腰已经以每年一寸的速度递增了五年，现在已经到了二尺八寸的尴尬境地。这个男人每天的按时回家并不能激起我丝毫的热情和感动，我是个喜欢独处的女人，姚大志的归来会使我不得不放下手头的一些工作，有时候是构思的句子，有时候是网上的情侣，今天则是沉湎于过往的追忆。他对我的妨碍使我懊恼，尽管这妨碍不是出自他的本心。我的懊恼在一个贤惠妻子应该奉献于辛苦操劳的丈夫面前不得不迅速自我瓦解，我用近乎令自己毛骨悚然的虚情假意回应给他貌似关照的话语和微笑，这实在不是一个自诩崇尚真实的人的应有之举，然而，我习惯了这样的迎合，这样的迎合丝毫没有激起过我的愧疚感。

“你在想人吗？”他的嘴角又荡漾起那种我司空见惯的质疑性嘲笑。

“是的。在想一位朋友，他曾真心实意地帮助过我。”

“潜初？《乌鸡眼与乌贼骨》的作者？你的蓝颜知己？那个看起来像老头儿的晚报文艺部主任？”

“是的是的，就是他，一位值得尊敬的学者，一位胸怀真才的智者，一位默默耕耘在当代文坛上的愚人……”我突然抑制不住一直以来隐藏在内心的对潜初的尊敬和赞美。

“潜初是他笔名吧？啥意思呢？”姚大志的嘴角依旧挂着那种模棱两可但又坚定异常的嘲笑。我对这种嘲笑早已习以为常，就像某一天听不到婆婆那抑扬顿挫的鼾声会睡不着觉一样。

“‘潜初’在新华字典的解释为‘指帝王即位前或贤人未被任用时’。”

“哦，听起来不太得志，和你一样？”

“是的，他二十余年的写作居然未被当代文学界认可！这或许与他不善奉承的性格有关，不过，在我看来，这应该是当代文学界的蒙昧。因为他的文字无论文学性还是逻辑性都是那么到位，他跋扈飞扬的文采简直让我吃惊！我认为他应该写小说，可他偏偏沉迷于和古典诗词一样备受冷落的现代诗，这一点和我很像。”

“我吃什么？”姚大志突然转换了话题，他的面容也显得愉悦起来，班上的烦恼和长久徘徊于心中的疑云已经在这个屋子消散得无影无踪了，他的胃需要食物，此时，可口的食物轻而易举地占据了他的思维——他就是这么简单一个人，简单到不屑分辨生活中的是非真假。

“要喝点酒吗？可惜小菜不太如意，只有我们吃剩的半只坛子鸡和一点凉拌花生米。”

“够我下酒了。你呢，要陪我吃点吗？”

“不了，太胖了，不敢吃。我练习写会儿字，欧楷太难写了，我在考虑要不要换二王的帖子。”

“你呀，就是不坚持，儿子和你一个德行。”他又鄙夷地看了我一眼，每当他发现我不够完美的性格缺陷被我自己无意拆穿的时候，总会鄙夷地看我一眼，就好比，那一眸的鄙夷是他所能对我做的最有价值的报复。然而，他不知道，我对这种鄙夷早已习以为常，并且连反攻的兴趣都没有。

儿子的美梦已渐入佳境，他在大床靠近暖气的一边四仰八叉地随意伸展着修长的四肢躺着。本来他应该去客厅的小单人床睡觉的，由于这几天看了几部非常恐怖惊悚的日本片，他忍受不了在暗夜里突然醒来而要独自面对的四壁和窗外的阴森，他经常幻想有披头散发吐着血色长舌的女鬼倚在客厅通往厨房的浅绿色小门旁对着他凄惨地笑，所以他强烈要求和我们同睡。而我，作为一个溺爱孩子的母亲是没有丝毫理由拒绝这合乎情理的要求的。

“虽然我很想……”姚大志眯缝着眼睛朝我胸部瞥了一眼。以一个写文字人的特殊敏感，我意会了他那一瞥背后隐藏的目的。

“是啊，我知道你很想，然而，你的儿子在这儿睡着，而你的母亲就在隔壁，她近来睡觉轻得很呢。”我冲他狡黠一笑。

“可恶，真想把他扔出去。”姚大志一边脱衣服一边冲着酣睡的儿子使劲努了努嘴，那样子，完全像个大孩子。

虽然我还没患上性冷淡综合征，然而，我知道我的欲望已经以一种垂垂老态臻于沉默。是啊，这十余年，儿子几乎一直赖在我们家唯一的一张席梦思大床上，隔壁睡着耳聪目明的婆婆，我们的夫妻生活一般都是草草了事，就是这样的草草了事也要绷紧了神经小心翼翼。

姚大志把一只手伸进我的被窝，在那只手即将展开行动之前，我不耐烦地把它拨开了。

“累了，睡觉。”

“好吧，睡觉。”

3

婆婆的身体大不如以前，在经历了宫颈癌、脑溢血、急性心律衰竭等诸多病魔侵袭之后，她的私念和惰性毫不隐晦地表露出来。她不太喜欢我，在我和姚大志还未登记结婚之前，那时候，我住在这个二居室的小房间内，那是姚大志的房间，我整日蜗居在房间听音乐、看电视剧。她没有以未来婆婆的身份热情款待我这个来自农村的儿媳，早餐通常是前一天晚上喝剩下的米粥，如果米粥太少，她会从水龙头接一碗自来水添到锅里，这样的话，米粥就变成了米汤，清凌凌的汤里简直找不到几粒米；中餐通常是面条，而她竟然从不打卤，就连最简单的炸酱卤、西红柿炒鸡蛋卤也不做，白水面条加油爆葱花，这样的午餐能一连持续几个礼拜；晚餐则是一成不变的小米粥，偶尔会炒一个茄子或者白菜。我来自农村，在那贫瘠的大山深处，食不果腹的童年都没能使我心生一丝抱怨，所以，我根本没心思反抗这样的冷遇，那时候，我整个的热情都在那个豪爽不羁而又酷爱整洁的年轻人姚大志身上。直到有一天，婆婆和一个女人的对话从小房间虚掩的浅绿色木门处氤氲而来："拜托了，给我们大志物色个好姑娘，要城市户口，有工作。"这句话伤了我的心，成了这十余年来我憎恶她的导火索。她可真是个没有涵养的女人！是的，我的户籍在农村，我也没有正式工作。然而，她有什么理由忽视我的存在？难道她笃信的主耶稣教导她这样做吗？主耶稣是爱"世人"的，这"世人"应该是一切有罪的或无罪的男女老少。我，一个把青春和爱情都奉献给她儿子的女孩，活生生一个人，她就这样把我残忍地省略了。我终于明白了她对我不太热情的原因，她想用这没有硝烟的战火把我击垮，以至于我主动缴械乖乖逃走。然而，她错了，她从来不知道我是个不达目的誓不罢休的人，她更不知道我担负了一个神圣的任务，那是我自己强加给自己的任务：我要把她的儿子，那个豪爽不羁的男人从外面的花花世界拽回来，拽回到她的身边。我虽然憎恶她，但我有涵养，我从未因为一些鸡毛蒜皮的小事和她冲突。我爱姚大志，她是姚大志的母亲，我也要学着爱她。

在这里，我不想一一细数她的罪状，然而，她确实算不得一个合格的母亲，更别说合格的基督徒了。她对孩子们的苦难视若无睹：大姑子买房差几百元钱，按说做母亲的应该慷慨解囊，然而，她都做了些什么呢，她居然婉言拒绝了大姑子借钱的请求；大伯哥家的孩子送给她照看，她按月收费，一月五十元毫不含糊，假如有一个月大伯哥忘记送钱，她就立刻把孩子送回去；由于我和姚大志每月要还结婚欠下的外债，所以生儿子的时候，我和姚大志没有一分钱的存款，我们满以为婆婆会把住院费垫出来，然而，她像躲瘟神一样逃到基督教大教堂里念了半天《圣经》。

作为女人，我还是太过于尖刻，本来不想一一细数她的罪状，然而，我还是不厌其烦地把这些细节展现出来，我是个诚实的人，我做事的风格向来是实事求是，我在这里赘述婆婆的罪并不是标榜我的善，作为一个不太善于杜撰的作家，我想我只能在这真实的叙述中获得升华和救赎。

婆婆一天的睡眠时间在十八小时以上，除了吃饭和大小便，她几乎从不离开小房间。她在充斥着尿臊味儿的被窝里不知疲倦地睡觉。她偶尔说梦话，但我从未刻意偷听过那些梦话的内容。她打鼾，鼾声激越而沉重，有时候简直就像飘荡在秦淮河上那一支支抑扬顿挫的曲子。她面色红润，肌肤也很舒展，右手的四根手指和大拇指亲密地捏合在一起，这只手通常像根勺子一样垂在她的胸部。自从五年前第一次犯病至今，她的活动范围便大为缩减，春夏两季，在子女们的催促下，她才勉强到楼下的树荫里坐一坐，秋冬季节，她便再也不肯出门，即使是阳光灿烂的晴好天气，她也坚定地把自己闷在那个充斥着尿臊气味儿的被窝里。每餐饭都是我亲自端到她面前的方桌上，馒头要撕碎，筷子要递到手中，如果没有新鲜的炒菜，她坚决不肯下咽任何东西。我暗自抱怨自己命苦，我将在这个生命力异常顽强的老太婆手里终世不得翻身。有一次，我气急败坏地把本来端给她的饭碗摔在墙上，那是一碗喷香的混合着粉条、茄子、豆角、西红柿、豆腐、海带丝、猪肉片的菜饭，是她最喜欢吃的。我实在想不起来为什么摔碗，我只记得我是被她嚣张的气焰彻底激怒的，那一次，她伤心地哭了好久。我记得我哄她，向她承认错误，她坚持了两餐不吃我做的饭，然而，她的惰性让她很快妥协。这次冲突很快就被生活琐碎淹没了，即使有过芥蒂，这种芥蒂也禁不起一家人一个饭桌上的纠缠消磨。

我确信婆婆不是故意把尿撒在地板上的，然而，每天清晨，当那闪着亮光的尿液像被乱石击碎的水花肆无忌惮地横亘在我的眼前，我的怒火便霍霍地激烈燃烧。

“难道您不知道自己要尿尿了？难道您就忍心让全家人忍受这种糟糕的气味儿？难道您就不能早起来五分钟？”

当然，这些话不是每天都说，大多时候，我只是默默地用那根把上带有黑色暗斑的墩布把这条晶莹的小溪擦去，然后在水龙头下狠命冲洗那些沾了尿液的布条。婆婆一贯用沉默反抗我的愤怒，这样的沉默很容易激起我更大的愤怒，在这更大的愤怒里，我想到逃避，逃避的唯一出路便是离婚，然而，一想到要和亲爱的儿子分别，我的内心就刀绞般疼痛。姚大志对我的愤怒很不理解，但他毫不犹豫地和我站在同一战线，在我指责婆婆的时候，他偶尔会帮我一把，但大多数是以沉默减轻震级。我对他的帮忙和沉默毫不领情，我固执地认为我所遭受的灾难全是拜他所赐，他没有能力改变一切，我也没有，然而我从来不认为这就是我的命，不知从何时起，我开始连带他一起憎恶。

婆婆的觉依然香甜，她不会知道也不会在意我的心理变化。她常不小心把大便拉在裤子里，成人的大便，又多又臭。我的大姑姐虽然距离不远，然而我总不能大惊小怪地因为这样的事儿给她打电话。两个姑娘并未沾过婆婆多大的光，唯一的事实就是婆婆生养了她们。纵千万分委屈，我也得装得像个孝女一般收拾残局。我的婆婆，她像一尊神像端坐在坐便器上等你冲洗。其实，她的手脚还不算太不灵便，然而，她连自己的衣服都不肯脱。她只等着我去伺候。

“我造了孽，上辈子欠了她的。”我只能这样安慰自己。

我自认为自己是个狭隘而又苛刻的女人，然而，姚大志的七大姑八大姨却把“好媳妇”这个美誉毫不吝啬地赐给我。每次他们做伴来我家做客，总是轮番赞扬我的美德。“小北，你真是千里挑一的好媳妇，俺家大志有福气，大志娘也有福气。”这样的话我听着很刺耳，然而不得不用虚伪而矫情的笑容回应他们的赞美。其实，我一直崇尚真实，我知道真实的结果不是这样子，我根本不配得到“好媳妇”这个镶着金边的美丽称呼。有一次，我实在不能忍受这样的话语对我心灵衍生的负罪感，我理直气壮地回应他们：“你们都错了，其实做这些并不是发自我的本心，我的本心是不愿意的，所以请不要再说我是‘好媳妇’了。”我是真诚央求他们不要这样说的，然而，这样的坦白竟使他们变本加厉地赞美我：“瞧瞧，这孩子多谦虚啊，大志的福气该有多深哪，大志娘也跟着沾了多少光啊。”

唉，愚蠢的人们。

4

北方的十一月竟温暖得如此大快人心，以至于法国梧桐和毛白杨的叶子始终不肯心甘情愿地落下来，直到今天我都没能观赏到一场声势浩大的落叶雨。我的记忆中一直有这样一个画面：嚣张的寒风席卷着一片片干枯的树叶，那些无助的叶子在苍茫的天空中有气无力地涡旋，一些叶子向更高处飞去，一些叶子落在地上，落在地上的叶子又被重新卷起……

这蔚为壮观的画面在今年这个冬天意外地姗姗来迟，它本该提前半个月来临的，然而，直到现在，我写这些文字的时候，还不曾见到它惠顾人间。这反常天气自然不能让我这个微小的人物产生一丝担忧，因为我知道来自小人物的微小担忧于事无补，并且可能会引起一些大人物的嘲笑，所以我一点都不担忧温室效应将会给这美丽人间造成多么深重的灾难。发电厂、汽车、冰箱、空调……是呀，谁能离得了呢？如今，西伯利亚的冻土层和冰川开始融化，释放出千百万年来冻结沉积在内的动植物腐烂产生的大量甲烷，这无疑将加速地球变暖！假如有一天，美丽的北方失却了冬天，孩子们梦寐的打雪仗、堆雪人游戏将彻底变成童话！这将是多么残酷的事实！啊，我的思绪又飘远了。

姚大志送我的那个套着黑色翻皮套儿的手机又响了，我知道是快递员的。“近来，我们没有在网上订购任何东西，怎么会有快递呢？”我百思不得其解。

“去拿吧，快递员的工作还是要配合的，他们很辛苦，再说，万一邮件里有一张十万、百万，或者千万的支票呢。”姚大志瞥了我一眼，又像个大孩子一样冲我努了努嘴。

“唉，痴人啊，连梦都做得这么不着边际，别千万，一万就成，哪怕五百元，再不然就一百元？”我一边穿外套一边用鄙夷的目光回敬了他一眼。

“像咱们这社会阶层的人，大梦小梦都是黄粱一梦，哈哈，黄粱一梦。”他为用了一个成语而颇有些扬扬得意。

我刚走到楼下就看到虎子懒洋洋地卧在向阳处的一块半拉棉服上，它专心致志地闭目养神，丝毫不为来往的行人高抬贵眼。虎子是一只活蹦乱跳的小笨狗，它是被住在这栋楼三单元的一个瘦高个男人从大街上捡回来的。那个好心的男人用红砖给它砌了一个仅容藏身的小房子，冬天来临的时候，男人在砖房子外面裹上了一层油毡，这样一来，虎子就可以高枕无忧地度过冬天了。

“虎子！”我无比温柔地喊它。本以为它会乐颠颠地向我跑来，没想到它只面无表情地看了我一眼便漠然地闭上了眼睛。也是，我手里没有它喜欢的红薯和鸡腿，它凭什么要向我乐颠颠地跑来呢？

五分钟过去了，我要等的快递员还没出现，我有点按捺不住内心的焦急，因为我只穿了一双拖鞋便下楼了。虽然天气并不算寒冷，但是仍然能感觉丝丝凉气侵入脚心。

“闺女，我犯病了，找不到家了，你能帮帮我吗？”一个面部洁净、穿着讲究的老太颤巍巍地向我走来，她大口大口地喘着粗气。为了不使她中途摔倒，我赶忙跑过去扶住她。这个老太太我认识，她就住在一单元二层。两年前，记不清什么季节什么时辰了，她曾从厨房窗户处向我摆手：“闺女，你上来一下，我不会关火了，茶壶里的水快熬干了。”我上去帮她关好火，倒上水，安抚了几句便下楼了。作为陌生人，我没太多理由逗留在那里。前几日，也是一个晴好的日子，她坐在楼下我婆婆常坐的石凳上，一个脸上没有笑容的女人在旁边伺候。“我是大傻瓜，我是大白痴，我怎么还活着呢？”她的嘴里来来回回就那么几句话，这几句话让一些人很不自在，然而她旁边那个女人的表情却没有多大变化，她显然没兴趣制止老太太这些不合时宜的唠叨。“你是大傻瓜，大白痴，你怎么还不死呢！”我推断旁边那个女人肯定常这样责骂，以致这些自贱的话语被这个患了老年痴呆症的老太太记忆得无比深刻。

她并没有把身体的全部重量倚在我身上，由此我推断她也许并无大碍。然而，她依然大口大口地喘着粗气。

“也许是她从二层楼下来累坏了。”我这么想。

“闺女，你帮帮我，我找不到家了，不会吃药。”说着话她就要拽我上楼，我能感觉到她很有力气。

“大娘，我在等快递员，他马上就来了。”我知道她脑子有问题，便用哄小孩的语气跟她说，她果然安静了，乖乖地站在原地。

“遇到好人了，闺女，你真是好人。”她的嘴一刻也不闲着，喋喋不休地说，如果是婆婆我可能早就厌烦了。我的婆婆——那个身体并无大碍却异常嗜睡的虔诚基督教徒，她已经不屑和任何人讲话了，除非你有问题直接指向她，她才会开了尊口随意哼哈两下应付。我怜悯婆婆的境况，其实她并未脑萎缩，她只是甘于用沉默来规避我对她的数落。这一切，我是深知的。然而，我不能把她当作我的母亲，我甚至私下里认为她和我的母亲简直是天壤之别。我的母亲是多么善良的人儿啊，她对每个人都心存善心，她尤其喜欢和家境更为贫寒的人打交道。我一直记得有一个叫继海的盲人，他的妻子李苏凤也是盲人，她的两只眼珠恐怖地暴露在眼眶外，由于太过肥胖致使她走路也不端正。母亲是个不掌财政权的人，她只能用饭菜接济他们，有时候，他们在我们家下房东北屋一住就是好几天。

“是您的快递吗？请签收。”一个身材矮胖的年轻人把一封邮件摊开在我面前。我看了下邮件的封面，广东深圳某公司发来的。然而，我实在想不起曾从这个公司购买过什么商品。

“请签收，不然我不好交差。”在快递员的催促下，我迅速在指定的位置签上自己的名字。

“把我送回家吧，闺女，你真是个好人。”老太依然大口大口喘粗气，然而她却不肯停下嘴巴。我搀着她一步一步地上台阶，每走两个台阶，她就气喘得厉害，不得不靠在墙上做短暂的休息，好在二层楼并不算高，好在她出门的时候并未随手带上防盗门。我让她靠在沙发上，为了缓解她的喘，我把一个小褥子垫在她背后。沙发旁有一个木质小方桌，桌子上放着许多药，有瓶装的、盒装的，药旁放着一张服药说明，上面清晰地记着早起吃什么，中午吃什么，晚上吃什么。

“你中午吃过药了吗？”我一边轻抚她的胸口一边问。

“吃过了。”她无比慈祥地看了我一眼。

“那咱就不能再吃了，大娘，您休息一下就会好的，因为您刚才走路累了，所以才会喘。”

“我还想吃，不吃就会死，我还不想死，不，我怎么还不死呢？”她紧紧攥着我的手，语气突然变得激动起来。

“大娘，您的气色真好，眼不花耳不聋，还有孩子伺候着，这是多么大的福气呀。”为了安抚她的情绪，我赶紧找好话说。

“闺女，你可真会说话，好闺女。”她突然哭了，两行泪从眼角簌簌地掉下来，“你说我该怎么办啊，身边没有一个人了。”她说着话便呜呜地大声哭起来，好像受了多大的委屈一般。

“大娘，您有几个孩子啊？”为了不让她哭，我找着话茬问她。

“四个姑娘，三个儿子。你姊妹几个呢？”她果然不哭了，她的喘已经有所控制，不那么急促了。

“我家呀，我三个姐姐，两个弟弟。”

“哦，真好呀，咱们两家的孩子一样多，你母亲受苦了。”说完受苦两个字，她又呜呜地哭起来，也许是想到了我母亲遭的苦，也许是想到了自己遭的苦。

“大娘，您错了。”我故意一本正经地说。

“我错了？哪儿错了？一个亲戚从乡下来，可能是我小姑子，说是陪我住几天，晌午时，她坐在沙发上织毛衣，不知咋了，对，她织错了，她生气，她骂我白痴，然后气呼呼地走了。这关我啥事啊？我又不会织毛衣，我要是会就替她织了，可是我不会呀。她走了，我身边一个人儿也没了，呜呜呜呜……”我终于弄明白老太伤心的原因了：其一，害怕孤独；其二，无端被骂。

“大娘，知道您错哪儿了不？您家四个姑娘，仨儿子；我家四个姑娘，俩儿子，我们两家孩子是不一样多的。”我不想卷入她的私生活中，于是便接着自己的问题继续转移她的注意力。

“不一样多？明明一样多啊。闺女，你行行好，给我孩子打电话，就说我病了。”

“可是？可是您知道您孩子的电话号码吗？”

“不知道，想不起来呀，那么一长串的数儿，咋能记住呢？唉，记不住。”

我陷入了短暂的沉思，然而这样的沉思没有任何结果，我既不能安抚她的焦灼和惶恐，也不忍心抽身离开。她实在想不起任何一个连贯的有效号码，是啊，十一位的手机号码，搁哪一位老人身上都是一个不小的挑战，何况她早在几年前就意识模糊了。为了不使她绝望和狂躁，我装作认真的样子从放在木质小桌的固定电话上翻查她孩子们的号码。

“打呀，你打呀，你倒是打呀。”她一个劲儿地催促我。

“可是，哪一个号码是你孩子的呀。”

“打吧，每一个都是，都是啊，你打呀，打吧！”她十分肯定地鼓励我。

就在拨号的瞬间，我听到钥匙在锁孔里旋转的声音，它清晰而急促地打搅了当下的尴尬。“哦，谢天谢地，她家人终于回来了。”两个中年女人闪了进来，其中有一个便是前几日那个脸上没有笑容的女人，现在，在见到我这个陪她母亲说话的人之后，她的脸上依然没有泛出丝毫哪怕一微米宽的笑意。“唉，也许，她被这个脑萎缩的老太折磨得不会笑了。”我暗自想。那个稍微年轻些的女人再三向我道谢，并且寒暄了几句家长里短。我知道了这所房子是老太的，她在家排行老四，不会笑的女人是老大，老太患上了严重的脑萎缩，平日里孩子们轮流和老太居住。

“多好的闺女呀，孝顺的孩子。”老太一个劲儿地在她俩姑娘面前夸我，就好像故意嘲讽和责备自己的姑娘似的，这使我感到十分不自在。就在我即将起身告辞的时候，老太竟然硬生生抓着我的手不放，我明显感到她的力量。当时，她眼含热泪，可怜兮兮地看着我。

“大娘，我得回家给孩子做饭了，您瞧，都下午六点了。”

“六点了？哦，那你赶紧回家给孩子做饭吧，去吧，姑娘，去吧。”

那个刻着“楼兰”二字的栗红色防盗门被我轻轻关上，然而有一串无比伤人的话语急不可待地传了出来。

“丢人现眼，白痴，在家憋屈一会儿能死啊咋的？你就不能让人省省心啊，这要是走丢了咋办？”这句话是那个脸上不会泛出丝毫笑意的女人说的，我听到过她的声音，我熟悉她的声调。

莫名的酸楚刹那间便从我的胸口涌了出来。然而，我能怎么办呢？总不至于转身破门而入之后像居委会大妈那样对她谆谆告诫吧。我是个局外人，局外人通常是没有发言权的。“唉！八十有七的老太，您还这么顽强地活着干啥？活着就活着吧，非得整个脑萎缩，萎缩就萎缩吧，非得萎缩得这么缓慢！都一把残骨剩灰了竟然不甘心忍受哪怕是一刻钟的孤独！实在有些不近人情。”我一边嘟哝一边朝自己家走去。

我的婆婆，她只是没日没夜地睡觉，仿佛这一睡就少了许多事端，她实在英明至极呀！先前，当她还是个身体健康、面色红润、大权在握的女主人时，她可没这么乖巧，这一点从她圆溜溜闪着亮光的大眼睛可以窥见一斑。这一点也早就被我一向善于相面识人的父亲预料到了，所以，在我出嫁前，他曾语重心长地警告我：你的婆婆不是善茬儿，你要收敛一下自己的锋芒和乖戾。

我好不容易才挣脱父母设置给我的巨型樊笼，在二十二年零八个月的光阴里，我每天都尽量伪装得逆来顺受，不顶嘴、不偷懒、不嫉妒。父亲不喜欢听到我由于过分愉悦而清脆豪爽的笑声，所以在家里，我尽量抑制那情不自禁发出的惹人恼怒的愉悦，这样过分抑制的结果是气流在嗓子眼儿欲出而不能出时憋屈成一种更为难听的声音，这种难听的声音若是被父亲听到，那我将不可避免地遭遇到一场灾难，有时他黑着脸白我一眼，有时他按捺不住愤怒便大声呵斥，有时他粗暴地把我拖出去。父亲的心被狭隘和嫉妒填满了，他由衷地羡慕那些剃着菜饼子头活蹦乱跳的男孩儿，然而，在我之前，他没能如愿，我的母亲一连生了三个女儿。所以，他的脾气日渐暴烈，以至于我们的家庭气氛异常紧张。

我终于挣脱父母设置给我的樊笼，大可堂而皇之地把父亲给过我的善意警告忘得一干二净，事实上，我也确实忘记了父亲的叮咛。这样的忘记曾一度使我陷入新一轮的尴尬境地。

5

我们常常为时光的无情流逝而扼腕叹息，叹息之后却依旧肆意挥霍，明明知道时光之于每个人都是有限而残酷的，即使一些常常深刻反省的人，也不能把时光好好善待。我，就是这样一个顽固不化的糟蹋时间的傻子。我痛恨自己，也痛恨操控我挥霍时光的幕后黑手。然而，究竟是谁在操控这只黑手呢？家务是必须要做的，因为在脏乱的环境里，我简直没办法写下一个字，甚至我随时可能变成一头发狂的野兽。所以我不能忍受油烟机上的污渍和纱窗缝里的尘土，我也不能忍受地板上的印痕，有时候，床单上的褶皱也会影响我的心情。每天清晨的化妆俨然也是一道已经习以为常的工序，虽然整个过程要往脸上涂抹四层功能略有差异的液体，它们分别是化妆水、乳液、精华、防晒霜。我不是一个细腻的女人，然而，我并不讨厌这套烦琐的工序，因为我的脸比前几年看起来滋润多了。儿子的功课更是疏忽不得，你一疏忽他便偷懒，即使在我的严目睽睽下，他也敢明目张胆地偷工减料。有时候，我想做一个逃犯，从我与姚大志苦心经营十余年的家里逃走，然而我又惧怕流浪的羞辱和艰苦。我不知道使我萌生潜逃的理由是什么，厌倦？懦弱？不负责任？当然，那个理由肯定和前面这三个词有着千丝万缕的关系，只不过我不愿承认罢了。当我发现自己是个十足的蠢人时，我已混沌度日十余年。在这十余年的光阴里，我最杰出的贡献便是养育了一个长相俊朗、聪明伶俐、心地善良的好儿子。十余年里，我停止了一切和学习有关的事情，甚至曾一度沉迷于一款叫作“热血江湖”的网络游戏。我在这款游戏里是个一呼百应的门派掌门，我拥有用不尽的银票，并且，有一个远在齐齐哈尔的机械工程师情人。在那虚拟世界里，我享受到了梦想的一切。然而，我终于还是果断地远离了网游，虽然那过程艰难而痛苦。

“混沌十余年，弹指一梦残。”不管怎样，现在，我是个奋发向上的人了，十月份，我报考的河北大学法律基础自学考试顺利通过《经济法概论》和《民法学》两门功课。亲爱的朋友们，要知道我这两门功课的成绩真实有效，完全是凭了我的刻苦和智慧。因为在考场上我一贯是个胆小如鼠的家伙，并且我对作弊行为向来深恶痛绝，我从心底鄙夷那些课下不下一点功夫，却在考场上心存侥幸的人——他们恨不得衣服上能有十来个口袋，每个口袋装一本缩印小抄儿，即使不幸被监考老师搜走一两本，他们还能从别的口袋找到慰藉。当然，经济独立是我的终极目标，虽然我暂时拥有一份听起来颇为不错的工作：主编、编辑部主任，然而，要知道，这个冠冕堂皇的称谓并不能给我带来实际的经济收益。充其量我只是个甘于奉献的小人物，因为任何民间组织都没有财政上的拨款，所以这个头衔只能带给我每月五百元的微薄收入，五百元能干什么？能干什么呢？连一件时髦衣服都买不了！这对于我实在是莫大的讽刺，然而，我还没有足够的能力改变这一切。但这并不证明我会一辈子安于现状，我觉得迟早有一天，我的虔诚和努力会改变我的命运。

我的丈夫，当他发现了我的变化，他表现得非常冷漠，甚至连一句鼓励的话都没有说。按常规讲他应该为我欣喜，可是天知道他被灌进什么迷魂汤了，他竟然鄙视我的虔诚和努力。就在不久前，他还用极其鄙夷和厌恶的口吻对我说：“这岁数了，还考什么考？还能考成个精啊？难不成想抛弃我这个没有文化的粗人？”

“我不能半途而废。”我辩驳。

“那你前几年怎么半途而废了？因为潜初是吧？是他鼓动你的？”他的话像一根毒刺扎入我的心，而这根毒刺恰如一缕智慧而温情的阳光照耀着我的心。

“是的，是的，就是他，他鼓励我考的，但也是我自己甘心情愿要考的！姚大志，你不思进取总不能阻止我寻求光明吧？”我气愤极了，说这话的时候，我的语气不由自主地强硬了好几分。

“哟，我可不敢阻止你进步，努力学习，天天向上！向上哪！编辑部的工作赶紧给我辞掉，自己算算除了交通费、吃饭费还能剩几毛钱？也不嫌寒碜人！”他从鼻子里哼哼出的那一长串愤懑而怪异的声音彻底伤害了我，而他自己从不觉得是伤害，就好像我早已变成他身体的一部分，他有权对她做任何形式的处置。

“这不仅仅是钱的事，我热爱它，十分热爱，即使无偿服务我都愿意！我有工作的自由，宪法赋予每个人的！”自知理亏，然而我不想在这个试图攥住我自由并时常嘲讽我的粗人面前失了气势和尊严。我必须斗争，逆来顺受只会使他得寸进尺。

“大善人您哪！高尚！市政府真该给像您这样的优秀青年颁个奖！”他气急败坏地摔门而去。这样的摔门而去被我称作“优雅的妥协”，我知道他通常驾车沿着快速道兜一圈风回来就又像个没事儿人一样该干吗干吗。他是个没有主见却又极易发怒的人，而他的怒气又常常毫不费力地被他的没有主见消耗掉。所以，我一点也不担心我的锋芒毕露和桀骜乖戾能够伤及他的底线，事实也证明了这一点：结婚十余年来，他不敢和我展开哪怕一次为期超过一个礼拜的拉锯战，尽管几乎每次都是我挑起战争。

我的父亲，那位秃顶衰面的老人在十一月中旬的一个早晨意外造访了。当门铃以一种羞怯的怪音颤颤响起的时候，我便猜想到一定是老家的亲戚，农村人嘛，啥时候也改不了胆小朴实的作风。我从猫眼里望见那个身材消瘦、风尘仆仆的老头儿——我的父亲，他忐忑不安地在过道里走来走去。

“爹，怎么来之前不打个电话呢？”

父亲的到来确实意外，但也使我无限荣光。在我所有的记忆里，外祖父只去过我们家一次，是邻村唱大戏的时候，是在母亲央求过无数次之后，我的外祖父，那个身材矮小却精神矍铄的老头儿才决意迈进我们家的门槛。就在那一次，大伯家刚产过崽儿的黑母狗突然冲出来在外祖父的腿上咬了几口。外祖父虽然没有因为被狗咬伤而生气，然而，从此他再也没有来过我们家，即使在我们村的卫生院治病的那些日子。外祖父的决绝在于深埋于他内心的懊悔，他最大的懊悔便是硬生生拆散了母亲和一个张姓男人的姻缘。父亲是西庄有名的“八大怪”之一，父亲的“怪”在于他的暴躁、自私、大男子主义。但张姓男人却是个性格温和的人，据说他在母亲和父亲结婚之后便从军了，在部队上由于勤勉憨实而得到领导重视，仕途上步步青云。外祖父用不进我们家大门表示懊悔，这样的懊悔方式其实更为残酷地折磨着我的母亲。母亲以外祖父进我们家门为荣耀，然而母亲的一生只盼来外祖父唯一一次的光临。外祖父在被狗咬伤没多久便去世了，这给母亲造成了永远无法弥合的伤疤，那道疤像一块巨石或者暗影日夜覆盖在我母亲的心上。但那个习惯了隐忍的女人，她对一切都不抱怨，只是静默而勤勉地将自己的身心沉陷于日常的冗杂和生活的艰辛。

“小北呀，闺女儿，你能在法庭上做我的辩护人吗？你不是学了法律吗？你能做我的辩护人不？”父亲刚一进门就焦灼地恳求我，他还没来得及坐在沙发上，他站在门口迟疑地看着洁净的地板，又看看自己那双鞋底子上沾满了尘土的布鞋。

“爹呀，快进来，咱家没那多讲究，本来也不是高档次的家。”为了彻底打消父亲的顾虑，我笑着把他拉进来。为了使他不产生一丁点生分感，我没有从鞋柜拿出拖鞋催促他换。我知道，他习惯了跟脚舒适的布鞋。

“闺女呀，你能在法庭上给我辩护不？”

我怔住了，迷惑不解地盯着父亲：他的头顶已经全秃了，一层细而白的绒毛附在那张褐红色的头皮上，两只混浊而无神的眼睛深陷入眼窝，颧骨高凸成小山丘，脸的下部由于牙齿的脱落也呈塌陷状……

“爹，这是要告谁？告我大伯吗？”我试探着问，虽然我知道这该来的终归是要来的，但我仍然感到它来得太过急促。我并没有做好帮着父亲向他亲哥哥开战的准备，何况，我心中的大伯一直和蔼可亲，而他已经步入暮霭垂垂的老年。

“是刘宗义，不是你大伯，你早就没有大伯了。”父亲气急败坏地说，就好像他们之间发生的种种不愉快在这一瞬间又清晰再现了一样，而那些我不曾亲眼目睹的父亲遭受过的难堪和屈辱多么深重地伤害了父亲的心。

“爹呀，刘宗义不是我大伯还能是谁呀？”我不由笑了，我想用这笑缓和一下他的情绪，他太激动了，上气不接下气地喘。他也太愤怒了，是那些我不曾亲眼目睹的父亲遭受过的难堪和屈辱，那时，他和母亲孤立无援地面对至亲的肆意欺凌，甚至谩骂和殴打。而这大大超越了一位年近古稀之老人可以忍耐的极限，因为他曾以自己的智慧和力量不止一次帮助过他们。

“刘宗义以前是你大伯，以后就不是了，不是了！啥东西！他是个啥东西呀！”父亲一边说一边从口袋里掏出来一份文书。这是一份复印件，这份复印件详细记录了父亲当年和村里签订的关于石瓠岔的承包合同。

“石瓠岔的承包人是我，不是刘宗义，我就不信从他手里弄不回来！我这儿有白纸黑字签的合同，而他呢？他什么都没有，要不是我当年看他日子难熬，要不是看在一奶同胞的分儿上，我能给他白种这十几年？”父亲越说越激动，他脸上和脖子上的青筋暴出，我担心流淌在他血管里的血液会突然冲破那层薄皮，而父亲也会像失了根基的老房子一样轰然倒塌。他的脸色黑得可怕，眼角周围被那抑制不住而流出的浊泪浸染得油光可鉴。我可怜的父亲，他好久都没有将这副模样呈现出来了！

“爹，您不是送给我大伯了吗？送出去的东西咋好意思随便要回来呢？再说，这几年大伯一家在石瓠岔也花费了大量心血，他们种下几百棵小板栗树，就连山上的野枣树都被大伯嫁接成品种优良的阜平大枣了。那地方差不多是他们全家的经济来源，咋能说要就要回来呀？”我爱父亲，这毋庸置疑，但这并不意味着我会纵容父亲以这种睚眦必报的方式向自己的亲哥哥发起进攻，相反，我想使他们老哥俩能够化干戈为玉帛，毕竟血浓于水呢。

“他不是你大伯，他叫刘宗义！小北，你不能再喊他大伯了，他们一家子浑蛋！”

“可是，我总不能直呼刘宗义这三个字吧？爹，小时候，您可不是这样教育我们的呀。”

“闺女呀，小北，你们的大伯被恶鬼附身了，他简直丧心病狂！前几天，他鼓动他的智障大儿子用石块儿砸我，幸亏我跑得快，不然……唉，真丢人哪！他家老二，那读过不少书的信用社小职员，他竟然在大街上用最恶毒的语言咒骂我和你母亲，他咒我们活不过三天，他以他家里供奉的那十来位神仙诅咒我们。”父亲的脸上淌着泪花，这个铁骨铮铮的汉子，他从不轻易落泪的。而我，我竟然还一味地违逆他，要知道，他风尘仆仆到这里寻求慰藉来了，他多么希望我能在他陷入绝境时果敢而坚定地和他统一立场呀！可大伯，他曾温暖过我的童年记忆，他曾给予过我父亲应该给予却没能给予的关爱、教导和赞许。

“可这到底是为啥？仅仅因为一块刻着爷爷名字的红砖吗？”

“不是红砖的事，咱犯不着为一块红砖较劲。可是，要紧的是那红砖上刻着你爷爷的名字啊，刻着‘刘金山’三个字！他们，刘宗义伙同他的俩儿子把刻着你爷爷名字的红砖偷偷埋到石瓠岔东南面的阳坡上，具体埋到哪儿，我和你小叔直到现在也不知道，我们俩在那片阳坡找过好几次了，但是，我们咋也不能准确地把那块刻着你爷爷名字的红砖找出来，这在农村是偷挪祖坟，大逆不道呀！要遭天谴的！”父亲的激愤情绪促使他喉咙产生了一股强大的气流，这气流差点把他嘴里新安装的质量不太过关的一排假牙喷出来，幸好父亲手快，那一排假牙在脱离自己的岗位不到一秒的工夫便被父亲那双黝黑、粗糙、老茧横生的手硬生生按了回去。这动作有些滑稽，其实我想笑的，但一看到父亲那可怜兮兮的样子便怎么也笑不出来了。

“爹呀，您不是唯物主义者吗？咋还信那一套呢？”

“可我信《周易》和阴阳宅啊，你就说能不能为我出庭辩护吧。”父亲的语气有些咄咄逼人，他一定又被自己刚才的陈述感染了。

“可是前一阵子咱不是教训他们了吗？为了给您出气，您的女婿们和儿子不是找到他们家把那个朝你扔石头的大傻子教训了一番吗，还有那个喊您叔叔的信用社小职员，他不也在大庭广众之下给您认错了吗？您还用那么犀利的话骂了他，难道这还不能解您心头之愤？您的愤怒要延续多久？一辈子吗？”我知道我的话有些刻薄而且明显没和父亲站在一个立场，然而，我还能说什么呢？我总不至于在这熊熊烈火之上再浇一把油吧。

“听你这话，是决意不帮我了？”父亲有些失望，他怅然若失地将手伸到口袋里摸索，他试图借助一支旱烟掩盖自己的无奈和当前的尴尬。

“我怎么能不帮您呢，我是您女儿呀。爹呀，咱还是别抽烟啦，犯病了不值。”为了缓和紧张气氛，为了不使激烈的争吵提前来临，我不得不将说话的语气绵软下来。

父亲一向滴酒不沾，不沾酒是因为他自己不舍得买，当然，也没有一个体面的亲戚给他送。但他是个地道的烟鬼。每逢古墓岭集会的时候，他总会不辞往返三十余里路的辛苦买回一大包旱烟丝，这一大包烟丝通常够满足他多半年的消耗。旱烟丝里的焦油含量要比工厂生产的香烟里的焦油含量多得多，这使得旱烟丝卷烟吸起来更有劲儿。父亲热爱旱烟丝还有一个更为直接的原因，那就是旱烟丝廉价，这一包旱烟丝才十几块钱，就是这十几块钱足以慰藉他多半年的烟瘾，何乐而不为呢？然而他患过脑血栓，脑血栓病人是需要戒烟的，因为烟草里的尼古丁可以升高血压，一氧化碳又会造成脑部及心脏缺氧。即使我们把这赤裸裸的危害讲给他听，他仍然执迷不悟地对我们的金玉良言置若罔闻。

“道沟村的牛三喜不也患过脑血栓吗？他多半年要抽三大包烟丝呢，我看他红光满面的，活得很是滋润，还有洛尔峪的马哒哒，前两年刚做过脑溢血引流手术，人家的儿女逢过节时候还给老爷子买香烟呢！当然不买不行，他要破口大骂的。”

“您这意思……是……怪我们不给您买烟喽？”我明知道父亲不是这个意思还故意这样逗他，其实我的初衷只是暂时引开他的注意力，使他不再沉浸在被大伯一家欺负的愤懑中而已。

“不是不是，香烟象征身份，但我确实比较喜欢旱烟丝，这家伙劲儿大，解馋效果好。”父亲冲我憨憨一笑，说着话儿的工夫，一个泛黄的白色塑料袋儿已经被他摸索出来，塑料袋里有细碎的烟丝和折叠成方形的废纸。他熟练地把方形纸摊开在左手上，右手伸进塑料袋撮了一团烟丝出来，再把烟丝均匀地铺在纸上，你几乎看不清楚整个过程，一根上尖下粗的卷烟便被制作出来了。我没必要在这一刻硬生生对抗父亲的抽烟行为，父亲习惯了抽旱烟，大家也习惯父亲对旱烟的热衷。出于对父亲自尊心的呵护，我不能再对他的抽烟行为表示一丝不满，毕竟，父亲来一趟不易。

他已经点上了，烟圈飘飘袅袅地上升，很快便充斥了整个房间。姚大志曾试图打开窗户，但被我制止了，我怕敏感的父亲感受到做客姑娘家的丝毫不自在。当然，无论我怎么小心翼翼，我显然排除不了这样的事实。父亲自己打开了半扇窗，他将那张隐藏着深重惆怅的脸转向窗外，久久地，他就那么伤感而专注地看着。

6

午饭的气氛还算融洽，父亲并没有把那件晦气的事摆上饭桌倒我们的胃口，这使我感到意外和感动。婆婆一向沉默寡言，她只用一个字或者两个字便捷地回答了父亲几个心不在焉的提问。

“身体还好吗？”

“好。”

“我的女儿对待你还好吗？”

“好。”

“你们家老大还是不来看你吗？”

“不来。”

父亲在问了这三个问题后感觉无聊便开始埋头吃饭，而婆婆呢，她一点也不为自己的无礼而反思。我的心里涌起一丝不快，然而，期待婆婆能够和父亲进行一场推心置腹的交谈那简直是一种妄想，既然知道是妄想，我又何必耿耿于怀呢？所以，我的不快很快便被我消解得无影无踪。

吃罢午饭，在父亲还未来得及重新撩起那个话题之前，我先把话题岔开了：“爹，您看起来很疲倦，还是先睡会儿吧？等睡醒咱们再好好合计合计。”父亲不好再说什么，他只能像个小孩子那样乖乖就范。他把略带迟怯的目光停留在我们卧室里那张大席梦思床上。我的父亲，在他自己亲生女儿的家里，面对一张干净的席梦思竟然心怀犹豫，这不能不使我的内心产生出一些悲凉。我已经在努力维护父亲的自尊了，然而，他依然显得这么谨慎，这和他一贯在母亲面前的飞扬跋扈截然相反，难道对待自己的女儿需要这么生分吗？这样的生分又意味着什么？

“爹，您就在这张床上睡，这种床叫席梦思，床垫很厚很柔软，比咱家的土炕舒服多了，您躺上去试下？”

“可是我浑身是土啊，闺女儿，你看看，我这浑身……”父亲搓着一双手难为情地说。

“浑身尘土咋了？您是我爹呀，爹比床金贵。”

父亲仍然推辞再三，但他最终也没拗过我。父亲的鼾声和婆婆的鼾声很快交织在一起。父亲没来得及脱掉布鞋，布鞋底子上满是土，床罩上已经隐隐有了一个土脚印。我并未因此产生丝毫抱怨，我甚至备感欣慰，和当年外公能够屈尊在邻村唱大戏的时候到我们家带给母亲的无限荣光一样。

“大志，你不是有一个律师朋友吗，咱们下午带着爹去那儿咨询一下。”为了怕惊扰到父亲，我把声音压得很低。

“好吧，那我今天休个班儿？”

“当然喽，老丈人难得驾到一次，何况他这么烦心，万一把他憋屈坏了咋整？”

“他这事，你说，咱们能帮吗？这不是给大家庭添乱吗？一旦打起官司，老哥俩怕是一辈子也不能和好了。”

“可是，我能咋做呢？爹年轻时候就是这么执着，他认定的事就是九头牛也拉不回来。在我还没出生时，他就凭着这股子劲儿硬是把在西庄村称霸的赵家三兄弟告倒了，直到现在赵家五兄弟见了他都不敢太猖狂呢。”

“你还真支持他起诉你大伯啊？”

“可是，我真不知道怎样才能驱赶走老爹心中的怒火啊，只要那团火还在烧着，他就不会让一个人快活，我是心疼娘呢。”

“唉，你怎么会有这样一个爹呢？”

“说什么哪！我看你不想活了！我就是有这么一个爹，咋了？”我举起右手掌做出打人的样子。

“老婆大人，我错了，我认错，真心认错！等老爷子一醒来咱们就出发，好吧？”

也许父亲压根没睡着，我们话音乍落，他便咳嗽着翻了一个身。

“这就走吗，小北？你不是在学法律吗？咱这点事至于找律师吗？这律师费……据说很贵哪！”他揉搓着眼睛坐起来恍恍惚惚地说。

“爹呀，我是在学法律，可是《民法》还没考过呢，您的事是大事，咱马虎不得，还是听听专业律师怎么说吧，至于律师费嘛，大志的铁杆儿朋友，不会收费的，咱也只是咨询一下，他还能一言千金不成。”我赔着笑说。

“那就走吧，只怕是要耽搁大志上班了。”

“没关系，他可不是上班狂，一个月总要休七八天的，说不定他心里正偷着乐呢。”我边说边瞟了姚大志一眼，发现他果真在窃窃自喜。

新买的白色雪铁龙轿车载着我们在宽阔的公路上行驶，浓重的雾霾严严实实地罩住天空，太阳的万道光芒识趣地半道折回，几棵杨树孤零零地戳在不远处的开阔地带，一只喜鹊扑楞着翅膀飞向它那筑在杨枝上的巢。这恶劣的鬼天气不能给人带来一丝愉悦，然而父亲的眉头却开始升腾起淡淡的欣喜。我不能理解年过六旬的父亲为什么还对打官司这多数人忌讳的事情乐此不疲，难道他非要亲自毁掉和大伯几十年的感情吗？我呢？为什么要推波助澜？

“爹，这官司非要打吗？”

“非打不可。”

我沉默了。说实话，大伯一家于我们有恩，大伯的两个儿子也没少为我们家干农活儿，在那些苦难日子里，两家人互帮互助渡过了许多难关。他们共同喂养过一头骡子，那是一头健壮而俊美的骡子，它还用那肥厚的嘴唇从我手心里卷走过槐叶呢！大娘虽然吝啬得要命，然而她舍得把新出锅的菜包子拿给我们吃。大伯是个性情温和的男人，他从来不会生气，更不会像父亲那样大声呵斥任何人。那时候，每个女孩子的头上都滋生虱子，这令人恶心的玩意儿靠吸人血充盈自己的身体，自然，我那一头茂密的头发里也潜藏着数目众多的小鬼魅，它们毫不留情地摧残着我，完全不顾忌我由于贫困而十分羸弱的身体。我记得，只要我一到大伯的院子，他一准儿要把我的头按到自己的膝盖上，他用两只长满茧子的大手分开我头上密如茅草的头发，一只只油光发亮的虱子便被他揪了出来。有时候，他用一把油光暗黑的篦子反复梳理我的头发，那些小鬼魅，它们啪嗒啪嗒地掉在放在地上的一张白纸上，之后，他用大拇指的指甲狠劲地按那些缓慢爬行的小鬼魅，当然，它们都会断送性命。待做完这些，他再把我的头发扎成漂亮的小辫儿。不管什么时候，我都不能忘记这样温暖而感人的细节，因为这是我的父亲，此时正坐在轿车里微微得意的父亲从来没有做过的事情。但事到如今，我不忍心拒绝父亲的要求。因为他是我父亲，遵从他的旨意是做儿女的本分。然而，我也没有充分的理由促成父亲和大伯对簿公堂，我只能把希望寄托于未见面的律师身上，希望他能明晓我的心，为我谋划出一个万全之策。

张斯阳律师事务所位于中华路和泉南大街交叉口东南角，那是一个新开张不久的小门面，里面的陈设也极为简单，一张办公桌几把椅子就是全部家当了。张斯阳是个说话慢条斯理的年轻人，他的脸上一点也没有久经沙场的那种老成，相反，倒是有一层隐隐约约的稚气，这使我对他的能力有所怀疑。

“斯阳，这是老丈人，因为自家点儿小事，你看能不能给写个诉状？要是起诉的话，还得麻烦你代理出庭。”姚大志简单做了个介绍。

“老人家，那就请您叙述下梗概以及想通过诉讼达到的目的。”因为是熟人，所以没必要过多地寒暄。张斯阳把目光转向父亲，这束温暖的目光马上给予父亲莫大的勇气和信心，他喋喋不休地开始了如下讲述：

我要起诉的对象是刘宗义，我的亲大哥，当然，现在我不叫他大哥了。十七年前，我以自己的名义承包了村里的苹果园，那处园子叫石瓠岔，因为那片园子好像陷在一个巨大的石葫芦中，所以叫石瓠岔。当年刘宗义一家也为石瓠岔的开发付出不少劳动，承包石瓠岔的第二年，我又承包了一片板栗坡，因为没有精力再管理石瓠岔，就以口头协议的方式承诺石瓠岔给刘宗义管理十五年，他只需要缴纳村里规定的租金，并且每年送给我一担苹果即可。第一年他如约送来一担苹果，尽管都是些有疤痕的不易出售的孬苹果，但我并没有介意，那些好苹果能成个钱总比自家人吃了强。但是，从第二年开始，他就一个苹果也不送了，我吃苹果还得花钱从他那儿买，就是这样，我也没和他翻脸，毕竟亲兄弟嘛。前不久，他的二儿子偷偷摸摸把写有我父亲名字的红砖埋到石瓠岔一处风水好的地方，据说那是一块管保升官发财的风水宝地，就是因为这事儿起的争执。他鼓动他那智障的大儿子拿石头块儿投我，他的二儿子在大街上对我这个做叔叔的破口大骂，甚至发出恶毒的诅咒，他们家供奉着十来尊菩萨呢，那些菩萨肯定被常年的烟熏火燎贿赂得是非不分。我这一大把年纪了，孩子们都很孝顺，我还没计划去阎王爷那里报到呢。我怎么能受得了？不能受！所以我要把石瓠岔要回来，我去村委会查了当年的协议，当初承包十五年的协议被篡改成三十年，我的本意是让村委会把石瓠岔收回去，我以为承包期限到了，谁知这一看竟然多出十五年，我不能眼睁睁看着这莫名其妙多出来的十五年白白归了刘宗义。”

“我明白了，问题的实质是在你承包的园子里，你的大哥刘宗义白白享用了十七年，现在，你想把园子要回来，是吧？”张斯阳说。

“是，只要能要回园子，我死也瞑目了。”父亲义愤填膺的样子很让人心疼。我也被父亲的讲述感染了，大伯一家人的种种好处立刻像一阵烟似的消散了，我恨不得他们立刻从那个园子灰溜溜地滚蛋。

“其实您不必诉讼，因为诉讼要消耗大量时间的，最后也不一定能得到想要的结果。”

“那……”父亲有点迷惑不解。他太相信法律了，他从早年的胜利中对法律的万能深信不疑。而现在，他却从一个年轻律师嘴里听到了令他丧气的话。

“当年的合同是你和村委会签订的，白纸黑字上写着你刘宗仁的名字，你怕啥？你去种，就当种自个儿家里的地一样，这样最为便捷，但同时也存在风险，倘若双方交锋动起手来，必定一方要吃亏。”

“难道法院管不了这事？现在的法院和十几年前的法院不一样了？”父亲并不赞同张斯阳的意见，他总希望公正的法官能给出公正的裁判。

“法院能管，但是，一场官司打下来毕竟是很漫长的过程，从你目前掌握的证据来看，我可以保你胜诉。但是，我不能保证园子能顺利落到你的手中，法院也不能，即使强制执行，然而执行完毕之后呢？你大哥若还是和你纠缠，你能怎么办？何况能不能强制执行还是未知呢！”

“唉，这事怎么就这么难呢？”父亲长叹一口气半天不再言语，“张律师，要不你帮忙写个诉状，我备着？”

“好的，老爷子，诉状好写，但是打官司要慎重，咱是自己人，我可不希望你伤财劳心，到最后一无所获啊。”

诉状很快写好了，这是一张绝对胜诉的诉状。然而，父亲却一点也开心不起来。我知道父亲的疑虑，这场官司即使打赢也要面对争夺园子的问题，打赢官司轻而易举，然而，把园子夺回来却难比登天。我的大弟弟拖着一家三口在外地打工，我的小弟弟已经三个月没有音讯，就凭他和母亲两个垂老之躯怎么能够抵挡大伯爷儿三个呢？何况那个智障大哥对大伯言听计从，他简直是最英勇的炮灰！

我们离开张斯阳律师事务所的时候，天已经完全黑了。

“晚饭吃什么？”姚大志问。

“涮羊肉吧，咱爹没吃过这口儿。”我提议，这么冷的天涮点羊肉也好暖暖身子。

“不吃，做点米粥就行，我的牙口儿不好，嚼不得硬东西。”父亲显然带点情绪。

“爹，涮羊肉一点也不硬，羊肉片很薄，放到锅里就熟了。”我赶忙说。

“那随你们便吧。”父亲没再坚持不吃涮羊肉，他是个喜欢新鲜事物的人，在农村是吃不上涮羊肉的，所以尝尝也无妨。

我们的情绪都不高涨，因为父亲想要解决的事情看起来很棘手。倒是儿子，他对父亲的到来表现得格外兴奋，他不时向父亲请教一些乡下孩子的童年趣事，比如那些猫狗鸡鸭的生活，萤火虫有没有味道，蝎子们怎样繁殖，蛇到什么地方过冬……他把这个乡下老头儿当成现实版百科全书了。但父亲显得极不耐烦，他根本没心情回应，这使得儿子的情绪很快低落下来。这时候，我又想起了大伯，如果是大伯，他肯定会千方百计地逗外孙开心，他甚至会把他举过头顶，会给他讲娓娓动听的故事，会带他看老黄牛怎样咀嚼青草……

为了缓和气氛，我提议做个简单的游戏：看着锅里沸腾起来的羊肉片，每个人的心里会出现哪一个词语或事物。

“我想到了聪明绝顶的喜羊羊，我们五年级（2）班四十名同学的偶像哪。”儿子率先回应了我的提议。

我把目光转向婆婆，她不好意思地笑了笑。

“必须回答。”我说。

“我想到了耶稣，你看咱墙上那幅画，耶稣就站在一群羊中，他怀抱一只小白羊，我们都是小白羊，是主的儿女，只要我们虔诚祈祷，主耶稣会赐福给我们，阿门。”瞧瞧，我的婆婆在此时竟然巧舌如簧了，主耶稣在她心中可真是个伟大的神哪，她从不说这么多话的。

“我想到了狼，羊嘛，和狼是死对头，有羊怎么会没狼呢？大千世界，阴阳五行，相克相生。”姚大志说。

“呸，你懂啥阴阳五行，相克相生？”

“老婆，那你想到什么？”姚大志狠狠白了我一眼。

“我想到残忍，人类的残忍，动物总是那么无辜，不管它们怎样可爱都是人类的囊中之物，人类总不会对他们手下留情。”

“瞧，悲天悯人劲儿又来了，这干吗呢，还让不让吃了？”姚大志的话把大家逗乐了，“爹，您想到了啥？”

“石瓠岔，它正像一只羊，等着我这只狼去征服。”

“爹呀，您真鬼迷心窍了。”我轻轻责怪他一句。

7

我知道不能避开晚上的激烈讨论，因为父亲已经以一种似曾相识的严肃神态正襟危坐在沙发的一角，每每要发言的时候，他总会摆出这种盛气凌人的架势。在我暗淡无光的童年记忆里，我发自肺腑地惧怕这种姿态。然而现在，我已经三十二岁，那悄然滋生在我灵魂深处的面对生活的勇气和明辨是非的能力使我不再惧怕父亲，我甚至敢和他展开激烈辩论，甚至，我也敢忤逆他。当然，这不代表我漠视一位老年人的尊严。恰好相反，我比那些消逝在光阴里的童年期、青年期更懂他、爱他、怜悯他。但这不能说明我要一味迁就他。

我匆匆收拾好碗筷，心平气和地坐在父亲面前。当我细细观摩这张明显消瘦又苍老的脸时，我的心剧烈地疼痛起来——时光怎么可以这样吞噬一个人哪！这赤裸裸而又丝毫不容回避的侵犯简直是对生命的巨大凌辱啊，人在时光面前永远这么无能而卑微，只能像刀俎上的鱼肉般可怜巴巴地等待时光这个恶魔的无情摧残。父亲的脸由于遭受了那毒辣而阴险的日光长年累月的暴晒而黝黑暗淡，以致一些细碎的皱纹深藏于这黝黑暗淡之中，它们不易被发现，但它们一刻也不会停止疯长。他的两边颧骨高高突出，眼窝深陷，脸颊下半部也显得干瘪，大抵是因为上下两排牙齿全军覆没的缘故吧。我的父亲在不经意间就沦落成这样一位惹人心疼的老人！而我对于他的这种变化竟然束手无策，就在刚才，我甚至还想以自己的悄然滋生的勇气和能力对峙父亲的飞扬跋扈，难道这是一个强壮起来的孩子对待年老的父亲的态度吗？这是一个有涵养的人应该产生的，哪怕仅仅一秒的念头吗？想到这里，我被自己吓坏了，我深深地憎恶自己。其实，我应该满足父亲的意愿，尽最大努力帮他实现他已经无力实现的愿望。

“小北，你是我最为得意的女儿，你有思想也有胆量，我只能求你了，孩子，帮帮爹吧，帮帮吧，爹实在……唉……”这是父亲第一次以恳求的语气跟我说话，我那一贯迷失于强权专治而又冷酷暴躁的父亲终于肯为了一个离经叛道的浪荡子而放下姿态。父亲的面部呈现出一种复杂的表情——难为情？怯懦？谦恭？我能看到父亲的面部肌肉有轻微的颤动，父亲在极力压制它。我难过极了，而我像个废物一样不能雷厉风行地解决掉他的烦恼。此时，父亲肯定有一种寄人篱下的不安和绝望，这种感觉逼迫他收敛了许多锋芒，他觉得自己再也不能像在西庄的石头房子里将那副蛮横霸道的姿态摆出来。

“爹，您执意要和大伯决裂吗？您是明白人，一旦决裂就再也好不回去了呀！”我一边仔细观摩他的脸，一边忧心忡忡地说。

“我就是咽不下这口气，咽不下呀，小北。闺女呀，一想起来就窝火，那火呀，噼噼啪啪地响。我想着就是老死不相往来，我也得收回石瓠岔的承包权。就得收回来，不能便宜了他，得让他那一家子白眼儿狼知道知道，我不是好欺负的，哼，一看到他们像没事儿人一样往石瓠岔方向走，我就恨得牙根疼。”父亲虽然在极力控制情绪，然而他还是失败了，只要一提起大伯，隐藏在他内心的仇恨便火焰般燃烧起来。

“大伯这十七年的治理咋说呀？那些刚栽下两三年的小板栗树咋说？毕竟，他们一家人做了很大的投入，要是大伯要咱折合成人民币还他呢？咱能给得起不？”

“啥？他朝我要钱？！十七年的治理他也不是白治理的，每年都有将近两万块钱的收入，小板栗树苗他愿意移栽走他尽管移栽走嘛，我也不稀罕！反正，我是铁了心要把石瓠岔要回来，就算你不帮我，就算死，我也得把这事儿做成！”

“可让他移栽到哪儿呢，村子里的山地已经挨家挨户分光了呀。”

“这我不管，你也甭操心。就算他当柴火烧了也和我没啥干系，我犯不着为这个心软。”

“可是您就不念大伯一丁点好处吗？大伯可没亏待过我们哪，爹呀，您都忘了吗？我们小时候，大伯对我们可不就像对待他自己的孩子吗？”

“正因为这些，我才把石瓠岔给了他，让他平白得了这么多年的好处。当时，我和他的口头协议是十五年，他早就该还回来了，今年都是第十七个年头了，他凭什么还霸占着不撒手？”

“谁能证明你们当初口头协议了十五年呢，如果大伯执意要说当年协议的是合同终身呢？”

“是，他已经四处宣扬说当年我和他协议的是合同终身，真后悔让他看合同的复印件了，其实他本不知道合同已经被篡改成三十年了。”

“想必张律师的话您都明白，您就是执意想把石瓠岔要回来，也不必起诉的，直接去石瓠岔干活儿就成了，可万一要是争执起来……能让人放心吗？”

“唉——白生养你们这么多孩子，关键时刻一个也摸不着，唉……”父亲又长长地叹了一口气。

“爹，我能咋办？难不成要跟着您去石瓠岔种地栽树吗？”

“要是你二弟回来就好了，只要有一个儿子在身边，他们就不敢动我一根毫毛，对，但凡有一个儿子在事情就好办多了。”

“那咱们先找二弟呗，您那有点音讯不？先把二弟找回来再说，好歹他也是七尺男儿，他也有一身蛮力，是不？”

“有点信儿，你二弟的女朋友前几天发短信说他们在市郊某个食品厂上临时班儿呢。我想这个线索有点儿意思，要是真能把你二弟找回家，这趟我也总算没白来。”

“爹呀，今儿，您就好好睡一觉，明儿，我保证把二弟给您找到。”

我的话让父亲宽慰许多，他不再想打官司的事儿了，而是一门心思想着找到二弟之后的种种好处。“要是能把你二弟找回来，一则能为他张罗婚事；二则嘛，他也能帮我做些零活儿；三则嘛，有他在，要回小桃沟不成问题，很可能指日可待！”父亲一边沉思一边自言自语。

父亲执意要睡沙发，二居室的小家实在紧张，我总不能把父亲和婆婆安排在一起。于是，我遵从了父亲的意见，同意让他睡在客厅的沙发上。我把一个烟灰缸放在沙发前的茶几上，这样，我的老烟鬼父亲就不至于把烟灰随意掸在地上。

“大志，明天再休一个班吧，咱得帮忙找找老二，也算了结老爹的一桩心事，对娘也是好的，她就能睡囫囵觉了。唉，自从老二凭空失踪之后，娘就日日遭罪呀，没一个夜里，她能睡得安生。”

“好嘞，老婆大人，休班多好呀！你不是不知道我最乐意了。下井那活儿太糟践人，我是一天都不想上班啊。天天去找你家老二，我都愿意。他要一辈子找不到，我就摊上好事儿啦！”姚大志一边说一边冲我挤眉弄眼，我看得出他恨不得像天鹅一样自由自在地翩翩起舞。

“不上班你能干啥？做生意没本钱和头脑，换行业又没技术，你说不下井你能干啥？能干啥？到底能干啥？”我这一连串质问差点没把姚大志呛死，他干瞪着两只死灰眼睛说不出一句话来。

婆婆拖沓着沉重的脚步从小卧室往外走，我知道她要尿尿。听声音她已经走出四五步，距离坐便器只有不到一米远了。“万能的、泛爱众人的主耶稣保佑，保佑我婆婆千万别尿到地板上。”我心里默默念叨，然而万能的、泛爱众人的主耶稣根本听不到我的诚挚祷告，也许，他早已以自己非凡的智慧辨别出我是个地道的异教徒。我听到一股小瀑布撞击地板的声音，唉，卫生间外又是汪洋一片。婆婆从来不为这样的小事儿感到丝毫羞愧，她更不会拿墩布清理那肆意横流在地板上的黄灿灿的液体，她总会像个没事人一样在坐便器上象征性地坐一下，尽管瘪了的膀胱里已经没有多少尿液，她也仍然要坚持到坐便器上坐几分钟。之后，她又拖沓着沉重的步子回屋睡觉。我对婆婆的淡定表示鄙视，我想就是她信奉的那个万能而泛爱众人的主耶稣也会站在我的立场鄙视她、嘲讽她，或许，如果那怀抱绵羊的男人稍微明智一点，他会像摘掉身体上某颗毒瘤一般把她驱逐出教。

“去把你妈的尿擦掉。”姚大志其实也听到动静了，但清理婆婆尿液这项神圣的工作一般由我负责，他不想逾越家庭事务管辖权从而给我在试图逃避这项沉闷而没有尽头的工作创造理由。

“咋？不是你妈呀？”

“不是，咱结婚十多年了，我有叫过她妈吗？有过一声吗？在我心里，我唯一的妈妈是生活在西庄那个任劳任怨、朴实善良的女人，只有她才配做我妈妈。至于你妈，她根本就不懂‘母亲’这两个字的含义，主耶稣使她愈加自私，她心里只有天堂，只有那艘破船。主耶稣不让说谎，可她说谎还少吗？我亲自揭穿她谎言不下三次了；主耶稣让爱世人，可她连自己的儿女都不心疼，拿什么去爱世人？有一次吵架，她竟然指着我的鼻子说：‘刘木北，你就是我最大的仇敌。’主耶稣教导信徒行善，可她看到大街上乞丐流露过同情吗？给过他们一块钱吗？每次她都像躲瘟神一样逃开？哼……”

“打住，不就一泡尿吗，值当你这样长篇大论？”姚大志极不耐烦地打断我。我完全能够理解姚大志的不耐烦，亲情这个词乍看中性，其实它的爆发力和兼容量神秘复杂得不可估测，有人因它乐观进取，海纳百川；有人因它低迷沉沦，斤斤计较。姚大志对于自己母亲的维护一点也不使我反感，我甚至很为他这一举动感到自豪，一个胸无点墨的粗人能将孝道完美继承，并且这继承发自本心，这多少使人欣慰。

有一幕细节温暖而坚固地在我心中珍藏了好久，那还是婆婆因脑溢血发病住院的时候。婆婆身体肥胖而又适逢最炎热的夏季，为了使她更为舒服，我们将她衣裤脱光使她裸躺在病床上，她的食量大，拉的便便也多，每次拉屎将近结束的时候小便也随之出来，小便会把大便冲跑，弄得到处都是，在我们束手无策的时候，姚大志像个勇士一样站出来，他小心翼翼地把弄脏的褥子叠在婆婆屁股底下，然后用蘸湿的毛巾擦洗婆婆那肥硕的屁股，这样擦洗两三次之后再用卫生纸擦干。为了不使婆婆的屁股发炎，他会细心地敷上一层婴儿爽身粉。这个细节使我对姚大志刮目相看，于我本心并不希望他对待她如此殷勤，然而，他全然不顾我的感受毅然而然做了。这个细节被我炫耀过无数次，我的朋友们也对这个真汉子肃然起敬。

“小北，你说咱明天能找到老二吗？”姚大志擦完尿回来后一脸茫然地问。

“既然有了线索，我想功夫不负有心人吧。市郊的食品厂总共没几个，并且都在市东南角，只要咱们不放过任何蛛丝马迹，我相信会找到他们落脚点的。”

“但愿吧。老爷子的旱烟能呛死人。”

“忍耐，他是我爹，也是你半个爹，忍耐！我每天不是忍耐你妈妈吗？”

“好，我忍耐，你爹是我半个爹，我忍耐！”

妥协是姚大志身上又一大亮点，他总会顺应我的要求适时做出让步。我不知道这是不是基于爱我的缘故，抑或他根本不爱我，只是不屑于和我争执。其实他也有过激烈的反抗，只是被我更为激烈的回应压制住了，这样几番压制，他便彻底失去反抗我的兴趣，而我从这一味的顺从中竟也得不到丝毫快感，我甚至渴望他突变成一种野兽，然而，这恐怕只能是我永久的奢望罢了。

窗帘没有拉严实，不知道是月光还是灯光，只那么一小束，它无声无息地从那个缝隙挤进来，在这幽暗的境界里开辟了一道光明，他们都安静地酝酿梦境自然无暇欣赏这道明光，而我却呆呆地凝视它：我生活的光明在哪里？我这个整日里沉浸琐事而又胸无大志的女人，我的光明在哪里？我没有一份养活自己的工作，我也没能力给自己交保险，我甚至没有读过几本名著，除了生活的这座小城，我还没有实现过一次长途旅游……

我常莫名沉浸于这样的胡思乱想，在这浩瀚的胡思乱想中产生刻骨铭心的绝望，而这样的绝望是姚大志不能理解的。我的父亲，此时，在客厅的沙发上打鼾的老头儿，他理解。

8

白天的到来总是这么执着而不懈得不可抗拒，时光是这个光怪陆离的伟世中唯一最蛮横霸道而变幻莫测的魔鬼，它不给你任何幻想回到前一秒的机会，它毫不理睬你的无助、自责和悔悟。当我还不愿从那个美轮美奂的梦境中苏醒时，浓烈而呛人的旱烟已经沿着门缝扩展到整个卧室，随即，我听到父亲推拉纱窗的声音，听到他小心翼翼走向卫生间的声音。

儿子不喜欢喝剩饭，他非常迷恋一家福建人做的千里香馄饨，一礼拜总要有四五个早晨，他的胃会在那简易而热闹的小摊儿上得到慰藉。我怀疑这种馄饨被那对精明的福建夫妻掺进了罂粟粉，或者掺进了其他引诱孩子们胃口的东西，不然，何至于让那些十来岁的孩子甘愿放弃妈妈们那凝聚着无限关爱的早餐呢？儿子走了，他往兜里揣上十块钱之后快快乐乐地走了。其实，一餐馄饨花不了十块钱，即使再加上一屉千里香小笼包也才七块钱。我之所以持之以恒地在每天早晨给他十块钱，是因为我想表明我爱他，虽然我知道用金钱表达爱是无力而愚蠢的。但这个社会表达爱的最真诚而又最直接的方式就是金钱，孩子的虚荣心常常用几元钱就可以草草打发。还有一个原因就是我试图测试一下他的道德品质，比如他是不是节俭，是不是诚实，其实完全不用测试我就能知道答案。然而，我总希望有一天他会用实际行动亲自推翻这个答案，而事实他从一出家门便开始盘算怎么消费这多余的三元钱，校门口地摊上新上市的橡皮啦、圆珠笔啦、笔记本啦都在他的策划之内，或者他连续攒上几个礼拜，在某个要好同学过生日时可以慷慨地献上一份礼物。儿子的脚步声渐渐消失，此时，曙色熹微，风戾气冷，我能听到光秃的枝干由于风的撞击而发出的轻微呻吟。我不禁对儿子心生怜悯，其实，我的童年要比他的童年干涩困苦一百倍，然而，我为什么对这个小家伙心生怜悯，这点我说不清楚。作为母亲，我不应该这样，我应该苦其心志、劳其筋骨……以便有朝一日他能以自己的能力获得他梦想的自由、身份和荣誉，即使他不能够飞黄腾达，只要他不是一个只会消费而不能创造的人也就够了。

我没有时间回味那个美轮美奂的梦了，因为父亲已经在催促，他迫不及待要找到那个忤逆不孝的孩子，尽管这个孩子把所有亲人折磨得身心疲惫，甚至，亲人们憎恨他，恨得咬牙切齿。我的父亲，我的一向专横而冷酷的父亲，他也曾信誓旦旦地表态和这个孩子断绝父子关系，甚至为此，他写过一份言辞激烈的声明，他也到日报社咨询过相关事宜。但最终他也没有将那份象征着失败和绝望的声明公布于众。然而，我知道，我的父亲不忍心抛弃他一分一秒，也不可能与他彻底了断。现在，父亲又多了一个找到这孩子的理由，因为这孩子在一定意义上决定着石瓠岔的归宿，而石瓠岔是父亲志在必得之物。如果不能成功找回这个浪荡子，父亲只能眼睁睁看着他的囊中之物在别人的手掌中闪闪发光，为别人创造无穷无尽的财富，而这样的结局，是父亲万万不能容忍的。何况，他要状告自己亲哥哥的伟大事件已经在那个巴掌大的村子风靡开来，村民们心急如焚地渴望能够早一秒见识这场风波究竟如何尘埃落定。当然，无论鹿死谁手，他们都会兴致勃勃地拍手称快。其实，我的父亲对村民们这种吃瓜群众式的卑劣行为深恶痛绝。然而，他仍执迷不悟地要让那些从来没有确切立场的村民对他刮目相看。于是，诸如坚忍不拔、百折不挠、持之以恒的褒义词便成了流淌在他血液中的一分子。再艰难的事情，他都有必胜的勇气和决心。虽然，他已经六十五岁了，但这种可怕的勇气和决心一旦在他的血管里复苏，他便像古罗马战场上那些无所畏惧的勇士——除非战死，决不后退。

轿车路过一片被严霜摧残得奄奄一息的草地，我为那群踱着闲步自在觅食的鸡由衷地感到欣慰——我羡慕它们掌控着的无边无垠的自由。这个庞大组织足有几百号成员，百分之九十九的鸡都是雌性。虽然没有监工，但它们从来不会越过道路旁的绿化带窜到公路上送死，它们也不会把蛋随便下到一处凹地，我怀疑它们经过了某种特殊训练。我羡慕这群鸡，它们那么自由。我的头上梳着一个看起来意气风发的独辫，这辫子顺滑而富有光泽，它自由地垂着，自由地随着我的运动而轻微摆动。我属猴，我确信我是一只特立独行又不太安分的猴子。但我总觉得好像有千千万万个紧箍咒把我套得严严实实，使我不敢过于放纵自己的思想和行为，然而这样的收敛压抑了我的个性，使我增添了唯唯诺诺、患得患失的坏毛病。当然，我还没孱弱到丝毫不会反抗的地步，每逢和姚大志吵架的时候，我经常这样有辱斯文地大吼大叫，甚至摆出一副歇斯底里的丑陋姿态："我是自由的，裴多菲说，人生而自由！你要执意和我的自由过不去，那我们的婚姻就离完蛋不远了！真的，离完蛋不远了，我可不是说着玩玩儿的！"当这样的场面像家常便饭那样反复出现，它就真的变得尘埃般无足轻重了——既不能对那虎视眈眈欲干涉我自由的男人形成威慑，也不能增加我的自信和摆脱枷锁的能力。我的正常交往，比如一些蛮有趣味的采风和聚会无一幸免会被他理解为掩饰出轨的借口，他往往用不屑和鄙夷的面目送我出门，有时候，他干脆像一摊烂泥一样置之不理。说真的，我真心羡慕这群散养在草地上自由自在觅食的鸡，如果有来生，我渴望自己能够轮回成一只鸡。

趁我父亲抽旱烟的当儿我还想说说我那个美轮美奂的梦，我认为现在是个时机，因为我的父亲在抽旱烟，他暂时腾不出时间和我喋喋不休地谈论那些我已经快背熟了的老话题。我觉得自己有必要说说我那个美轮美奂梦境的另一个理由就是：我不自私，习惯了和人分享快乐，一旦独吞掉本应与人分享的快乐，我恐惧那本应该或许可能万古长青的快乐会迅速蒸发得无影无踪。所以，鉴于这两方面的理由，我必须迫不及待地把这个美梦简单地叙述一下。我梦到了潜初，其实他的真名叫顾克谦，他躲在一扇旧风格庭院的门板后，一大丛黄灿灿的野菊花把我朝院子里引，当我兴致勃勃地越过门槛的时候，他的胳膊突然变成两条绿油油的"冈氏竹叶青"蛇把我紧紧钳住了。它那红玛瑙般的眼睛闪烁着浓浓爱意，这爱意绝对会使你对它的剧毒产生不了一丝抵抗，再加上我打小喜欢蛇，所以，我心甘情愿甚至激情澎湃地沦陷在那个怀抱里。我用略带天真的目光观摩顾克谦的脸，那是一张充斥着柔情和歉意的脸。"对不起，我爱上你了，爱你让我羞愧。毕竟，你太年轻了，而我……"那两条"冈氏竹叶青"把我缠得透不过气来，趁我张嘴换气的当儿，他俯身把那条沾满烟酒味儿的厚舌头强硬地塞进来，然后开始疯狂搅动。而我呢，天知道我发了什么神经，我竟然甘愿任他对我一次又一次地侵袭，我感到巨大的幸福像电波一样传遍全身……

我的父亲摇开窗户把一截抽剩的烟头扔出去，他扔烟头的动作有些笨拙，但烟头还是准确无误地落在一棵掉光叶子的小杨树下，小杨树单薄的身子在寒风中瑟瑟发抖，那截剩烟头的余热不能给它一丝温暖。我还不能把我刚才阐述的美梦讲给我的父亲，姚大志也没资格听，一旦他们这两个人联起手来对付我，我必被奚落得唯求一死以谢罪。我死不足惜，可怜我那乍乍浮起于心中的小愿望，也将随着我的死而灰飞烟灭。一想到父亲尖刻的咒骂和姚大志鄙夷的眼神，我的浑身就禁不住战栗。我要小心谨慎地把这个美轮美奂的梦藏好，像藏一麻袋沉甸甸的金子一样。

姚大志面无表情，他压根不知道我美滋滋地讲述了一个梦，他更不知道我真心实意地觉得这个梦美轮美奂。如果他的感觉神经末梢对这样的风吹草动有一丝觉察，那他绝不会保持现有的淡然若素神情。以我对他的了解，他会在车流密集的十字路口踩足油门再急转方向盘。虽然这只是一个梦，但这梦稍微透露出一点信息，那就是顾克谦可能暗恋我，并且他为我制造了一个陷阱。

“好像近了，停下车子吧，再往前就不好走了。”父亲说。

姚大志把车子停在泥土路的右侧，这是刚下过雪的路面，一片乱糟糟的“小梅花”歪歪斜斜地向村子延伸去，可以推定有一群激烈争斗的狗刚刚路过。

“大志留下看车吧，小北和我从东西两边进村，仔细打听，别落下任何蛛丝马迹，注意态度，争取从心理上把人感化。”一点儿都不能小瞧这个农村老头儿的智慧，就连组织句子都这么井然有序，说实话，我从心底里崇敬他，十余年小学教师经历使他的语言和逻辑系统得到充分发展，他讲起话来总是这么井然有序，也十分注重词汇的运用。

“车没啥看的，又没人偷了去！我和你们一起吧！”姚大志说。

“你看车，这么光亮的漆面，要是被哪个赖孩子划上几道子就不好了。”

见父亲执意坚持，姚大志便老老实实地钻进车里听音乐了，这粗人竟然养成了听轻音乐的高雅习惯，这也是我从未预料到的，我还以为他喜欢迪克牛仔，或者迈克尔·杰克逊的摇滚呢。

天着实有点冷，然而抱着寻到二弟的必胜信心，虽然有点“风萧萧兮易水寒”的悲凉，然而也不乏“不到长城非好汉”的雄心。几乎没费啥工夫，我便从一个裹着红头巾、穿着藏蓝羽绒服、一说话就打饱嗝的女人嘴里得到食品厂的确切位置。当我向食品厂的老板说明来意时，她几乎不假思索就给予我当头一棒。她的话是这样的：我这里是一个小厂子，只生产三种食品，这三种食品只能卖给农村那些吃不起高档零食的小孩子。三种食品只需要三个工人，三个工人都是我们当村的，所以你要找的一男一女两个年轻人不在我这儿。当我心灰意冷地离开这个食品厂往放车子那儿返回时，就在半道，在那个堆了许多奇形怪状石头的转角处碰到了父亲。

“咋样，小北看起来不太乐观哪，没在这儿吧，唉，到底在哪儿啊，这不让人省心的尿孩子，唉——”

“是啊，没好消息。他不在这儿。”我无奈地将两只手朝两侧摊开。

“我打听了一下，往南五公里还有一个食品厂，那个食品厂规模不小，要是不出差错的话，他们俩很可能就在那呢，嗯，很有可能！”父亲往南看了看，从他脸上迅速闪现出一丝欣慰的亮色。

虽出师未捷，但这丝毫没有减损我们的热情，我们是抱着必胜的决心来的，怎么可能空手而归？

虽然小费了一番周折，但我们还是准确地找到了坐落在外环路南侧的顺昌食品厂。它那两扇锈迹斑斑的铁大门牢牢地反锁着，它摆出的拒绝一切的姿态使我不安。我担心里面的人误以为我们是食品监督局的而拒不开门。果然，他们抵触了好久，大约十五分钟吧，在这漫长的十五分钟里，我的父亲细细说地明了来意，然后毕恭毕敬地朝里面鞠了好几个躬。我从没见过一向飞扬跋扈的父亲如此谦和，这样的谦和使我难过。有好几个片刻，我忍不住想发火，但父亲和姚大志用眼神制止了我。

9

那两扇锈迹斑斑的铁大门终于错开了一道缝，打开它的是一个身材肥胖、面色晦暗、穿着臃肿的中年妇女。妇女好像没睡醒的样子不停地揉搓着两只被肥肉挤成一条缝的眼睛，恨不得把两只眼珠揉搓出来似的。她先用那两只小眯缝眼把我们仔仔细细打量了一番，继而又对我们展开了更为细致的盘问。待她终于确定我们并非来自食品监督局的执法人员才罢休。之后，她吩咐我们在一间门朝东的办公室外等候，她则进去跟一个穿着时髦、长相漂亮的年轻女人窃窃私语了一阵儿。我推断这个穿着时髦、长相漂亮的年轻女人一定是这个顺昌食品厂的负责人，她掌握着这里的生杀大权，包括我二弟和他女朋友的确切信息。我等得不耐烦了，便迈开步子想到南边一排高大宽阔的房子那边查看一番。不承想，我刚往南走了不到三步，她们便像受到惊吓的麻雀一般叽叽喳喳地朝我叫嚷："工作区域，外人严禁入内，你们要的人马上过来。喏，男孩就住在你们旁边的小二层楼上，女孩正在车间上班，我们已经打电话通知了，他们很快就过来，很快！"我们向她们表示了真挚的谢意后便死心塌地地站在寒冷里等待。父亲勉强按捺住内心的激动踏踏实实地站着，那模样既显得赧愧，又显得谦恭。我倒是一副无所谓的样子。在二弟失踪的三个月内，我曾产生过一个罪恶的想法，我知道，这想法一旦公布我就成了十恶不赦的罪人。然而，这个罪恶的想法的的确确曾在我脑海里滋生过，甚至，我和姚大志商议过将它付诸实施的每一个具体环节。我比较喜欢杜甫的现实主义，而顾克谦总是把作品写得模棱两可、支离破碎而又相互关联，他是李白那一类的。扯远了，我还是说说我那个罪恶的想法，我曾罪恶地谋划伙同我的丈夫姚大志把我的二弟绑在一间阴暗的地下室，不给他任何可以果腹的食物，让他在无尽的黑暗里空着肚子去见万能的上帝。那间地下室是我们自己的，别人没有钥匙打开，那是个绝对秘密的地方，他的死也是秘密的，谁都不会知道。亲爱的读者，你们一定会责怪，甚至诅咒我这个做姐姐的。那又有什么关系呢？这个浪荡儿，他把我的母亲折磨得睡不上一个囫囵觉，她每时每刻牵挂他，生怕他挨饿受冻，更怕他因为盗窃被人抓住羞辱殴打。为此，她的心每时每刻禁受着常人无法想象的熬煎，她的眼睛也在泪水的浸泡中显得浑浊而红肿。我爱母亲，我觉得任何一个伤害她的人都是我的仇人，我有充分的理由惩治他。

一阵拖沓的脚步声从二楼过道北端传过来，那脚步声听起来十分疲惫，像拖着一块巨石般沉重。当那个熟悉的瘦长身影出现在楼头，我心里那惊涛骇浪般的怨恨竟在一刹那间静默了。他蜡黄的脸上嵌着一双布满血丝的眼睛，头发好像旧时土炕上的毛毡片一样随意地覆在脑袋上，看起来又脏又干巴。

“你们？咋找这儿来了？”他显然很吃惊。他只是吃惊而没有流露过半点惊喜。这表明他一点也不想见到我们。事实上，他的确不想见到我们这些日夜为他糟心的亲人，这让我一度偃旗息鼓的愤怒重新霍霍燃烧起来。按照礼数，他应该把我们让进他的宿舍，毕竟这么寒冷的天气，地上还有没来得及化掉的积雪。然而，他没有。他没有以一个儿子应有的面孔迎接亲人们的到来。他冷漠地斜倚在楼梯拐角处的铁栏杆上，以一种盛气凌人又不屑一顾的颓废姿态瞧着我们，他的眼神里没有一丝热情。

这眼神迅速催生着燃烧在我心里的愤怒，我感到自己一刻也不能容忍了。我真想冲上去揪住他领口狠劲儿地抽他嘴巴，最好把他那张不知羞耻的脸打得稀巴烂，烂成一片模糊。

“跟我回家吧，二子，很多事要你做，二子，咱回家吧，啊？”父亲眼巴巴地盯着那个居高临下的不肖子，他的声音明显带着乞求成分。

“回去？回去干啥？不回，我不回，我就是不回去。你从来也没把我当儿子看，你给我哥娶了媳妇，又把新盖的院子全都给了他。而我呢，我有啥？你说说我有啥？你凭啥让我回去？”二弟毫不考虑地将这些话从高处抛下来，它们硬生生砸在我父亲的心上。我的弟弟刘水南在喷出这些话的时候狂妄而自得，就好像他掐住了父亲的“七寸”。我知道我心底的愤怒已经迅速洇开，它们容不得我的犹豫不决和心慈手软。但我还是忍住了，为了不使父亲陷于两难的尴尬境地。虽然，忍耐不是我的风格，我是个火山爆发型的女人，任何在我看来具有不公正、无理取闹、侮辱性的言语或者场合都可能使我熊熊燃烧起来。这样的忍耐让我感觉羞耻，但我必须忍耐，因为父亲在，为了照顾他的颜面和情绪，我必须将那团怒火压下去，狠狠地压下去。

父亲被这句话噎得喘不过气来，他脸红脖子粗地愣怔在那里，喉咙里像塞了刚出锅的热红薯一般火辣辣地憋涨。他呆呆地仰望着这个曾无比乖巧又舍得出力的小儿子，然而，现在，那个在初二时就辍学闯社会的年轻人看起来那么陌生和可怕。

“二啊，你说的啥话？你和你哥手心手背都是肉啊，家里是有点儿紧，但老百姓谁家不紧哪，是不？二，你先跟我回，成不？”

“不成，我一回去就不痛快，我睡觉的地儿都被你许给我嫂子了，我有啥好回的？你说说吧，我回去干啥？”我的二弟刘水南朝父亲轻蔑地瞟了一眼。而我的父亲傻呆呆地站在那儿，木墩儿一般，这一刻，他真的矮到了尘埃里。他被自己最疼爱的小儿子声色俱厉地数落着，就如他自己曾这般蛮横地指责别人一样。

怒火，我一直在用尽全力压制的怒火，它们洪流般冲破了我辛苦营造的防线。索性，任由它们放肆吧，任由它们将这一切不堪忍受的屈辱和狂妄焚烧掉吧，烧得尽可能宏伟一些、悲壮一些、惨烈一些。

“你这个没良心的王八蛋，这七八年你干啥了？七八年呀！你好歹务一点正业，至于落成这样儿吗？至于朝风烛残年的老爹要房子要钱吗？”我的怒火终于化成这几句也许起不到任何作用的话，我几乎不假思索就将它们回敬给那从高处俯视我们的逆子。我希望它们能撞击到他心底善良而柔软的那一小部分，它们能唤醒它遗弃多年的责任和良知。

“我是王八蛋你是啥？刘木北，你可是咱家唯一的知识分子，咋骂起人来没一点水准？哈哈哈，低能儿！”一层鄙夷而奸猾的笑容荡漾在二弟的脸上。我的二弟将那层给至亲带来无限伤害的笑容保持了好久，他努力保持它们的原因无非是为了表明自己的立场，同时也表明他对我们的憎恨和讥讽。

这话差点把我弄蒙，三个月的失踪，他竟然把反驳术练习得炉火纯青。这是多么不可思议的事情呀！不过这也不足为怪，他一向是个热衷于反驳的人，并且反驳起来那死皮赖脸劲儿让你哭笑不得。

“为啥玩儿失踪？你知道爹娘咋过的这仨月吗？你让咱爹在人前抬不起头来，爹是多好面子的人哪！二啊，咱娘每夜每夜不能睡哪。地里还有那么多活儿等着，大伯也欺负他们。你的心真的让狗吃了……”我歇斯底里地吼叫起来，每当我无计可施的时候就不管不顾地躁狂起来。

“哟哟哟，这是谁呀？怎么看起来像个泼妇呀，哈哈哈，低能儿！你凭啥教训我，你是谁呀？”他不等我说完便打断我的话。其实，我没必要向一个没心没肺的浪荡儿啰唆这么多。他已经鬼迷心窍了，怎么能体察父母的艰辛和惦念呢？但是“你是谁呀？”这四个字刺激到我了，我不能对这四个字置之不理，我要做一番理论。

“我是谁，难道你不认识我了？你这个狼心狗肺的东西，你仔细听听我是谁。刘水南，你是 1987 年四月初八出生的，那一天晴空万里、风和日丽。我听到爹娘密谋要把你送人的消息，于是，每天放学我就把门闩上，我躲在门闩下仔细倾听院子里有没有陌生的脚步声，我害怕别人把你抱走。我还向咱娘承诺包揽你所有的尿布，为了给你涮尿布，我经常迟到，而因为迟到挨过那个喜欢躺在桌子上让男同学给他夹胡子的男老师的很多巴掌。我一点也没觉得委屈，我乐意为你做任何事，那一年我刚八岁。有一次，我把你高高举过头顶，你喜欢那样，我想让你高兴。然而，我的小胳膊没能支撑你多久，突然，你像一团沉甸甸的湿棉花团从将近一米四的高空掉下来摔在院子的石板上。你的头和石板接触的声音把我吓坏了，我以为娘会用棒槌把我屁股打掉一层皮，万幸的是你竟然毫发无损，你只是若无其事地哼哼了两声。所以，我幸运地避免了一场劫难。你是个坚强的好孩子，对面邻居家发情的母驴踢豁了你的鼻子，那一年你七岁，你在那枚细细的缝针下面不改色、淡定自如，那情节让我感动，从那时，我就坚信你会是个优秀的好孩子。你上小学四年级那年就知道在放学后往咱家里的大水缸挑上两担子清水。你不太爱学习，初中没毕业就走向了社会，和一群一样没有文化知识和道德修养的孩子混在一起。你变得太快了，懒惰、撒谎甚至偷东西……这到底是为啥？弟弟，你咋变成这样儿的？你自己变的，还是被坏孩子们逼迫着变的……”我感到一股钻心的疼痛在我胸腔翻滚，我任由眼泪扑簌簌地往下掉。我知道眼泪并不能打动他，也许只能赚回一些鄙夷和嘲讽。

“打住吧，说这些有啥用呢？”二弟再次狠狠地打断了我的话，他从二楼拐角处朝我扔下一束冷淡得让人心悸的目光，那目光居高临下以一种赤裸裸的鄙夷和嘲讽意味把我包围了，我在这样的包围里茫茫然不知所措。

我又产生了冲上去抽他耳光的念头，其实我抽过他两次，有一次把他嘴角抽出了血，有一次把他半张脸抽肿了。我想他很可能因为这两次挨抽而记恨我，事实上确实如此。他挨抽多半缘于他的嘴，他的嘴太能狡辩了，我甚至怀疑塑造他如此善辩的高人一定是这世界上最优秀的辩论家，要是在古代可能是晏婴、东方朔之辈。这儿毕竟是大庭广众，有一句话说得好：家丑不可外扬。我不能把更为细节一些的关于二弟的丑闻公示于旁边那些看热闹的无关紧要的人物。何况，他的女朋友也在这里，我真心希望那个长相俊俏、不善言语的女孩儿成为我的弟媳。就在我们对峙的时候，她来了，我二弟的女朋友，她穿着去年的旧羽绒服急匆匆地跑过来。我为她脸上挂着的哀愁揪心，这些哀愁都是我二弟慷慨赠予她的。自从她和我二弟谈恋爱，自从她将爱情和身体一股脑交给我的二弟刘水南，我便很少从她脸上发现快活而放松的表情，她总是紧皱着眉头不声不响的样子，好像有一块巨大的石头压着她。她是我母亲那个一辈子没娶媳妇的表弟抱养的女儿，从抱养的那天起，或者没抱养之前，她的终身就系在我二弟身上了。这是她奶奶的主意，那是个极其精明的女人。她盘算着这样一来不仅亲上加亲，还有一个大的好处，那就是她的光棍儿子将老有所依。她年逾古稀但身体仍然很健康，耳不聋眼不花的，并且逻辑推理及判断能力都丝毫不减当年。母亲说老姑是个精明而尖刻的人，她有超强的决断能力，心硬得可怕。

“姐，你们咋来了？走，咱去他宿舍休息会儿吧。”这个始终紧皱着眉头的女孩儿轻而易举地打破了眼前的僵局，她走到父亲身边搀起他的胳膊朝楼梯走过去。“姐，咱上去说。”她又回头看了看我，那目光里依然满是哀怨。

这句话在关键时刻遏制了我的怒气。我一看到这个姑娘就心生怜悯，我甚至好几次偷偷劝她离开我的二弟，然而，她总下不了决心。我知道我的二弟夺走了她的贞洁，就是这几乎所有女人都逃不开的处女情结害了她。并且，她受害的程度极其深重。

我遏制住怒气和父亲一起随她上了楼，二弟极不情愿地把我们带进楼道右手侧第三个房间。这是一个简易得不能再简易的给工人睡觉的宿舍，宿舍里只有两张上下床，看起来这里应该住着四个男工。每张床上都团着一个肮脏而单薄的被子。仅有的一个小窗户嵌在东墙上，这个小窗户实在太小了，它并不能接纳多少阳光到这个屋子里，所以整个房间幽暗阴冷。二弟的女朋友叫梅雨，我习惯称呼她“小雨”，她似乎也喜欢我给出的这个昵称。虽然她戴着一顶针织贝雷帽，但这顶小帽子能带给她多少温暖呢？她的脸显得青紫而透明，手背和手指关节处都被冻得高高地鼓起来。我心疼这个从小没有得到过母爱的姑娘，也从心里把她当亲妹妹看待。我把新买不久的真皮棉手套递给她，并言明是送给她的。她起初固执地推辞了一番，但见我真心赠送便羞涩地收下了。

我决定缄默，因为我不能保证不和那个狼心狗肺的东西大打出手，我更不能保证在一番天昏地暗的恶斗之后还能如父亲所愿把他带回家。所以，我决定保持缄默，缄默有时候也是一种策略，尽管我不太认同这种毫无个性的策略。然而，我还是决定保持缄默。

“回家吧，二子，只要你回家，所有的问题都会迎刃而解，我和你娘一定尽最大努力给你和梅雨完婚。”父亲用他少见的缓慢而犹疑的口气说。那时，他刚在二弟的床上坐下来，正呼哧呼哧地喘着粗气。

“你能给我们完婚？我在她家都名誉扫地了，她家每一个人都看我不顺眼。当然，我要过他们。哼，说这些还有啥用？你们，就是你们把我的老底儿全揭给他们了，小雨一家没一个人看好我，你们又咋给我们完婚？完个球啊！”二弟气愤愤地说。

“揭穿你是为了帮助你，以免你犯下更大的错误嘛。”父亲近乎嗫嚅地轻声说，就好像他对这个浪荡子犯下了滔天大罪一样。

“帮助我？哼，那我谢谢你们的好心了。”二弟又轻蔑地看了父亲一眼。这一眼恰好被父亲的目光接住了，父亲显得有些慌乱，他不安地拽了拽棉袄的下摆。

“回去吧，二子，我现在很难哪！刘宗义一家欺负我和你娘，没有你我实在不好办哪，二子，咱回去和他们斗，行不，就算爹求你了！”父亲一边说一边继续拽棉袄下摆，我知道他试图用这小动作掩饰内心的慌乱，他十分害怕被拒绝。

“有难处就想让我回去？”

“想让你回去给我壮壮胆，石瓠岔，我志在必得。就是你们都不帮我，我也要和他们战斗到底。如果有一天我暴死在哪个犄角旮旯，那肯定是他们一家害的。”

也许是这句含带威胁性的话打动了二弟的心，他的脸上竟然滋生了一丝久违的暖意，就是这丝暖意使气氛有了缓和。

“好，我跟你回去。但，我和梅雨的事儿还得麻烦大家伙儿费心。他们一家子铁了心不让我和梅雨在一块儿，梅雨现在是背着他们和我在这儿打工呢！”二弟之所以痛快地答应了跟父亲回家，我想还是因为爱情，毕竟，梅雨是他第一次真心爱上的女孩儿。

10

车子在蜿蜒而平坦的乡村公路上缓缓行驶，这条路刚竣工不久，那些不超载就无法生存的载重汽车还未来得及给这光滑的柏油路面点缀上形状各异的斑点。公路左侧的太行山像一位看淡了人世沧桑的智慧老人静卧在这浓酽寒气之中，稀稀疏疏的几棵小槐树故作深沉地与这寒气对峙。公路右侧的映雪湖水库已经全然失去了往日柔媚光洁的风采，它更像一块模糊的镜子被人抛弃在这一大片凹洼之处。我突然想起秋末时候从岩石缝里伸出来的一丛野菊花，它们以最微小的纤弱之躯诠释了最盛大的强劲之势，那一朵朵棕黄的花朵，它们傲然蔑视了秋的凌寒，在盆栽的菊类争先恐后地衰颓之后，它们从容不迫地向人展现了一种近乎野蛮的纯美。我曾在路过的刹那被这天然的纯美感动至深，以至四五年来不能忘怀。现在，是临近年光的腊月天，野菊的残骸想必已经安睡，而我寻觅它们踪迹的眼睛却舍不得稍作停息，尽管我知道这样的寻觅终归徒劳，我总希望能够寻觅到一星半点关于野菊残骸的信息。我的心态不好又极易发怒，我需要野菊精神鼓舞自己的灵魂。

一个废弃的温泉洗浴中心被抛在车后，在我的记忆中，这个洗浴中心好像从来没有繁华过，也许它曾繁华过，但那绝对是昙花一现的繁华，因为从我第一次路过它，它就像一个病恹恹的未成年孩子可怜兮兮地伫在那儿，它终生不会复活，就像一个患上抑郁症的病人，即使在阳光明媚的日子也不能接纳丝毫光明。

“喂，刘木北，做白日梦啊，这么专注？”姚大志的言语里惯常蕴含着一股子冷嘲热讽，这是他对待这个世界上所有知识分子及有涵养的儒雅人士的唯一态度，也就是说这是他一贯的语言方式，这种语言方式的产生绝非偶尔，它与我有着千丝万缕的关系，我算得上一个兢兢业业写文字的人，就是这样兢兢业业的写作让他厌恶。汉语常用的三十几种修辞，他唯把疑问和反问这两种修辞学精辟了。比如，在我刚拿到驾照上路实习的时候，他一脸严肃地坐在副驾驶位置，通常我会在上车前这样警告他：姚大志，即使我哪里做得不好，你也不许雷霆大怒，更不许用疑问或者反问刺激我的神经。然而，诸如“你的教练是怎么教你的？”“你就不能在坑洼处提前减挡啊？”“不知道在上坡时候要低速挡，竟然还挂四挡？你和白痴有什么两样？”这样的话依然娴熟地从他嘴中迸出，他从来不知道这些话很伤害我的自尊。

“我在想老二和梅雨以后的事怎么开展，小雨，以你这二十余年对你奶奶的了解，她还能接受你和老二结婚吗？”

“很难，也许一点可能也没了，奶奶不知道我仍然和二子来往，她已经托人为我物色婆家了。全家人恨死了二子，谁也不拿正眼瞧他，这都是二子自找的。二子住在我们家那段日子，他每天体面地骑着我的电动车佯装上班，其实他一整天都在网吧鬼混，他沉溺于一款叫《大话西游》的游戏，他把从我这儿要去的生活费全都消耗在游戏人物的装备上。傍晚时候，他又准时准点地骑着电动车回家了。看起来，他的确每天都在上班。但当我问他开了多少钱时，他就以种种理由哄我。我相信他，毕竟，我们是亲戚，他又是我第一个男朋友。后来有一天，奶奶发现褥子下面的两千块钱不见了，我银行卡上的数字也从一千五百元变成了一块钱。我们都知道是二子干的。唉，我都觉得没脸见人。奶奶给过二子机会，可二子一点也不改。现在，我们全家人都不能提‘二子’这两个字，别说接受这个人了。”梅雨无比懊丧地说。那时，她端端庄庄地挨着二弟坐着，脸上的表情极为复杂，连我这个一向善于揣测人物形象的人都无法找出一个精确的形容词与之对应起来。这复杂里也许有抱怨，也许有憧憬，也许有悔恨。她穿着一件略微陈旧的紫色羽绒服，羽绒服的高领包裹了半张脸，这是多么单纯而美丽的一张脸哪，这张脸不应被任何复杂情绪所污染，它应该呈现出少女独有的清澈、天真、快乐。然而，现实就是这样残酷，她紧挨着的男人是个人人皆知的糟糕玩意儿，而她却不能从他铺设的泥沼中解脱出来。她一定想到去年春节妇幼医院那个穿白大褂的中年女医生，她神态凝重而动作老练地从她子宫取出一个五个月大的婴儿，那是一个已经成形的男婴，是她的第一个孩子，那孩子曾经带给她从未体验过的震颤。而那个男婴被中年女医生像扔废品一样随手扔在一个白色塑料桶里，作为母亲，她亲眼看到过那一幕。

“怎么老揭人短处？我这几个月一直努力改变，你不也看在眼里了吗？毕竟我们天天在一起哪。”二弟有些不耐烦，甚至，他朝一边挪了挪身子。他的细微动作使人怀疑他和这个死心塌地跟他的女孩儿之间的爱情。他还爱梅雨吗？他是真心为爱情争取吗？他能为梅雨带来幸福吗？

一切未知……

“可是前几天你又玩儿失踪，整整三天，连一个电话都不打给我，知道我多么担心吗？”梅雨的口气带着一种软绵绵的抱怨。

她的性格可真如“梅子黄时雨”那般绵软，这绵软使她吃尽了苦头，尽管我暗地里向她灌输过驯服我二弟的种种招数。然而，这些招数一旦到她那里就完全丧失其应有的效应。本指望她凭着这些招数把我二弟教化得服服帖帖，不承想她倒被我二弟驯服成依人小鸟般逆来顺受。

“那几天心烦，一直泡在网吧玩游戏了。这几个月的工资都在你卡上，快过年了给自己买几件像样的衣服，我们的事儿，我会尽最大努力争取的。只要你还接受我，我会求我爹娘亲自去你家说和，毕竟你奶奶是我娘亲姑姑。”

“嗯，但愿奶奶能忘了你的不好。”

梅雨的脸上有了一丝喜悦，然而这丝喜悦并不能打消我的疑虑。“做梦吧，年轻人。”当然，这句话只是代表了事实，并不能反映我的本心。我的本心是渴望这两个年轻人终成眷属，像王子和公主一样快乐地生活在一起。然而渴望是一回事，现实往往是另外一回事。以我从母亲嘴里有意无意透露的有关梅雨奶奶的蛛丝马迹中，我坚定不移地推断这两个年轻人的美好愿望注定没有任何实现的机会。那是个大义灭亲、心胸狭窄而又擅长睚眦必报的老女人，她在三十几岁时曾用恶毒语言咒骂过照顾她生计的亲哥哥，即我的外公，起因是我的外公把一头怀了崽儿的驴低价卖给她的妹妹而没有卖给她。她今年七十有五，腿脚灵便，耳鼻口眼也好使，只是牙齿过早掉光了，她又不肯花钱置办一口假牙，这使得她嚼起东西来异常困难，她又是个急性子，细嚼慢咽向来不是她的风格，我亲眼见过她把咽不下的馒头吐在手掌里，待嘴里空余之后，再把手掌里的馒头塞进去，然后两边脸颊便快活地做起了机械运动，每逢这时，我的脑海便清晰地跃出一头正在反刍的老黄牛，老黄牛慈眉善目、笑容可掬。梅雨奶奶看起来也慈眉善目、笑容可掬，然而只是看起来这样罢了，看起来和真的之间有着千沟万壑的距离，这一点早已是街坊四邻们公认的事实了。就是因为她的精明，才使得她的孩子们个个显得过于弱智和唯诺，其实她的孩子们倒也不是真的弱智，只是比平常人心眼实诚罢了，农村的心眼实诚往往带有贬义。梅雨的父亲就是一位心眼实诚的男人，年过半百而不谙女人滋味，一年中多数光阴消耗在市内外的大小工地上，他把赚的钱恭恭敬敬地交给梅雨奶奶，其实梅雨奶奶是个大字不识一个的女人，她甚至不认识存折上的数字，即便这样，她也要独揽大权，仿佛只有这样，她才算活得有尊严。

二弟用右手中指擦去梅雨眼角的一丝微垢，梅雨立刻羞赧地俯下了头。父亲佯装没看到这些，他把目光凝注在一排精美的小别墅上，这是一排寂寞的小别墅，三年了，我们从这条路上往返西庄不下二十余次了，然而从来不曾见到有人从别墅里朝外张望，也不见有狗趴在别墅旁的大槐树下乘凉。

“瞎了一栋好房子，有钱人除了浪费钱无事可做。他们喜欢山里的清新空气，然而他们却忍受不了山里的沉寂，他们骨子里爱慕繁华，却硬生生伪装出一种超凡脱俗的归隐心态，这就是虚，是城市与农村永远无法弥合的距离。”父亲无比惆怅地说。

“哟，您这话说得真有水平，真不愧为国文老师。”

父亲对我的啧啧称赞毫不理喻，其实我曾无数次公开表示过对父亲语言能力的钦慕。父亲是个冷峻而没有情趣的男人，他的语言自然也就凌厉严谨几分。我非常真诚地对他的演讲艺术着迷，然而，就是这样高超的演讲都不能将我二弟感化。二弟只在聆听教导的那一刻表现得恭恭敬敬，一旦离开父亲身边半步，那些精妙而诚恳的教导便消失得无影无踪，他照旧一副浪荡痞子模样。

“城里人的虚伪通常会千方百计地进行一番伪装，比如他们骨子里爱慕繁华却偏要装出一副愤世嫉俗、向往世外桃源的嘴脸。农村人的虚伪却明目张胆得不加一丝掩饰，比如有关彩礼的顺口溜就有‘万紫千红一片绿’之说，万紫就是一万张五元面值的，千红就是一千张一百元面值的，一片绿嘛就是数不清的五十元面值的，加起来看看，是不是很吓人呢？甚至，女方还要求男方父母不能超过四十岁，很明显，不超过四十岁正是供人使唤的好劳力，除了承包掉一切家务外，还是看孩子的一把好手儿。更有挑剔的，他们甚至要求男方不能有活着的爷爷奶奶，唉，简直没天理了！咋就发展成这样儿，人心哪，唉，人心哪！”父亲说这些话的时候神态庄重，语速也缓慢了许多。

“二十年来，彩礼钱翻了几十倍，从我记事起的几百元涨到现今的几万元，智商较弱或者身有残疾的女孩儿一点也不会因为自身缺陷而少向男方要一分钱，甚至，她们要凭着更高一档的价码来博得婆家的尊重。价值规律在这个问题上显得无能为力。其实单单几万块的彩礼钱并不能摧垮一心想为孩子成家立业的家长们的心，要命的是，没有一套新盖的房屋，女孩子们通常是不会委屈下嫁的。而建起五间房屋连工带料需要五万元，如果把这套房屋装修完毕再放入崭新的家居用品，则至少需要十万元。彩礼和房屋加在一起真是个触目惊心的数字呢，十几万哪！这简直是个毁灭性的数字。听说近一两年彩礼钱又飞涨到了八万八，或者十万，更有甚者，女方还要求在市区有新房，还要有轿车。”这二十余年，我亲眼目睹了农村彩礼的疯狂飙升，这疯狂飙升的彩礼简直比刽子手还恶毒，它不仅摧残着沉陷在繁重劳动中的农民们的幸福，还让一些原本纯洁善良的女孩儿变成唯钱是图、好逸恶劳的恶魔。可惜，我也像沉默的大多数一样在这么严肃的问题面前保持了沉默。至今，我什么也没有做，任由良心遭受着谴责。

“这排别墅能拯救十来户家庭，你们看那排坐北朝南的小别墅，山脚下，看到了吧？”父亲右手指向的地方的确矗立着一排漂亮的别墅，这是一排从几年前建起就一直闲置的别墅，虽然建筑风格老旧，但仍然显得和群山环绕中的低矮石屋不太和谐。映雪湖安静地斜躺在不远处，湖的对面矗立着敦实而低矮的山峰，鸟儿们组成的小群体不时轻快而迅疾地掠过湖面，它们抛洒下的自由而愉悦的鸣叫很快便被这空旷和静谧消解掉了。这是一片受到国家保护的水域，它接纳了三县数十条河流的汇集，统治面积达两万余亩，能够安全拦蓄二十年一遇的洪水，像忠实的仆人一样护佑着东部各县。只消步行三五分钟，别墅里的人就能和这片不被污染的水面亲密接触，只可惜这别墅里几年以来从没住过一个人。真不知道它的主人究竟出于什么居心建造了它，而又毫不吝惜地遗弃了它。

“可惜它像一堆废墟一样戳在这儿，以后的好多年，它都会像废墟一样戳在这儿。”我说，“小雨，你是要和二子一起在西庄住几天，还是跟着我们回城？”

“我……”从小雨支支吾吾的语气中推断这女孩子根本没任何打算，她习惯了听人安排，她的命运从一出生便不掌握在自己手上。

我从这犹豫不决中很容易推断出她希望在西庄逗留几天，其实西庄一点也不诱人，改革开放的大潮还没有酣畅淋漓地把这个沉睡在太行中麓的贫瘠村庄彻底唤醒，人均不到半亩的瘦田参差不齐地匍匐在村子四围，它们惭愧地任凭这些人把希望播在自己没有多少汁水的身躯里。手工劳作依然是最流行的农忙方式，和中国多数农村一样，蹲在旮旯里晒太阳的只剩了老弱病残，他们依然保持着“揣手儿”这个习惯，并且一个个神态安详、笑容可掬。梅雨之所以喜欢在西庄逗留，我想除了二子的原因之外（毕竟，和情人耳鬓厮磨是每个恋爱中的少女最殷实的愿望），我的母亲也在某一紧要关口影响着她的决定。母亲待她若女儿，每逢她来，母亲便着慌般地到小卖部买回一些零食，还变着花样做饭，至于洗碗、扫地之类的小事则从不让她沾边。“娘就是偏心，对待媳妇和姑娘两个模样。”每当我这样打趣她的时候，她则不愠不火地反驳：“你们都去别人家做姑娘了，媳妇才是我实实在在的姑娘。”

当这个叛逆儿终于被我们押解回来，当他活生生地站在母亲面前，母亲并未表现出热切的激动，她不像之前那么殷勤，一丝略微难堪的笑容勉强地从横生皱纹的脸颊上挤出来，她的眼神也显得疲惫，嘴唇上满是白泡，我知道，母亲还未从二弟这三个月的失踪中缓过劲儿来，她已经急火攻心了。

我们并未在西庄长时间逗留，我只和母亲简单寒暄了几句便匆匆离开了。其实时间已经不允许我们耽搁，我的儿子还没有胆量单独面对黑夜，所以我们无论如何要在天黑之前赶回城里。

11

当轿车再次路过那片被严霜摧残得奄奄一息的草地的时候，那群雌鸡完全不见了踪影，它们已经乖巧地回到那排简易的砖舍里睡觉了。这是一片尊贵的草地，一连三年，我都能看到一些穿着朴素、头戴草帽的农村妇女半蹲在炎炎烈日下把晒得毫无生机的草皮植入公路两边的土层，她们一边干活儿一边快乐地聊天。其实她们完全在做无用功，那些被她们辛辛苦苦植入土层的草皮多半会被蓄势待发的野草覆盖，野草的生命力不言而喻要大过这些草皮许多倍。市政绿化部门的领导对此一无所知，他们只知道每年安排妇女们种植草皮。这群愚蠢的妇女试图摧残野草们的自由长势，她们从来不曾深刻领悟“野火烧不尽，春风吹又生”这句诗的真实含义。这样的愚蠢对她们来说未必是坏事，因为市政绿化部门的领导们一向工作严谨，他们眼睛里绝对容不下稗子，这样的敬业精神往往给这些寻职无门的农村妇女制造了可乘之机。

“晚上吃什么？”姚大志的问话打断了我的沉思，其实这样的沉思很无聊，早该被打断了。

“买一份啤酒鸭吧，也许儿子馋坏了呢！”

卖啤酒鸭的老板是个清瘦、睿智的瘸腿男人，他把年轻时尚的妻子安排在一栋小洋楼里享清福，自己带着两个伙计经营这个位于丁字路口的小餐馆儿，餐馆儿的生意红火得很，我们去的时候，大厅里已经有了四桌客人，他们在袅袅升腾着的水汽中粗犷地划拳。

“来点什么，姚儿，在这里吃还是带走？”他待人总是这么亲切，只要你光顾那餐馆一次，他就能准确地记住你的姓名。

“啤酒鸭一份儿，带走，青菜、鸭血、杂面都有吗？”

“好嘞，给你来份儿鸭腿多的，你要的青菜、鸭血、杂面都有呢，再送你一碗炸辣椒。”

“好嘞，哥们儿！谢谢啊，你那碗炸辣椒卖四块钱呢！”姚大志不好意思地说。

“谁让咱投缘儿呢，哥哥我记得你好这口儿。”

“那就‘恭敬不如从命’？”

“哈哈，拽起文词儿来了，弟妹教育得不错嘛。”他笑吟吟地把目光转向我。

“他只会这么一句。”我连忙微笑着回应。不知怎的，随便一个男人的注视都会让我产生不安情绪，即使那目光里没有一丝轻浮成分，我不知道这是不是神经过敏，或许由于过惯了半隐居式的生活，我已经对一些本就异常简单的事物失去了基本的应付能力。

结账，道谢。从餐馆出来距离家只有两分钟路程，在这两分钟的路程里，我决意不再思考任何事情。因为我发现任何沉思都是徒劳，就像我之前思考过的有关妇女们种植草坪的事儿，难道这事儿和我有一丝关系吗？我这样劳心劳肺地沉思一番就可以阻止那些野生稗草的蓬勃生长了吗？然而思想——这个最不谙风情的幽灵，它会完全漠视你的感悟，它常常肆无忌惮、怡然自若地从某个出发点迸泻出来，就如现在，我本来决定不再思考任何事情，然而我的儿子却硬生生从我的脑海中冒出来。一整天，他没有给我们打一个电话，这让我无比忧虑，这不仅仅说明我们之间关系淡漠，还昭示出另一个危险信息，那就是他真心喜欢我们不在家的时光，他之所以喜欢这样的时光，是因为他可以在这样的时光里随心所欲地干一切他认为有趣的事，而不必惴惴不安地征求我们的意见。想到这里的时候，我觉得非常羞愧。我以至高无上的母亲身份剥夺了儿子的自由和快乐，每当他乐颠颠地买回一款新出现在小摊上的橡皮，虽然那橡皮仅仅花费五角钱，最多也不过一块钱，然而，我总不会轻易放过他，甚至当着他的面，把那块崭新的橡皮扔进垃圾桶。事实上，他迷恋收藏橡皮，就像迷恋集邮的家伙无法抵制那些在外人看来无足轻重的小纸片一样。也许他能从收集各种款式的橡皮中得到别样的欢乐和满足，但我这个当妈妈的只觉得他不厌其烦地买橡皮很搞笑，我甚至粗浅地把这种行为理解为浪费。每当我意外发现了他藏在口袋、抽屉、书包夹层或者别的什么地方的新款橡皮，我不是狠狠地教训他一番，就是近乎残忍地把他心爱的橡皮用剪刀毁掉。我粗暴地禁止他哭出声来，我甚至骂他“爱哭鼻子的女孩儿、小懦夫、败家子”。每当他由于粗心算错一道题，虽然那道题仅仅占了一个百分点，我也不会善罢甘休，错一罚十是我的一贯作风，要是他稍有反抗或者流露出不满情绪，我就会用一连串的恶毒语言讽刺他一番。我完全忽略了儿子的自尊，当我把这样刻薄的话残酷地抛给他，完全没有想到会给他幼小的心灵造成多么严重的创伤和恐惧。他虽然不敢反驳，但他回敬给我的那种厌恨绝望的目光让我不寒而栗。

儿子的脑袋从客厅的玻璃窗清晰地映出来，他挥舞着双手朝我们打招呼，他总能准确地分辨出自家车子发动机与众不同的声音。从他的表情和挥舞小手的力度上推断，他已经等得不耐烦了。果然，一进家门，儿子便殷切地朝我扑来，他把头埋在我的胸前来回使劲儿地磨蹭。“妈妈，您总算回来了。”他一边磨蹭一边委屈地说。其实这句话中的“总算”二字蕴藏了极大的虚伪成分，我的儿子，这个年仅十一岁的俊美少年已经在不知不觉中学会了口是心非，也许他学会这项技能的实际年龄要更早些，只是一向视他为纯洁天使的我未曾发现罢了。是啊，天底下有哪一个母亲肯承认自己孩子哪怕一点点劣迹呢？但这句话中的另一个字使我对这个小东西刮目相看，那就是“您”字，当他第一次用这个字称呼我们的时候，我着实大吃一惊，因为就连我这个一向以文人自居的淑女都不曾把这个字奉献给任何一位尊长，包括我的父母亲大人。其实，他不算个太守规矩的孩子，从小学一年级至今，他从未获过“三好学生”的光荣称号，班主任和其他任课老师一致反映：您的孩子注意力太过分散，他也许患有多动症：揪前排女生的小辫儿，钻到课桌下找鞋子，往同桌胳膊上写字……凡是一切看起来不太文明的事儿，您的孩子都不会错过尝试的机会。记得有一次家长会上，我怀着极其复杂的双面情绪静坐在儿子的位置，我在儿子的抽屉里发现了一张纸条，那是唯一一次儿子与我的文字交往，然而我牢牢记住了纸条的内容：妈妈，您肯定能从班主任宣布的捣蛋生名单中听到我的名字，但请您千万压住怒火，您不要憎恨我，也没必要因为这小事情收拾我。因为随后您就会在班级前十名的名单中再次听到我的名字。妈妈，捣蛋并不是我的本意，我只是不能很好地控制自己而已。妈妈，我愿意慢慢改，但也可能改不成老师和您喜欢的样子。我记得您说过，您会一直爱我，是吧，妈妈？他没忘了在纸条右下角歪歪扭扭地写上自己的名字，也没忘了填上日期。我总渴望班主任先宣布年级前十名的名单，然而，李梅欣老师却总习惯先宣布捣蛋生名单。不过，这样也没什么不好，我可以在受到打击之后迎接家长们向我投来的极其羡慕的目光，这样的目光很容易使我从刚刚遭受打击的恶劣心情中复原过来。尽管，我再三向班主任承诺，我会在极短时间内帮助我的儿子改邪归正，确切地说是帮助他提高注意力，注意力提高了就无暇再做那些诸如揪前排女生的小辫儿、钻到课桌下找鞋子、往同桌胳膊上写字之类极其大逆不道的事情。然而，我的承诺往往被我轻易毁掉，我既不能坚持陪他写作业，又没有绝妙的策略使他将注意力放在正经事儿上。如此一来，他依然我行我素地在课堂上为所欲为。当然，我也不是没做过一点努力。我曾义正词严地警告过他许多次：专心听讲是你对老师起码的尊重，也是你获取知识直接的途径，难道你想成长为一个草包尿蛋吗？难道你不想让妈妈以你为荣耀吗？他总是不紧不慢地这样回敬我：妈妈，草包是什么包，尿蛋又是什么蛋？他故意装出一本正经的样子等待我的回答。说实话，我真想甩给他几个耳光。但我一看到他脸上的那一汪清澈无辜的表情时，我的心马上酥酥地柔软起来。

我看到婆婆正坐在餐桌旁聚精会神地打盹儿，就连我进门的声音她都没能听见。她总是以沉睡的方式拒绝一切麻烦。我不知道她执意紧闭上眼睛究竟意味着什么，也许她只是熬不住困意打个盹儿而已。然而，我总是对她的打盹儿耿耿于怀。然而，我又对她的打盹儿无能为力。我没有许多时间陪她聊天，也没有耐心听她讲一些老掉牙的陈年旧事，更没有闲情逸致向她请教有关耶稣和圣母玛利亚的事儿。我的丈夫是个粗俗的煤矿工人，在赡养老人这个问题上他还没有足够的经验。也就是说在关注老人心理方面他的欠缺很多，他经常气急败坏地冲着婆婆大吼：睡睡睡，就知道睡，干脆冬眠算了，省了吃喝拉撒，落个大家清净，你自己也享福。婆婆向来不介意自己儿子这些诅咒式责备，她从不反驳，就像压根儿没听到什么一样，她淡定得像一尊佛。这让我一度认为她已经真正修得了超凡脱俗的基督境界。其实，她对基督教的唯一信仰就是天堂，她深信耶稣的儿女都能在死后乘坐那艘大船到天堂尽享荣华富贵。她的大儿子从她第一次因宫颈癌住院便抛弃她了，在听医生说了“你母亲的病即使花上二十万元也不能保证治好，她身体这么肥胖，很有可能下不了手术台”这句话之后，他就残忍地蒸发掉了。事实上，我们并没有让肥胖而年老的婆婆上手术台，只放疗了五十多次，婆婆的情况便大有好转，至于花费自然距离二十万相去甚远。然而，自那之后，那个把母亲抛弃在生死一线的儿子便再也没有探望过她，一直到她离开人世。她有两个体态肥胖的女儿，大女儿体质甚差，严重的心脏病迫使她足不出户，而较为健康的二女儿又远嫁他乡。

“宝儿，自己在家过得好吗？”

“好极了呀，妈妈！咱们晚上吃什么呢？我的肚子要饿扁扁喽——”儿子指着自己的肚子撇了撇嘴。

“啤酒鸭来喽！”姚大志隔着防盗门使劲儿喊着。

“呀，太伟大了，咋知道我想吃啤酒鸭了？”儿子拍着手欢呼起来，他抓起我的右手“啪啪啪”地猛劲儿亲了三下。

“我是谁呀？”我乜斜着眼睛得意地看着这个喜形于色的小小少年。

“是我妈。”

“这就对了，这个世界上每一个妈妈都知道儿子的心事——每时每刻的心事。只要儿子站在妈妈面前，妈妈们就能知道。”

“真的吗？”儿子脸上的疑惑让我觉得有点难为情，甚至，我从他脸上看到了恐惧。

“千真万确。”为了逗他，我一本正经地回答。

“那……”儿子支支吾吾地陷入了沉思，那样子简直萌呆了。

“那你可不要随便欺骗我哦。”我一边哈哈大笑，一边朝他屁股上拧了一下。

儿子坏坏地笑了，那笑容带着一丝被人识破的羞涩，这羞涩让我怀疑他可能无数次欺骗过我。然而，我丝毫不因为那些可能存在的欺骗而懊恼——成长期的孩子怎么能没有一点鬼心眼呢，他也和成年人一样有权利追求自己喜欢的生活方式，他完全可以拥有自己不被窥伺和侵犯的小空间。

婆婆在吃掉两个鸡腿和一碗杂面后便离开餐桌进屋睡觉了，她的鼾声很快便从小卧室里抑扬顿挫地响起。虽然，我非常憎恶那夹带着久病晦气的鼾声。但是，我习惯了，习惯可真是个了不起的词语，它能使一切反感的、憎恶的变成稀松平常。

12

如果我不把一只叫作“妞妞”的博美犬写在这里，那我简直不可理喻。它陪伴我将近一年的时光，它给我带来过实实在在的乐趣，而我又把它视为最忠实的朋友。所以，我要稍微费点笔墨写写这家伙。

乍见“妞妞”时，我觉得它像一只亭亭玉立的白狐，虽然那时候它刚满月，身材还十分娇小，就像一团白绒球。那时，我并不确信不久的将来它能长得亭亭玉立、妩媚动人。昨天我带它进入一家店铺买冷鲜肉的时候，那个裹着红围裙、蓬松着卷黄毛、面目疲惫的女店主啧啧地赞美它说：“多么可爱的小狗狗啊，看起来像波斯猫一样！”尽管她对“妞妞”的赞誉发自本心，但我从心里感到好笑——博美犬和波斯猫差哪儿了？女店主的判断也太离谱了，也许她被繁忙的生意搞迷糊了。我虽然被她的不贴切比方搞得郁闷透顶，然而在离开的时候还是向她报以优雅一笑，因为我实在不能神经质到和一个女店主斤斤计较。

“妞妞”对每一个试图和它亲近的人都能表现出极大的热情和信赖，并且，这样的热情和信赖经久不衰。比如你下楼取邮件归来，即使短暂的几分钟分别，它也会在见到你的那一刻兴奋地朝你大献殷勤，它把两只前爪搭在你小腿部，用两只眼睛脉脉含情地盯着你。如果你不伸出手抚摸它一下，它绝不会善罢甘休。我知道，它的殷勤不掺杂任何矫揉造作的成分，这是世界上最值得尊敬的情分。人的喜新厌旧心理实在可憎，几乎人人都有喜新厌旧的可能。我记得在我和姚大志新婚期那阵儿，我也曾每逢他下班的点怀着激烈而诚挚的情感等待他，我像个孩子一样躲在门后机警地聆听，我非常渴望在我开始集中精神聆听时，他那双牛筋底儿的皮鞋正好踏上第一级台阶。我总会在他进门的那一个瞬间热烈地拥抱他，并且，我们隔三岔五会贪婪地亲吻对方的嘴唇。然而现在呢，我们早就不屑做那类似小儿科的无聊举动了。我们在无休止的吵闹中彼此陌生、厌恶。我甚至不愿和他共处一室。只要他一回家，我就不得不放下手头儿正在进行着的一切工作。我感觉他严重干涉了我期待独处的自由。然而，我没理由拒绝他在劳累了一天之后回到自己的家。其实，他并没有妨碍我的思维，也不是成心阻碍我手头儿进行的工作。我之所以甘愿停下手头儿的工作为他准备饭菜，我知道那只是出于女人和妻子身份的本能。姚大志似乎并不在乎我的改变，他只是偶尔略带疑惑地说："你咋不让我亲了？难不成有了别人？"好在他只是随便问问，并不深究。我的心里确实住进来一个人，就是那个叫顾克谦的男人。曾经有一次，他出现在我的梦里，在梦里，他的两条胳膊突然变成两条绿油油的"冈氏竹叶青"，那两条"冈氏竹叶青"把我缠得透不过气来，趁我张嘴换气的当儿，他俯身把他那条沾满烟酒味儿的厚舌头强硬地塞进来，然后开始疯狂搅动……这样的梦让我羞愧也使我欣喜。虽然，顾克谦从未向我表达过一丝一毫的爱意，然而，我总觉得自己已是顾克谦的人，我有必要为他保守一些我最看重的东西，比如独处和接吻。

"妞妞"的高尚品质让我顿感无地自容，然而毕竟，我再也不能找回那失却的激情。我只能尽力从别的地方弥补，比如，我以更坚韧的耐心对待他的母亲；我努力使这个不足七十平方米的小二居窗几明亮、桌案无尘；我用笨拙的按摩技术驱除他的疲劳……

姚大志是个行事鲁莽、毫无心计的男人，但他对"妞妞"却表现得温存而富有耐心，这耐心一点也不亚于他曾经对我释放过的爱。若是在以前，我肯定会嫉妒"妞妞"，甚至会不择一切手段对付它。现在，我一点也不介意姚大志像当初爱我一样爱它。"'妞妞'比你人性。"姚大志常用这句话敲打我，我自然知道他的言外之意。"妞妞"的确比任何人人性，所以我不会用半句话表示反驳，尽管我的反驳技术不容小觑，然而，我终没有虚伪到不要脸面的地步。所以，我选择了沉默这种最为折中的反驳方式来对抗姚大志对我的猜忌。

"妞妞"对米粥、馒头、青菜之类的素食毫无兴趣，即使它饶有兴味地蹲在你面前，并且它对你正在咀嚼的白面馒头表现出馋涎欲滴的萌态，你也不要轻易被它蛊惑。假如你好心把嘴里的馒头吐出来放在它面前的地板上，它最多懒洋洋地上前闻闻。好在它的胃不大，每天两块钱的猪肝对于我的家庭还不算太奢侈的开支。然而，猪肝吃多了容易上火，这样一来，“妞妞”的眼睛往往被这内火催得流泪，以至于尘渍轻而易举地把那两道小河变成黑色。它特别善解人意，只要你把手伸出来做出抚摸它的动作，它立刻乖巧地四脚朝天躺在地板上。它完全不顾生殖器裸露在众目睽睽之下，它转着小脑袋扭动躯体的动作很容易使人联想起风月场上的妩媚少女，然而毕竟，它的目光清澈无瑕，又使你不得不把思绪从那些混迹风月场的妩媚少女身上移开。在我凝神观摩它的当儿，那时，它也许把下巴贴在地板上打盹儿，它也许端坐于浅绿色小门边惆怅地眺望窗外，它也许在和一个跳跳球争执不休……在那些当儿，我对它的爱就会以一种瞬间泛滥的状态一发不可收拾，有时候我甚至希望它突变成一个女孩儿，穿着洁白的裙子，忽闪着清澈无瑕的眼睛，她亲切地称呼我为“妈妈”。

“妈妈，坏了坏了！妞妞流血了！”直到我的儿子惊慌失措地抱着“妞妞”给我看它血淋淋的生殖器，我才恍然明白一个道理：所有的雌性哺乳动物都有生理周期，它们都渴望做母亲。“儿子，‘妞妞’只是想做妈妈了，它进入了生理周期，不用大惊小怪。”“那……”儿子沉思片刻接着说道，“三区大院有一只漂亮的男博美，是不是可以做它的男朋友？”儿子说这些话的时候有些坏坏的，甚至，我看到有一抹淡淡的羞涩从他俊美的脸蛋上一闪而过。“过些日子吧，等它再强壮些，那时生下的宝宝们体质也好。”我说。我无比恐惧地意识到儿子已经有了朦胧的性意识，如果我对这个问题过于含糊其词，那可能会给他造成更大的心理困惑，而这困惑并不能给他带来任何好处。所以，我选择坦言相告。即使他不懂什么叫“生理周期”，毕竟他获知了“妞妞”流血的真实答案。“妞妞”的经期持续了十五天，这漫长的经期让我忧虑。在这整整十五天的时间里，它的生殖器变得鲜红、发亮、肿胀。我知道，它急切需要伴侣。它没有像那些处于发情期的流浪猫那样不知廉耻地抓狂嚎叫，也没有因无缘邂逅三区大院那只漂亮的男博美而神情懊丧。虽然剥夺它的交配权不是我的本意，然而毕竟，作为主人，我们显得有些不太仗义。我突然想到一个令人啼笑皆非的滑稽事儿，那事儿就发生在距离西庄不远的另一个村子，当时狗仔泛滥，一窝一窝的狗仔被狠心的主人弃于茅厕。有一高明的农夫为了防止自家母狗怀孕，他竟然用一个大大的塑料袋将母狗的后臀紧紧包住，即使被采取了这样的强硬措施，那只母狗不知用什么招数摆脱了那紧紧包住它臀部的塑料袋，它和一只体型健壮的公狗在大街上公然交配，这一幕使得它的主人勃然大怒，他竟抽出插在腰间的镰刀割断了公狗的生殖器。从此，那只受辱的公狗便从人们的视线中消失了，据说它在四周野山上游荡多年之后抑郁而死。我决定在“妞妞”第二次发情期来临的时候，让它和三区大院那只漂亮的男博美圆房，我们已经和那只漂亮男博美的主人做过洽商，他们自然表示了十二分的乐意。

我对“狗眼看人低”这句暗含贬义的俗语一直没有中肯的认同，我甚至怀疑这句话是对那些忠诚卫士的最不高明的污蔑。直到有一天，那个我经常赠送废旧书报酒瓶的农村婆婆敲开我家房门。她小心谨慎地把一袋子剥得干干净净的白菜拖进来，就在那当口儿，“妞妞”突然以嘹亮粗狂的嗓音冲她大叫，这让我始料未及。我极力训斥“妞妞”，希望它能停止这有失礼节的叫声。但它铁心不听我的指令，它甚至冲老婆婆做出一番英勇的冲锋姿态。老婆婆拘谨地站在门口，她的表情已经从惊愕和恐惧中恢复了平静，而农村人一贯具有的那种谦和、慈善的表情影影绰绰地从她脸上氤氲开来。其实我是地道的农村人，尽管前两年居委会已经下了“免费接收外地户口”的通知，然而，由于强烈地眷恋西庄那方青山碧水，我对这千载难逢的极大优惠政策丝毫没有动心。我曾经严肃地请求姚大志能够满足我一个小小愿望，那就是在我百年之后，他能够无视一切非议把我葬到西庄四围的土坡上，让我的灵魂得以奢享山之雄迈有容、水之澄明如镜、树木之落落郁葱……然而，姚大志终没有慷慨应允，而我也没有坚持逼迫他妥协。

“狗眼看人低”这句话被坐实是在几天后，我带它去公园遛弯时，它突然朝那个衣衫褴褛、满脸污垢、匍匐爬行的年轻乞丐疯狂地咆哮，任凭我厉声呵斥，它也没有停下的意思。年轻乞丐是个可怜人，他在初夏的某一天搬出位于菜市场附近的家，起初他在小湖边的一棵老柳树下安营扎寨，一些好心的市民经常绕道过来给他送油条、馒头、矿泉水等能够维持他生命的食品。我用一个香喷喷的肉夹馍换来了如下对话：“你多大了？”“我属马。”“你为什么搬出来？”“母鸡还能下蛋，我能干什么？只要老头子高兴，我怎么都无所谓。我是铁骨铮铮一男儿，我怎么都无所谓。”我从他脉络并不十分分明的答话中梳理出他之所以甘愿流落街头的蛛丝马迹，这让我备感酸楚。为了避免遭到频繁的雨淋，他搬到了长廊里，一些苍蝇也随之涌入长廊。他在长廊里的时候，我曾给他送过煎饼馃子、油条、鸡腿等食物。令我沮丧的是，他并没有对我送去的可口食物表现出浓厚兴趣，他已经是个徘徊在死亡边缘的人了，何况，他的脑袋有病，也许他浑身上下各种器官的功能都在衰竭。冬天来临之前，治安管理委员会几个手持警棍的年轻人把他强行送回菜市场附近的家中。当然，他们也是好意，毕竟一个年轻乞丐被冻死在众目睽睽之下不是一件光彩的事儿，闹不好会牵连诸多部门的诸多领导丢官失职。大约两天工夫，他又出来了。他高撅着屁股、用两只手撑着地的悲惨模样让人不觉潸然欲泪。这次，他驻扎在厕所的南墙下，他已经没有力气挪到公园的长廊里，或者，他惧怕治安管理委员会那几个手持警棍的年轻人。我依然隔三岔五给他送去食物。每次放完食物后，他总会指着旁边的矿泉水瓶跟我说："大姐，你喝点水吧。"即使在遭受着巨大苦难的日子，他这个精神有问题的年轻人仍然以礼节回报关爱他的人，这不能不使人感动。靠着乡亲们的接济，他熬到了冬天来临。居委会的领导派人给他支起一个绿色帐篷，然而我知道，这个帐篷并不能保证他在深冬里不会被冻死。再后来，他同绿色帐篷一起消失了，他居住过的地面也被清洁工人打扫得干干净净。我怀疑他死了。

现在，"妞妞"横卧在棉花垫子上睡得正香，它的眼睛紧紧闭着，即使在小身体微微颤抖的时候都舍不得睁开。等我再次回头观望它，它竟又换了另一种姿势：它四蹄朝天、小头微仰，正用一双清澈如水的眼睛注视我。

姚大志四仰八叉地躺在床上，他已进入深度睡眠，可能有痰积在喉咙，他的鼾声并不均匀。我极不情愿地躺在他身边分享他吞吐出的酒气，可能他会在睡梦中把一只手伸过来抓摸我的乳房，这让我无比反感和恐惧。还好，当我躺下的时候，他像个死猪一样毫无察觉，这让我喜不自禁。

13

女人的复杂和善变一点也不亚于生活在印度尼西亚苏拉威西岛与马厘岛河道近海处的章鱼，这类章鱼常常仿照的动物包含鞋底鱼、鱼狮鱼和海蛇等。它可以喷气使本身达到必要的速度，然后收紧全数触角使身体变得像一片树叶一样，远远看去就像一条趁波逐浪的鞋底鱼。假定它伸直所有的触角，借此仿照鱼狮鱼和其有毒的鳍，再加上身体色彩的改变，真能以假乱真。颠末过程改变身体色彩，仿照海蛇身上的黄黑条纹，同时收紧六条触角，保留剩下的两条在水中挥动，它就又成了一条海蛇在游动。它还可以遵循暗躲在周围的“仇敌”来决定仿照哪一种动物。例如，当它被小热带鱼报复打击时，它就会仿照带条纹的有毒海蛇来吓走报复打击者。当我发现，我的脾性和这种善变的章鱼相似时，我的确吃了一惊。但我的那些只能看到我表层的亲人和朋友，他们无论如何都不愿承认刘木北和那种近乎阴险狡诈的章鱼有任何关系。其实，使他们产生错觉的祸首正是我。正是我自己苦心孤诣地为自己披上一层虚伪的外衣。

研究人员感觉，是卑鄙的环境熬炼出章鱼的这类奇特本领。我感觉，我的章鱼脾性也是卑鄙的环境熬炼出来的。情窦初开的十六岁，我还在西庄附近一所没有操场的破旧学校读初中三年级，与生俱来的同情心，让我对一个家境贫寒却幽默智慧的男生产生了好感。当然，我对他产生好感不仅仅是因为同情心，更多的因素则是他表现在数理化方面的高深造诣。他长得一点也不英俊，又矮又瘦，经常穿一身明显肥大的衣服。也许，我对他的感情根本不是爱；也许，我喜欢的只是他的智慧。但我的确铭心刻骨地思念过他，我确信他是我的第一个恋人。初中三年级后半年，他不顾我的再三劝阻执意退了学，临走的时候他送给我一个笔记本和一支钢笔。笔记本的扉页上只赫然一句话：“但愿人长久，千里共婵娟。”这句本来表达兄弟情感的诗句被我理解为他对我的表白。为了这所谓的表白，我甘心情愿地把最真挚的想念和祝福奉献给了他。当然，这样的朝思暮想丝毫没有妨碍我的学业，我仍然以优异的成绩考上本地一所重点中学。在这所容纳两千余名学生的大学校里，我竟然逐渐模糊了“但愿人长久，千里共婵娟”这句诗曾带给我的强烈震撼。活跃在篮球场上穿着时尚运动衣的高年级男生，黑板报前把汉字写得铿锵俊美的男生，辩论赛上思维活泛、伶牙俐齿的男生……那些之前在西庄附近破旧学校里无从见过的男生形象让我浮想联翩。但我是个矜持而自尊的女孩儿，我从不向谁表露心迹，就是对铁杆儿女友都守口如瓶。高二学年开始的时候，我的第一个恋人以更为优异的成绩考入我所在的学校。原来他为了能够和我比翼双飞，在退学半年后又选择了复读。他丘比特一般从天而降。然而本该上演的“有情人终成眷属”的戏份却并未发生。恋人身处两地时的朝思暮想，那些温暖过、感动过、激励过彼此心灵的情感，在他与我相会之后迅速变得索然无味。当我一看到他那张由于冷冻和饥饿而变得坑坑洼洼的黑黄脸和软塌塌的大鼻子时，我便狠心与他分道扬镳。我深信不疑他对我的感情，我本以为他会尽一切努力挽留住我。然而，接下来的事情并非如此，他既没有表现得过度伤心，也没死乞白赖地对我死缠烂打，更没有费尽心机地讨我欢心。只是在我高考的前一天晚上，那晚，月光皎洁，天宇澄清。他把我约到大操场的篮球桩下。

“小北，咱们还能破镜重圆吗？”

“不能。”我僵硬地拒绝了他。

“为什么？”

“没有为什么，不能就是不能。”在得到我毫无回旋余地的答复之后，他果断地转身离开了。后来，我从另一位与他同宿舍的大个子男同学嘴里得知了事情的真相：高中三年，他先后喜欢过四五个姑娘，有两位姑娘甚至是来自同一个村庄的闺蜜，为了争风吃醋，其中的一个女孩差点把另一个女孩勒死。至此，我的深信不疑彻底沦落成一则笑话。这卑鄙的环境摧毁了爱的圣洁和忠贞，我和他不约而同背弃了青涩而美好的初恋。然而，我常常想起那个男孩，想起他写给我的那张才华横溢、情意绵绵的情书。那是一整张八开纸，正反两面都被他用碳素笔写满了。我曾不厌其烦地阅读那些句子，那是曾给予我无限赞美和爱慕的句子。我记得，在一个下雨的午后，天气阴冷而幽暗，我把那张写满字的纸拿到窗户边凑着微光阅读。从窗户缝挤进来的寒气冲击着我的脸，然而，它们丝毫不能削弱我的热忱和激动。我一直舍不得将它丢弃，现在，它安然休眠在一个浅绿封皮的笔记本里。

卑鄙的环境一直像个恶魔追随我的左右，而我像个低能儿一样不由自主地束手就范。在西庄代课的时候，年轻教师之间的打情骂俏感染着我。当一个女教师在凌晨五点从一个男教师的单身宿舍鬼鬼祟祟地出来，当调皮的五年级学生从没有糊严实的玻璃窗里看到另外一个女教师和男教师搂抱着亲嘴，当瘸腿厨子喂养的纯黑色笨狗从男教师倒在沟壑的垃圾里撕咬出乳白色的避孕套……当这样一些情节昭然在大庭广众之下，我再也抵挡不住从隔壁宿舍射向我的那束灼灼目光。当我差不多和那个喜欢运动、帅气而又不乏进取心的男孩坠入爱河的时候，我的母亲近乎残忍地向我宣布：住在你隔壁宿舍的男孩是你爷爷亲姐姐的亲孙子。这个消息太恐怖了，它一被公布便具有毁灭性的杀伤力。我们之间最过激的行为便是亲吻和拥抱。那时候，我像疯狂的吝啬鬼一样贪恋所谓爱情带给我的新奇和刺激，现在回想起来那绝对也不是爱情。致使我们分开的决定性因素倒不是因为血缘关系，他那一贯善于使用巫术的母亲铁了心认定我的八字中正官星弱而透干，岁运逢食伤损丈夫。她认定我会是自己儿子的克星。他是个没有主见的男人，很快，在他母亲的强烈反对声中，他缴了械。

卑鄙的环境不容小觑，它使我成为那种善变的章鱼，除了章鱼，我还能自然而然地联想起狐狸、变色龙之类的动物。那么，就请允许我狡诈地省略掉一些至关重要的回忆吧，毕竟，回忆太伤人。

现在，我染上嗜睡的坏毛病。我想这也是卑鄙的环境赐予我的盛礼。婆婆酣如婴儿般的睡眠产生了一种神奇的元素，这元素很容易侵袭同化像我这样已经懒散习惯的家庭妇女。一旦她抑扬顿挫的鼾声传入我的耳中，我便迅速滋生了想要睡眠的可怕念头，我的脑袋常常茫茫然如一团糨糊，这使得我不能严谨而睿智地思考句子。席梦思大床就在身后，乳胶枕也格外迷人。当一次少则一小时的睡眠变成现实，我常常无端为此扼腕叹息。婆婆的酣声肆无忌惮得让人生厌。姚大志对此也愤懑不已。“起来吧！起来吧！气温已经六摄氏度了，您可以下楼走走，您倒是下楼走走呀！”他经常这样粗着嗓子朝自己的母亲怒吼。然而，他的怒吼通常不起任何作用。我的婆婆不会因为这句话稍稍欠一下身子，她最多使劲睁一下眼睛，并不搭话，不用两分钟，她又疲倦地闭上了眼睛。她已经有两次由于睡眠过度把厨房当成卫生间的伟大壮举了，当我看见她迷瞪瞪地蹒跚进厨房，迷瞪瞪地走过橱柜来到灶台前解裤腰带的时候，我忍不住厉声呵斥：“您要干啥？老太太，您在灶台那干啥呢？”她在我的大声呵斥中停止住小便的动作，脸上闪现着孩童般无辜的表情：“我要尿尿，想尿！”她一把这句话说出来，我和儿子便禁不住哈哈大笑起来。我的怨气通常会在这一刹那间烟消云散。我对已俨然行尸走肉般的婆婆产生了极大的同情心。我把她从厨房搀出来送进厕所，帮她脱下裤子，然后把她按在坐便器上。我一直不明白，卫生间就在她卧室外两步远的左手边，她究竟为什么要费劲地多走那么三四步到厨房小解。在事实真相没弄清楚之前，只能这样理解，她睡迷糊了，迷糊状态下不受控制地走错了门儿。有一个夜晚，她破天荒地坐在客厅看京剧，已经十一点半了，她仍旧没有睡觉的意思。我和姚大志已经好久没有夫妻之事了，那一晚我们都有欲望。正当我们把那事情做到如火如荼的当儿，婆婆关了电视径直踱到我们卧室门口。天哪！我听到她在使劲推门，要知道家里的每一个卧室从不上锁！若不是年久失修，使得木门儿的转轴功能衰老，她就破门而入了！我的心立刻提到了嗓子眼儿，姚大志也警惕地翻下我的身体。我听到“扑通”一声闷响——什么东西和地板接触的声音。坏了，她摔倒了。“哎呀呀，大志，快来哪，我倒了！”婆婆的号叫使姚大志根本来不及穿上衣服，他赤裸着身子翻下床便冲了出去。“干啥呀！这是？碰坏了吗？哪儿疼？”“没碰着，我就是想，我想把客厅灯关住，不知咋就走错了房间。”婆婆喃喃着说，从她发着颤音的讲话中推断她还没从刚才的惊吓中恢复过来。姚大志把她搀进卫生间之后赶紧找了一条内裤穿上，估摸着她方便完毕，又把她搀到隔壁卧室的床上。我像个局外人躺在大床上一动未动，我想笑，但我知道这不符合人伦道德。但我的确想笑，我觉得这场面很滑稽。但我也知道，在这滑稽中夹杂着生活本身真实而不可抗拒的无奈和悲伤。

那个在欲望的巅峰上突然遭到惊吓的男人，他并没有注意到我近乎冷酷的黠笑。当然，他试图继续刚才这未竟的伟大“工程”。但我愤恨恨地把他那只摸索过来的手甩了回去。他并没有因此丧气，毕竟那股憋在他体内的火不会那么轻易熄灭的。于是，他又把那只刚刚遭到拒绝的手伸了过来，但我敏捷而有力地再次把它甩了回去。我的激情已经在这午夜惊魂中消失得无影无踪，而我也完全没有心情再次把它酝酿。

“难受啊，你？”姚大志虽然安静下来，但他似乎并不甘心。

“看看你给我提供的环境！十一年了，哪一次不是提心吊胆的？我的性趣都被扼杀了，照这样下去非性冷淡了不可。没劲！不说了，睡吧睡吧！”我不假思索将说过很多次的伤人话再次抛了出来。

姚大志对这句话显然已经毫无反应，因为他根本无力改变现实。对于一个既没有积蓄，又不肯卖力气养家的男人来说，买上一套八十平方米的小两居只是十万八千里之外的奢望而已。他也得不到自己母亲的帮助，尽管他知道自己终身节俭而吝啬的母亲手头儿上有几万块钱的存款，但他同时也知道，想让母亲慷慨解囊那简直难比登天。而他不想逼迫病入膏肓的母亲品尝到那剜肉割心般的疼痛，尽管他们没日没夜地尽着赡养义务，但这毕竟是做儿女的分内的事。他从不攀比那将母亲抛弃了的亲大哥，甚至，有时候，他担忧自己那个游手好闲而又沉迷赌博的哥哥，他怕他被追债的人责难殴打，他怕他被大嫂拒之门外后遭受寒冷、大风和雨雪，他怕他的一对儿女得不到良好的教育而被人耻笑。

他唯唯诺诺的表情仿佛在说：我能怎么办？总不能像大哥一样把老娘扔了吧。我不知道自己为什么变得这么刻薄，我只知道这是我心底最想表达的意思。我崇尚真实，愿意向亲人和朋友们表露真心。然而，毕竟，这不是谎言。姚大志的毫无反应并没有把我激怒，我理解这不易改变的环境给予他的莫大压力，我也理解他此时的沉默，他知道沉默也许是一种避免争端的高明态度。

我染上嗜睡这个坏毛病的根源究竟在不在婆婆那儿，这个问题的答案显而易见。只是，我不能解释自己为什么故作糊涂地把事情的本质做这番曲解。婆婆俨然一个行将就木的可怜人，她除了睡觉和吃饭再无其他杂念：她对凡尘的一切人事都漠不关心，她也不再每餐前虔诚祷告。但我发现，她特别怕死，简直怕得要命。尽管《圣经》描绘的天堂是一个充满爱和自由并且没有忧愁和疾病的喜乐之地，然而，婆婆这个曾无限向往天堂的基督徒却与教外的凡夫俗子一样痴迷地贪恋人间。在我看来，婆婆已经完全摒弃了支撑自己后半生的唯一信仰。昨天，她异常嗜睡，天哪，她简直像喝了几十片安眠药一样睡得死沉死沉的，任凭你怎么呼唤，甚至，你摇晃她的身子，她顶多勉强将那双迷蒙的眼睛睁开一小会儿，然后用十分不耐烦的口气对我们横加责备。我们都以为她突发了某种疾病，但经验丰富的社区诊所医生在一番检查之后排除了这种可能性。晚上，我把一碗米粥和一碟小菜放在餐桌上，再到床前柔声唤她。她又像之前那样懒懒地欠了一下肥胖的身子，之后，她又将那只欠起四五厘米高的身体重重地扔在床上。她以为自己已经站起来了，便不停地胡乱蹬跶着两条腿，那样子看起来甚是可笑。

"吃饭啦，老太太，起来吃——饭——啦——"我故意把"吃饭啦"这三个字的间隔拉长，并且每个字后面都拖着长音。尽管她在十一年前成为我名义上的母亲，但我从没喊过她一声"娘"，或者"妈妈"。在我心里，我的母亲只有一个，她只能是生活在西庄的那个终生与劳动打交道的女人，她勤劳、善良、贤惠，她不自私、不嫉妒、不怨天尤人，她无时无刻不在向每一个亲人奉献着爱和光明。而我婆婆，怎么说呢，她根本和我母亲不在一个境界，她们完全是不一样的人。而我，我无论如何不愿意将这人世间最美好的称呼赐给她。对于我称呼她为"老太太"这件事，婆婆本人及家里人都不介意。其实，他们知道我没有一点恶意，甚至，"老太太"这三个字里面多少含带着温情和关怀的成分。

她半闭着眼睛有气无力地回答"不想吃，不吃了——"她的声音听起来气若游丝。

我是个脾气暴躁的人，这几个字不费吹灰之力便触碰了我的底线。"你不吃，难道你想绝食吗？两餐都没吃了，这餐要是还不吃，以后也别想吃一点了，直到那可爱、可亲、可敬的主耶稣把你接上天堂！"她一听到"天堂"这两个字便使劲睁开了眼睛，她转动着眼珠像是在寻觅什么。"天堂"这个词一直让她异常纠结，她既没有慷慨奔赴的勇气，也没有断然摒弃的决心。当她果真以为我之后再也不让她吃饭，直到那可爱、可亲、可敬的主耶稣把她接上天堂的时候，她马上坐起来往床边移动那尊肥胖的身体。可见，她惧怕自己曾经执迷向往的那个充满爱和自由并且没有疾病和忧愁的地方。其实她本质上并无大碍：癌细胞没有扩散、智力正常、耳聪目明、四肢灵活。但是，从五年前她就顽固地认定自己是个失去生活能力的病人，她果断抛弃一切家务。即使在饭后把自己的碗放到水池子中这样的小活儿她也不屑于做，更别说洗衣服、擦灶台之类的大事儿了。那时候，我一心想把自己标榜成贤惠媳妇，所以从本质上忽略了这个问题。对于婆婆的惰性，我用超乎寻常的宽容给予了极大纵容。我任由她将自己变成地地道道的废物，任由她一步步走向生命尽头。

她坐在床边，眼看着就可以迈腿走向餐桌了。然而，就这一会儿工夫，可能仅仅是短暂的三分钟吧，瞌睡虫又无情地钻进了她的毛细血管，只见她面色安详、双眼微闭，肌肉也软塌塌地松弛下来——这是她进入深度睡眠之前的酝酿状态。其实她坐到床边是准备起身来到餐桌前吃饭的，然而，她好像忘记了这件事。

“傻了吗？”姚大志冲她狠狠地吼了一句。

“傻了。”婆婆应声回答。而她这样一反常态地勇敢回击使我一惊。之前，她对任何人的指责一贯报以沉默。我想也许她果真痴呆掉了，也许她被自己儿子的责备惹怒了。我清楚地知道婆婆需要怎样的照顾，然而我就是不肯向她奉献我的全部真心。尽管没有一个人认为我所做出的善举本质上并非发自情愿，而只是一个幌子，只是为了安宁从大山的泥淖里长出来的那颗不易变质的良心而已。然而，我确信只有“无比卑劣”这个词儿才能与我的善举相称。

“出——来——吃——饭！”姚大志一字一句地再次下了命令。如果我们两人之中随便一个人肯把她搀出来，或许，她的内心能够稍微温暖些。终于，她彻底清醒了。她在我们一家三口的注视下弓着一条腿缓慢地朝外走，活像个难为情的小丑儿。她走到餐桌旁在她专用的带有靠背的凳子上坐定，她的眼睛又呈现出极度疲惫的状态，只是，她努力克制着，因为她必须消灭掉晚餐。

如今，她需要三番五次下命令才能完成一些看似最简单的诸如洗脸、刷牙、吃饭之类的活动。唯有睡觉这件事无须任何人为此伤一点脑筋，除此之外，任何人、任何事都不能引起她的丁点兴趣。

“吃饭吧，奶奶。”儿子说这话的时候闪着泪花。也许，他被姚大志的粗暴吓坏了。他是个极富同情心的孩子，他说这话的目的显然是为了避免婆婆再次受到呵斥。

婆婆感激地望了孙子一眼，尽管眼神无比淡漠和疲倦。就是这个她从未疼爱过的孩子，现在，在她灯枯油尽的时候不计前嫌给予她许多温暖。她多么清晰地记得过去一些让她羞于提起的往事啊：小家伙出生六七天的时候发了一场高烧，而她宁愿躲在阳台上唱圣歌，也不肯到隔壁看一下这个在高烧中挣扎的孩子；每天中午，她吃罢饭便立刻躺到床上睡觉，不管媳妇抱着孩子做饭多么辛苦，她都不肯发扬风格帮一下忙；有几次，那小家伙乘着学步车从客厅奔向厨房的时候重重地摔在橱柜沿儿上；她没有给这个渐渐长大而称呼自己奶奶的小家伙买过一件玩具和衣服；她嫌弃那个不谙世事的孩子制造出的噪声，而狠心把一家三口赶进出租屋……

“我的亲娘，求求你啦，快——点——吃——吧——”姚大志痛苦地近乎祈求她。

婆婆猛然从刚才的遐想中回过神来，她慢吞吞地把一勺儿米粥送进嘴里。她的假牙不太好使，又不方便取下来，这使她的进食速度理所当然异常缓慢。她习惯性地把右手中指伸到嘴里抠饬，尽管餐桌上放着牙签，我想她一定不信任牙签的功能，或者她把牙签当作了一件可以伤人的利器。

14

“金麟岂是池中物，一遇风云便化龙。”这句宽慰人心的诗并不能使我豁然开朗，相反，我觉得堵，云遮雾罩一般的拥堵。哪儿都迷迷蒙蒙没有出路，就算我是金麟，那也是一只搁浅臭水池的金麟，永无“一遇风云便化龙”的美好机遇。这幽深的悲观情调也许不符合我的年龄和性格，但我确实对自己及目前的生活状态不太满意。虽然我还不能确定自己究竟能干些什么来消除虚度年华的懊悔和恐慌，但我强烈地认为再不能恬不知耻地随波逐流。一想到我能干点什么有意义的事，我便跃然欲试，整颗心也像被阳光照耀到了一般敞亮、温暖、充实。但我已经长久和一个行将就木的死魂灵老太婆死磕，我看惯了不思进取的丈夫像虫儿草儿般得过且过，而我自己逐渐染上嗜睡的毛病……

我清晰地知道堵住那条光明大道的罪魁祸首正是自己。然而，我总是厚颜无耻地以种种借口为自己开脱。这无非使我在自我沉沦的泥淖中愈陷愈深，当这泥淖有朝一日没过脖颈，我仅一息尚存的时候，我感觉到了前所未有的恐慌。这十余年完全失却自我的生活简直是个冷笑话，它除了履行使人容颜变老的职责以外几乎一无是处。无论文化修养还是个人生活经验的积累，在这些方面上，我简直毫无长进。最为令人沮丧的是，我特别敏感且易怒，一点微不足道的线索都可能在我的超联想中突变成极恶不赦的“证据”，无数这样微不足道的线索经我处心积虑的连缀之后又会形成更为极恶不赦的“证据链”。婆婆和姚大志是这些“证据链”的制造者，他们联合起来围堵我，他们试图用源源不尽的生活的冗繁扼杀我。但不幸的是，我下定了做一个反抗者和进攻者的决心，虽然，我不知道具体哪一天、哪一件事情催生了这种改变。我唯一能确定的是：我不愿也不能这样毫无意义地度过一生，我渴望波澜微漾的生活，当然，偶然起一次大浪也无关紧要，只要不是静如死水的平静就好。

每当我心灰意冷时，那个在平日若隐若现的男人就会迅速强大并蔓延起来，他就是我的初恋情人李熙盛。虽然，我不知道他身在何处，不知道他从事何种职业，也不知道与他建立联系的那神秘而亲切的十一位号码，但源于少女最初的那份热烈、真挚、纯朴的倾心与欣赏，每当我被浑噩的生活折磨得心灰意冷时，我便想到他。十五年前，那时，我在市郊区位于三县交界处一个叫卧龙垴的村庄里教书，而他已经是一名上海交通大学一年级学生。我们本来在我高考前夜彻底做了了断，但匪夷所思的情感又把我们召唤到一起。我甚至决定把微薄的收入寄给他做生活费，我也做好了与他共度一生的准备。有一次，他专程从上海交通大学回来看我，他没打一声招呼就盲目地想要给我一个惊喜，当他像个落魄的小乞丐出现在我面前，我简直惊呆了——我还没告诉他我教书的村庄的名字和方位，要知道，他还从没独自出过一百公里外的远门呢！当我知道他是骑着一辆破旧的自行车，以那副由于过分节约而营养不良的身板坚持了七个半小时，其间只喝了一碗两块钱的拉面时，我既感动又兴奋。要不是碍于羞涩，我真想长久而热烈地拥抱他。他把一大串黄澄澄的香蕉递给我，那是他带给我的除了他自己和他的爱意之外的唯一礼物。从他来到卧龙垴的下午四点半到晚上九点半，整整五小时的时间里，他一刻也没让我离开过他的视线。即使在我给那几十个初中一年级孩子上语文课时，他也像个跟屁虫似的坐到最后一排，他表现得比任何一个学生更为认真，甚至，在我提出问题时，他也像孩子们一样举起右手。那是我生命中雀跃着迷蒙的幸福和暖暖的爱意的五小时，虽然它短如白驹过隙，但却足以像不死的影子一样伴随我的一生。他实在太饿了，吃晚饭时，他不停地吧唧着嘴巴，并玩命似的吃下去七个馒头，之后，他又喝光了三个人的疙瘩汤。我的同事们对他这般毫无修养的行为表示了极大反感。虽然，他们在当时出于照顾我的面子而选择了隐忍。但事后，他们一致对他展开了嘲讽和抨击，并态度鲜明地规劝我离开他。然而，我还是怀着浓厚而真挚的情义宽容了他。晚饭后，在月光溶溶的乡村小路上，我们一边散步一边倾诉心声，当然，我们还谈到了各自的理想，当说起我们将来的房子和两三个孩子时，我们都激动得恨不得用自己的目光将对方融化掉。不得不送他到男教师宿舍就寝时，他突然从口袋掏出一封信递给我。

那是饱受煎熬的一夜，一直到午夜两点我还没酝酿出丝毫睡意。在他走后，我颤抖着双手打开信件，我确信我的心脏几乎承受不住这突如其来的幸福与激动。那是一封密密麻麻写满了八开纸正反两面的长信，起初，我简直不敢相信那封信出自一向讷于表达的李熙盛之手，但从字迹判断又非他莫属。这么多年来，我辗转过不少地方，但这封信从未离开过我身边。即使我彻底忘却了那个叫李熙盛的男人，但这封信带给过我的最初的爱和感动却永恒存在。

现在，我从放在书架最上层一个封面已经破损的笔记本中找到了这封信，并且，我愿意不计后果地将它公布于众。我想多半是因为敲击这些句子的同时，我将重新体会到李熙盛在写信的那一刻对我的近乎痴狂的迷恋与爱慕，而这多么容易提升一个人的自信心和成就感。

这是一封字里行间都浓缩着爱的坚贞和力量的信件，它曾经那么强烈地撞击过我的心，全文如下：

小北（我的挚爱）：

北北，我亲爱的小公主。我回来了，知道吗？我本没有打算回来，鬼使神差似的搭了晚点的车，走得何其艰辛你难以想象，就连我这个一向思虑周全的人都没意料到。自出校门之后满脑子就只有你，我只想快点快点快点见到你，好像一刻钟一秒钟都不能多等了。在车上时，我决定抄近路走龙寺—南天峪—西庄这条道，我天真地以为你还在西庄呢，我的北北，谁知道你已经成了一名启迪孩子们智慧，又能给他们带来快乐的教师呢！我到达市区时是下午三点，要知道，往咱们那去的最晚一趟大巴在一个半小时之前就开走了。也就是说，我要是想早些见到你，就必须自己解决掉从龙寺到西庄的三十来公里。怕什么呢？只要能早些见到你，没什么好怕的，无非就是攀山越岭呗。我亲爱的小公主，我错了，我被急功近利冲昏了脑袋。我放弃了走平坦的水泥大道，我想翻山可能更快些。我本来指望翻过眼前的几座山就能够到西庄，就能够见到你。结果呢？从下午三点半一直走到晚上八点，我才疲惫不堪地到达南天峪。

简直昏了头，我幼稚地认为从龙寺下水过了河就能到南天峪，一路小跑着四点左右就能见到你了。我还以为顺着山岭走会直接走到西庄，结果走到了张元村后沟的最深处，那时天已经完全黑了，而我发现自己可笑地迷路了！我懊丧，但一想到你就快乐起来。幸亏有月亮，我看到一道沙沟，我认为顺沙而下一定能够走到南天峪村外，之后，我就沿着大路走。那时，我那两条灌着千斤重铅的腿也觉得轻松了些。我开始胡乱唱情歌，因为有点害怕，四周太黑太静了，我真害怕突然有一个白袍红舌头的怪物跳出来。我看着前面白白的像是石头，纵身一跳，谁知道跳进了一个小水洼。我脱了鞋，倒掉水，再穿上。分不清哪里是月光，哪里是沙滩，我索性不管不顾了，跑吧，反正这一带没有悬崖。我倒没什么，只是我借朋友的蜘蛛王皮鞋遭了殃。之所以借朋友的皮鞋倒不是为了在你面前显摆，因为我只有一双单鞋，大寒上来的时候，上海当地朋友的朋友就把多余的皮鞋送我了。路越走越长啊，我亲爱的北北。我只能一遍遍告诉自己“不能停，绝不能停，今晚就能见到心爱的人儿了”。又到了一个转弯处，我想转过弯可能就是南天峪了，过了南天峪三里地就是西庄。我喜出望外地紧跑两步，可前面还是望不到头儿的深沟。我顺势滚到一个大石头上再也不想起来，太累了，我要了极不聪明的小聪明，我被自己的小聪明害苦了。我想要是有个小飞机该多好，于是，我想起怎样制造人人都会开的不用动力也会停在空中的飞机，这只有依靠浮力，那么用抽气机、喷气机和质硬而轻的材料制成的气球可不可以组装成新型飞机呢？这时我又想到了你，想到你那张略带忧愁的好看的脸，你的眼神那么明净，小鼻子，它像俊俏的小山峰。我亲爱的，我还想到你的嘴唇，多么罪恶啊，我想无论如何也要亲吻它一下。小北，我知道我可能没这勇气。在你面前，我觉得自己卑微而可怜。虽然我上了一所好大学，但这又管什么事儿呢，我甚至不敢牵你的手。天哪，亲爱的，你看看我都说了些什么，原谅我的冒失吧。

我亲爱的小北，你知道吗？当我即将力竭的时候，想得最多的便是你的手腕，一想到你柔滑而健康的手腕，我又立刻来劲儿了，我恨不能一步跨到你的身边，抓起你的手看看伤得怎么样了。我要“教训你”，你可真是大傻瓜！你怎么那么傻呢？你是不是想要我去做和尚？我要你当面做出保证，以后无论遇到什么事都要坚强而乐观地活着。

这次跋涉自始至终我都毫不后悔，因为我乐意，我真心乐意。可笑的是一次趴在沙滩上休息，我看到沙缝中有一道黑乎乎的东西，我想“这可能是煤吗？”如果下面是一座大煤矿这该是乡亲们多大的福气呀！我用手指搓了搓，不能证实，就取了一小块放进口袋，原来那只是草根什么的烂掉生成的一种黑霉。

虽然很累很累，但收获也很多，我想对我以后的学习和生活会产生重要的指导意义，最起码不能只凭一腔热情盲目地干，解题之前必须一字一句地审清题意，选准角度……

在这个物欲横流的社会里，我追求真情，幸好，我遇见了你，我怀疑是老天爷把你赐给我的。我也乐意钻进书中，每一个真情故事都会令我感动得潸然泪下。看过《连城诀》吗？这个故事我一连读了好几遍，我感叹：我如果能拥有那样的女孩儿，这一生任何时候死都没有遗憾啦！现在，我终于找到了，那就是你，我完全信任你，因为你不会骗我。如果你接受我，我便把整颗心交给你保管。我不敢想象把一颗心交给一个人之后遭到背叛的情景，所以我固执地认为你是我最靠得住的，虽然在你身上发生了一点什么，但很大一部分原因在我，我没有注意到你的感受和需要，当然你也从来没有告诉过我。

你曾说爱我只是为了同情我，这样的话使我气愤不过，男子汉大丈夫不稀罕任何人的同情！我就是有这个穷酸志气。这次我要你问问自己是否真的爱我？那种刻骨铭心的，还是仅仅是感激！

“一张一弛，文武之道。”每个人当他全身心投入学习一段时间之后必须放松放松，否则下一个阶段很难投入地学习，你理解此中深意吗？希望你25号前给我回信，这样的话你的回信元旦前后正好到达我手。你的信无疑是最丰盛的礼物，我认为是老天馈赠给我的一笔巨大财富。

可喜可贺，这样我们又回到了现实中，美好的希望又将浮现在眼前。就在我认为我们永远天各一方的时候收到你的来信，它带给我一场惊喜和激动，心在振动着，脸开始发烧。我把它放在桌上，不敢打开，呆呆的，好久，我怕，怕我看到我不愿看到的，怕真的在我的生活中，在我的心中不能深藏你，这样的悲哀我无法消受！我不忍心就这样将你抹去，你在我心中早已定格，我很难回到那所谓的清静。我极端沉重地打开，没想到它给我的是晴天霹雳一般的好消息。我太高兴了，也太激动了，无法再平静，我无法再投入学习。即使强迫自己，也总是心不在焉，所以我索性放开一切，开始了这次艰难跋涉。

小北，我最亲爱的，我爱你！我向你郑重宣布，我将用一生的承诺来陪伴你，用一生的奋斗来呵护你，用一生的刻骨铭心来思念你。因为你，使我打消了不再考虑婚姻的念头，因为你，我将生活得更自信和充满活力，相信，我的成功将会凝聚着你的一半心血。

我爱你！小北。对你最初的感动是你的善良、温柔和善解人意，以及你那种“沉默式”的淑女风范。后来，你变得略微野性，我因此而苦恼。但我依旧爱你，因为我相信“本性难移”。

我最最亲爱的你，我爱你！爱你便会为你着想，爱你便会包容你的缺点和错误。其实，我有比你更大的缺点，也会犯下性质严重的错误，希望你也能包容我。我说这些是希望你不要沉湎于自己的小错误，放开些，看远些。人非圣贤孰能无过嘛！在漫长的人生旅途中犯几个错误太正常了，不犯错误的人还是人吗?

我爱你！我最最亲爱的小北。因为我们有许多共同点，有世俗之人不具备的高贵品质——幼稚。我们幼稚得可笑也可爱，这也许要称得上我们共同的优点了。我们能够互相学习并提高警惕，我们都不攀龙附凤，我们蔑视金钱，我们崇尚感情，我们都有缺点，都会犯下许多错误。

我爱你！我的救世主小北。不要再说来生，那是缥缈的，是最为残忍的虚无。我只相信今世，我就要今世，我只要今生拥有你，真正地拥有你的心和你的人，便是我的大快乐。即使事业无成，又有什么关系呢？不要说来生，一定不要说来生，我就要今世。你愿意与我携手争取吗？不要沉湎于之前的失误，那毕竟成为过往，我们无法改变，但我们可以从此“一尘不染”。

亲爱的，你这给予我阳光和力量的女子，我爱你！我的爱是深沉的，一般不会表现在口头上，表现在口头上的都是虚假的。等着我，等着我为你捧去玫瑰的火红和白金项链的金灿灿。

我爱你！我的亲人、朋友、知己。我决意为你燃烧一切，必要的时候放弃一切！小北，我爱你！多么简单的三个字，却饱含了多少辛酸之后的畅快。小北，我爱你！请相信我的爱吧，它比天山之雪更纯洁，比布达拉宫上空的蔚蓝更深厚，比……此时，的心情我已无法用语言表达。

现在已经深夜十二点，希望在对你的思念中进入有你的梦乡……

永远爱你的人：熙盛

2001 年 12 月 23 日夜

李熙盛的来信和探望给予我莫大的精神鼓励，我当即决定用自己的微薄工资资助他完成学业，毕竟他家境贫寒。高考落榜的失落和虚荣心的作祟使我重新考虑接纳他。虽然，我还不能确定这到底是不是爱情。然而，在书信交往仅持续三个月之后，他的第三封信便向我宣告了一个不亚于映雪湖决堤的可怕消息。那封信的大概意思是他在大学里邂逅了命中的仙子，她是个纯情而漂亮的维吾尔族姑娘。我有点崩溃，虽然，我很难相信这封信出自那个刚刚还向我表达了浓烈爱意的初恋男友之手，但理智告诉我一切都是没必要挽回的现实。

命运为你制造了一个空白，它就会费尽心机地为你填补这个空白。正应了那句老话：上帝为你关上一扇门，也一定会为你打开一扇窗。姚大志从那扇窗跳进来的时候帅气、性感，完全一副纨绔子弟的模样。他与我想象中的情人完全相悖，但，我没有在这悖谬中选择逃离，而是像勇士一样试图与这悖谬达成和解，并获得救赎和永生。

“你夹着课本从校园走过，步子有点大，走得也快！我记得你穿一条灰裤子，上半身是紫背心，马尾辫儿末端略微焦黄，看起来有点土不拉几的。不知咋的，第一眼，我就觉得你应该是我媳妇。”姚大志用这句话向我表达爱意。忘记一个人最有效的捷径便是接纳另一个人。所以，姚大志没费吹灰之力便把我收入囊中。其实，我之所以接受他，除了填补心灵空白，我还想惩罚自己，惩罚我遇人不淑的罪过。我以为改变一个纨绔子弟积累多年的臭毛病需要煞费苦心，不承想在我还没施展一星半点的手段时他就服帖就范了，这让我多少产生了一丝猝不及防的失落感。这迅速而彻底的改变是不是意味着爱呢？“你爱我吗？”在一次不太成功的做爱之后，他神色凝重地问我。“我……我需要结婚。”我惊慌失措地回答。尽管我知道我的回答毫无意义并且有伤害他的可能，然而，我不想欺骗他。时至今日，他再没问过我类似“你爱我吗？”这样的问题。

我执迷不悟地坚信没有爱情的婚姻即使不如那些被爱情滋润的婚姻那般蓬勃光鲜，但它总不至于好端端地中途毙命。十余年，我躲在婚姻的樊笼里自甘沉沦，在这气势恢宏的自甘沉沦中逐渐失却自我。

15

今晚，我又盘膝坐在这个有着银白色皮革面的矮凳上，我的本意是写一章节文字。然而，我的思维涣散、头昏脑涨。郑振铎先生的《中国文学史》倒扣在桌子上，我发现那些曾被我圈点过的句子没能在我的记忆里留下任何蛛丝马迹，这让我无比沮丧和恐慌。导致我思维涣散、头昏脑涨的原因不能简单归罪于中午和几个同道朋友毫无节制地推杯换盏。我想，这可能与我所处的恶劣环境有关，或者与我的自甘沉沦有关。

婆婆那抑扬顿挫的鼾声并未响起，这让我多少有些不适应，我真担心趁她熟睡时，她的主耶稣看在她一片赤诚的分上将她唤上那艘破船。于是，我忍不住起身到小卧室看她。月光斜铺的床上，她直挺挺地仰躺着，像一具失却水分的僵尸。我拧开那盏固定在椅背上的小台灯，我想更清楚地看到她的表情。也许是台灯的微光刺激了她的眼睛，她醒了，直直地瞪着那双黯淡无光的眼睛。我看不出她是看我，还是看我背后的白墙。

“怎么又不脱衣服？”我已经不屑用陈述句向她传达指令，这和姚大志对待我一样，他也习惯用反问句和我交流，尽管我一再表示我对这个句型特别反感。但他好像迷恋上了这个句型，也许他觉得陈述句力度不够大，或者，他也默认了我们之间逐渐变宽的罅隙。而他不想在这幽灵般诡异的罅隙面前认尿，他要反抗，要斗争，但他除了用不屑和悖逆之外别无他法。

婆婆费劲儿地挪了一下身子，她已经习惯在我的指令下条件反射般活动。

在听到我那句“怎么又不脱衣服”之后，她的脑袋里下意识地产生了要坐起来脱衣服的想法。然而，她那肥胖的身体在离开床面三十度角时便又缓缓躺了下去，就好像她这一欠身，毛衣和秋裤就被脱掉了似的。此情此景又毫不费力地把我点燃了，我黑虎着脸一动不动地盯着她。而她就像个做错事的孩子表现出一副惴惴不安的样子来，显然，她一定知道自己在某处做得不妥，但她并不知道自己具体哪里错了。

就在吃晚饭时，我像个泼妇一样对她大嚷。大约七点，我把一碗绿豆粥放到餐桌上，那时候她正直挺挺地躺在床上睡觉。“起来喝粥了，挺好的绿豆粥，您起来喝一点吧，啊？老太太？”她费劲儿地睁开眼，侧过脸瞅了瞅就开始慢吞吞地起身。她的确摆出了起床的架势，可我万没料到趁我到厨房端菜的工夫她又四平八稳地躺下了。“不吃晚饭吗？要知道你早起和中午都没吃啊，难道连晚餐也不吃了吗？想咋样呢？是哪儿不舒服吗？比如胃，胃胀吗？是饭菜不可口吗？或者是我们哪里做得不好？”我这一连串发问显然具有责难成分，我对她始终爱不起来，完全因为儿媳妇的身份，也因为顾及良心和道德的抗议，我才日复一日地照顾她。所谓的照顾也只是给她一口饭和洗洗衣物被褥而已。我知道，这些对于陷入衰老和孤独的老人来说远远不够，但我实在没热情和耐心陪她聊那些沉陷在时光中的往事和主耶稣的事迹。虽然我不爱她，但是我尊重生命。我不忍心眼看着婆婆的生命就这样在我面前一点一点衰竭。所以，我不能放任婆婆拒食。然而，我对一个有思维、能动弹的活体实在无计可施。“我不饿，不想吃。”婆婆的声音听起来那么孱弱。照理说，我应该对这样的孱弱产生极大极真挚的怜悯心，我应该对她多一些爱和忍让。然而，那一刻淤积在我心底的只有愤怒。“你不想吃就不吃了吗？你让我这个做媳妇的怎么向您娘家人交代呢？你这样一天天不吃饭咋能行呢？你会很快瘦下去，瘦得没个人样子！说难听点，这样下去，你非饿死不可！”我觉得我的话委实过分了。我的婆婆，以她衰颓病羸之躯怎么可以承受我加之于她的劈头盖脸的责备？“我不饿，不想吃，你别着急了。我是真的吃不下，媳妇，你就别着急了。”婆婆的声音比刚才低了好几分，这低分贝的话语没能使我狂躁的心得到一点安抚。我觉得我被这个老太婆戏弄了，她心安理得地为我制造无穷无尽的烦恼，而我在这些烦恼面前完全失了方寸。我甚至想象到阴险而善于捉弄人的顽固分子隐藏在她孱弱病躯的每一处，它们不怀好意地观赏我的狂怒。“不饿是吧？你确定不饿？这样，明天饿不饿，后天呢？我每顿都给你盛饭，米粥啦，牛肉炖土豆卤的面条啦，羊肉杂面汤啦，你要是不吃，我就把它们统统倒进茅坑。你之前很节约是吧？难道你愿意我把那么好的饭菜倒掉？倒掉的饭菜能养活一个乞丐了！再问你一遍，到底吃不吃？吃不吃啊，我的亲老太太啊？！”尽管我极力想保持平静，然而，我再也控制不了自己，我几乎是吼叫着说出的这些话。婆婆沉默了，从她眼角缓缓流下一条浑浊的细流。她呆呆地凝视着天花板，天花板上除了一盏节能灯什么也没有。哦，有一些蛛丝攀爬在屋顶四角，然而，她的目光是游移不到那儿的。“你给我起来，必须起来，你已经两顿没吃了，晚餐必须得吃一点，哪怕一点点。你这样不吃饭，耶稣也会动怒的。耶稣那家伙鼠肚鸡肠，据说他喜欢向懒惰的人提出各种刁难，你就不怕在你即将升入天堂那当口儿，他老人家执意要让你背诵一段祷告词吗？”当我一提到“耶稣”那俩字，婆婆的眼睛马上焕发了光彩，原本浑浊无神的目光在刹那间熠熠生辉。她比以往任何时候起得都利索，脚步也很轻快，以至于本来有点跛的右腿看起来利索了许多。耶稣的惩罚明显比我的大嚷有效得多，这使我对信仰产生了一种真实而迷蒙的敬畏。当她把那一碗绿豆小米粥消灭殆尽的时候，困意又不失时机地侵袭了她的大脑。她索性把碗放下，将身体坐端正。这个姿势可以确保她偷偷打一会儿盹，因为如果不细心观察她，单凭眼睛的余光，你一定会误以为她坐得好好的并没有打瞌睡。婆婆端坐着打盹儿的功夫已经练到了炉火纯青的地步，我这样说一点也没夸张。她紧闭双眼端端正正地坐着，那尊肥胖的身体丝毫不向左右倾斜一点，也不会突然前趴或后仰，像一尊深陷在底座里的石雕塑像一般淡定从容。我对这淡定从容极为反感，也极为怜悯。婆婆的嗜睡和厌食并未侵犯到我的权利，然而面对这声势浩大的嗜睡和厌食，我为自己的手足无措感觉痛心，要知道我一向是个颇有心计的人哪。婆婆的脑部 CT 显示正常，胃也没多大问题，然而，造成嗜睡和厌食的原因究竟在哪里呢？这个问题我曾经和姚大志交流过，我坚持认为是子女的冷漠造成她心灵的空虚，长期的心灵空虚衍生了悲观情绪，悲观情绪一旦疯长很容易使她漠视一切，漠视一切的后果便是嗜睡和厌食。姚大志却不以为然，他无可奈何地说：“我妈就是太懒惰了，年轻时就这样，现在她竟懒到连饭也不愿吃了，不吃不吃吧，早一天死了，谁都清静！”我听出来这句话貌似责怪婆婆而实质上是在责怪我。事情的本质委实复杂，然而，我总不至于狭隘到故意虐待这本身已经濒临死亡的老女人吧。

“你把衣服脱了再睡，脱了衣服睡觉更轻松一些。”当我意识到“怎么又不脱衣服？”这句话不太妥当的时候，我马上改变了语气。婆婆依然顽固地躺着，用一双无辜的眼睛盯着我，她的身子却一动不动。对峙开始了，我的怒火又以排山倒海之势侵袭了我的整个身体，我恨不得将眼前这个苟延残喘的老太婆撕成碎片！我们的眼神在几番较量之后并未分出胜负，最终的结果是：婆婆的茫然无辜彻底击败我的愤怒。我不得不收敛起刚才那副由于愤怒而变得奇丑无比的脸孔，深吸一口气之后，一层薄薄的笑容无可奈何地铺展开来。“脱了衣服呗，我帮你好不好，衣服太累赘了，会让你整个晚上做噩梦。你的耶稣被钉在十字架上时不也没穿着衣服吗？脱掉衣服睡觉是耶稣的意愿。”婆婆的眼睛在听到“耶稣”这两个字后又变得明亮柔和起来，仿佛有一种力量立刻注入她的身体，只见她轻松地坐起来，先脱掉棉裤，接着脱掉了外套。她没有穿内裤，但她已经不知道害羞。她的光腿依然丰盈而有质感，肉嘟嘟的一点也不干瘪，大腿根部纵横攀着道道半厘米宽的纹路，那些纹路均匀地铺展开来，像白杨树那错综复杂的根。一些黑渍牢牢地黏在她腹部肌肉上，那些顽固的乌黑，我曾试图用香皂洗净它们，然而，我的努力是徒劳的。她的两个乳房软塌塌地贴在胸上，乳头活像遗落在山岗上被风干了的小黑枣。我扯过被子把这具毫无生机的身体盖上，人哪，再要强也强不过岁月，岁月就是把刀，无时无刻不在磨刮着人的肉体乃至灵魂。

“妞妞”快活地在婆婆卧室的地板上拉了一坨屎，它总是习惯欺负弱者。婆婆的呼吸均匀而有力，面部的表情安然而放松，我知道她的灵魂已经和她的梦境融洽地会师了。“妞妞”表现得格外兴奋，它丝毫没有为随地拉屎这样的卑劣行为感到羞耻，相反，它神采焕发地坐在防盗门边的脚踏垫上，它时而把头紧贴在防盗门处屏息静神地倾听,时而站起身抖擞下那丛蓬松柔软的小尾巴,时而从嘴里发出一种急切的撒娇声。姚大志即将下班，“妞妞”的这种行为完全是为着迎接他的到来。在我专注于读书或者写作的那些时候，我并不能准确地判断姚大志上楼的脚步声，然而“妞妞”却不会错过，只要姚大志在楼底下按防盗器，它就会有准确的判断，从来都不曾失误。我很纳闷，楼底下并排停着十来辆车，每辆车都安装了防盗器，防盗器的开关声几乎没什么区别，“妞妞”是怎么将它们区分开的？“妞妞”已经等了将近十分钟，它显得有些不耐烦，然而它又不忍心放弃这样的等待，因为它知道，只要姚大志一回家就会带它到楼底下撒欢儿，也许在撒欢儿途中还会碰见“虎子”，“虎子”已经长得体型健壮、相貌威猛，并且它是只公狗。“妞妞”换了个地方，它卧在我一抬眼便能看到的卧室门口处，每当我转过脸看它的时候，它总能及时察觉我的目光，它会侧过脸用那双清澈的黑眼睛回应我。它那清澈的黑眼睛中透露出一种难以名状的惆怅，我知道，它为姚大志的不守时而轻微懊恼。我多想告诉它：别傻等了，小东西，姚大志可能又落点了，在他那个破单位，落点是极正常的事，或者他约了同事一起喝酒了，喝酒也是极正常的事。高明的人类想不出任何办法使动物们明晓语言，这真是人类的悲哀哪。动物们似乎对人类语言并不感兴趣，它们自甘快乐、沉默、残忍、忠诚。这样想来，我便不再考虑“妞妞”的执迷不悟了。大约过了三十分钟，待我再侧过头看它的时候，它由原来的卧着状态变成了站立，它一动不动地站在月光漫洒的微尘里，也许太专注了，它并没回过头看我。我被它的固执打动，这么多年，我何尝用这样的心态等待过他？这样的等待是有过的，然而我只能确定在最初的一两年曾这样等待过他。

16

我意识到耐性这东西就像时间、生命以及一切伟大或渺小的存在一样虚无缥缈，它会在某种情势下被消耗殆尽。而我，我学习及爱人的耐性也逐渐变得惨淡不堪。有时，我仅仅翻上三五页书就会感到精神涣散、头昏脑涨，甚至莫名地焦躁、懊恼；有时，我对那个一向被我美誉为“最伟大作品”的孩子也会产生可怕的厌倦，他占用了我太多的时间和精力，他已经有了很倔强的主见而不甘心屈从于我的操控；有时，当我心情糟糕到极点，我把“妞妞”那毫无心机的献媚当作丑陋的伎俩，甚至，在它兴颠颠地朝我跑来时，我竟毫不犹豫地给它一脚，或者一巴掌把它撵开……

已经午夜十二点了，楼下麻将机里翻搅麻将的沉闷声音透过楼层顶板清晰地传来，女人放纵的笑声一点也不收敛，这让我格外恼怒。姚大志曾一再表示要把楼下户主儿举报到区派出所，然而，我制止了他的冲动。我倒不是怕报复，只是觉得底层人士谋个营生不容易，那新租来的看似忠厚老成的户主儿不知道因为打点关系花费了多少钞票呢。儿子姚小泰在客厅的小床上辗转反侧，他挥舞着双臂咿呀梦语。他是个胆小的孩子，但对恐怖片却有近乎痴迷的偏好。然而，他不敢独自一人享受片子里巨大的恐怖和刺激，有时候他躺在我怀里看，也有一些时候他坐在我腿上看。每看完一部片子他便好几天不敢独睡。即使在我的鼓励或者冷嘲热讽下才勉强将小身体蜷缩在客厅小床的被子里，他也会在半夜里的某个时间抱着被子悄悄溜到我们中间继续后半夜的美梦。如果，我正好被他小心翼翼的声音弄醒了而大动干戈地呵斥他，他也会乖乖再退回到小床上。然而，一个做妈妈的怎么忍心呢？“妈妈，在黑夜里，我总感觉无数个张牙舞爪的鬼朝我进攻，就像《贞子》、《咒怨》、《怪谈新耳袋》里面的一样，他们从屋顶、窗户、小门儿和耶稣画像的嘴里冒出来，太可怕了！求求你了，妈妈，就让我在你这儿睡吧，好妈妈。”每当我试图把他呵斥回到客厅小床上时，他就这么可怜兮兮地求我。我的心刹那间就会软下来，这是每一个妈妈都不能拒绝的请求。

每天的某个时间，大多是早起，偶尔也在下午四五点，“妞妞”总会四脚朝天地躺在地上，它的四条腿高频率地胡乱蹬哒，嘴巴费劲地寻觅着尾巴撕咬。有时，它会疯狂地窜来窜去，当它控制不住自己那急于释放的情感或者憋闷的时候，它会撞上墙、桌子腿之类的障碍物，它肯定疼，但它只是轻微地“嗷嗷”两声便作罢。这样的滑稽多少遣散了淤积在我心头的一些烦闷。现在，它把身体直立起来，紧紧地贴着我的身体，并用两只前爪挠我的手。我感觉到它抓挠的力度，一些轻微的疼痛使我不得不把注意力放在它身上。它的眼睛深邃而清澈，那似乎带着某种请求意味的一丝不苟的眼神瞬间融化了我的心。它从喉咙里发出轻微的咕噜声，我知道它希望我将它抱起来，它太想得到亲切的爱抚了。这是不能拒绝的单纯而淳朴的愿望！我一向粗心，也不太喜欢小动物。然而，我不能拒绝它！也许我身上的温度不太适宜，也许香水的味道浓烈了些，也许我抱它的姿势使它难受，总之，它没在我怀里待多久便一跃而下直奔自己的小巢了。在那儿，在得到爱抚之后，它很快便闭上眼睛进入甜美的梦乡。家里还有一个人没回来，此时，他在几百米深的地底下苦熬那些黑暗、时间和那不可名状而又无时不在的恐惧。“妞妞”好像忘记了家里这个未归人，它在自己的小巢里睡得安然而放肆，你看，它并没有采取含蓄而沉稳的卧姿，而是像人一样四仰八叉地以脊背为支撑点躺在那儿，它的四条腿从膝盖处微微弯曲，而脑袋呢，那个蕴藏着智慧和忠诚的小脑袋则使劲儿地向上仰着，就好像要望见日日寻觅的梦想似的，或者那梦想里住着它思慕而不得的王子哥哥，或者是它那死于车轮底下的母亲，或者是它终生不会孕育的孩子们。现在，它完全忘记了那个常常给它洗澡、梳理毛发、买上等粮食的男人。它只顾沉湎于自己梦想中的色彩、气味、伙伴以及宽阔的草坪、跳跃的麻雀、飘浮着的鲜奶般柔软的云朵……

我习惯了熬夜，我觉得黑夜除了使人宁静之外，它给予我的是白天不能给予的安全、厚重甚至信心，因为我在这三界众生沉陷于梦想的浩渺广阔时产生了亲切而生动的创作激情，并且，我相信那些即将流淌出的句子受不到白天那些喧嚣、虚假、阴谋的污染，它们完完全全顺应着我的内心，它们具备超凡脱俗的气质和野心。这四五年来，我冒着电脑辐射摧残皮肤的危险，在每一个深夜动情地享受这份实实在在的安静。仿佛在所有被我消磨的时光里，只有这段时间专属我所有，而白天总要被一些无聊、无谓、无趣而又相当无奈的闲杂事占据。当然，即使是这段于我异常珍贵的时间，我也不能将它安排得妥妥帖帖。八卦新闻、网络游戏、海侃神聊……我总是不由自主地把时间分配给它们，这样的分配并非我的本意，然而，总有一种邪恶的力量迫使我这么干。

深夜一点半，我已经有了深深的倦意。我的脑袋像填充了破棉絮一样杂乱无章，电脑屏幕上也全然昏花一片，我实在不能支撑了。就在我刚要把自己塞进棉被里的时候，一声短促而并不十分嘹亮的防盗器的声音把我从昏昏欲睡中拉了出来。我的丈夫姚大志回来了，这摆脱了地狱噩梦的男人又一次安然无恙地回来了。我那在迷瞪状态下仍然紧绷着的心一下子松弛了，它悠闲而慈祥地挂在那人人触摸不到的温热地带。“妞妞”，那本来睡得踏实的小玩意儿一跃而起，它欢快地摇着尾巴等候在门边，你瞧，它的困意也在这刹那间神奇地消失了。它直立起来抓挠那爪印密集的防盗门，那副急不可待的样子既好笑，又使人怜悯。

熟悉的急促而沉重的脚踏在台阶上的声音，熟悉的钥匙在锁眼里转动的声音，熟悉的窸窸窣窣脱衣服的声音……

“咋回来得这么晚？足足晚了一小时四十分钟，有事了？还是在外面吃砂锅面了？”我的话带着几分责备，当然除了责备还有些许担心。

“小北，媳妇呀，出事了，出大事了！出大事了！”姚大志的脸色惨白得瘆人，他大口大口地喘着粗气，一副惊魂未定的样子。

“到底咋了？工伤？塌方？冒水？瓦斯？”对于一个矿工家属，虽然他从不忍心将井底下可能发生的悲惨事故讲给我，但我还是从一本讲述矿工安全教育的小册子上看到种种伤人、死人的案例。可以说，从他离开家门奔赴那时刻存在着危险的黑暗之境，一直到他能够再次被穿过玻璃照射到屋子里的阳光照拂，这段差不多十一小时的漫长而焦灼的时间里，我的心始终像被无数道力量揪扯着。

“死人了，就从我上的那个罐笼，从我身边，一个年轻人，前两天他刚过完三十岁生日。他从我身边掉下去了，摔在井底，粉身碎骨，血流了一地，当场就死了。我记得他坠落前抓挠了一下我的前胸，你看我胸前的这几道抓痕。多好的兄弟啊，真不知道他为什么把我松开。我咋就没把他抓住呢？”姚大志的眼睛湿润了，这个轻易不流泪的男人呜呜地哭起来。他被那发生在眼前的惨剧吓坏了，他说话的时候声音和身体都在颤抖。

“责任在谁？你们矿还没有从罐笼里掉人的先例呢！”

“据说是打信号的娘们儿提前打了信号，那时，罐笼门还没关上，启动罐笼的人在听到信号后按下了启动器。娘们儿，百无一用，除了风骚和发贱百无一用哪！我的兄弟呀！呜呜呜——”我本想对他话语的后半部分污蔑女性的言论进行一番辩驳，然而，一看到他痛心恐惧的样子便打消了这个念头。

“矿上咋处理？”

“还能咋处理？四十万呗！矿工的命就值这个数儿！兴许过两年这价码儿就不行啦。家属们都集结在矿长的办公室哭闹呢！惨哪，这个惨，唉——多好的伙计，说没就没了……”

“谢谢你回来了。”我的眼圈噙满了泪水，声音也有些哽咽。

“可是他没能回来哪！我的伙计，太年轻了，孩子刚五岁。”姚大志长长地叹了口气，“要是我能把他抱住就好了，可是我根本没意识到会发生啥，就那么几秒，活蹦乱跳的一个人儿就没了。”姚大志神情黯然地坐在床边，他就那么背朝我一动不动地坐着。他抚摸着“妞妞”凑上来的小脑袋，虽然他的心思完全不在“妞妞”向他奉上的热情和娇媚，但他还是不忍心冷落它。

“吃点啥？”我打算到厨房给这还没从巨大的恐惧中缓过神来的男人弄点吃的，毕竟，他还饿着肚子。

“不想吃了，一点胃口也没有，睁眼闭眼全是他血肉模糊的画面，他躺在冰凉的井底，脸色惨白，睁着眼睛，他死了，就在刚才，我的小伙计死了。媳妇，他死了呀。”

“哪？”我在卧室门口站定并回过头看他，我知道我用平生从未向他展示过的温柔而怜悯的目光看着他。我希望他能从我的注视中获得安抚，那颗在恐惧中战栗不止的心也能安静下来。

“陪我一会儿，来，媳妇，你到我这儿来，咱们说说话。”姚大志把我拽到床边，我们紧挨着坐在床沿儿上。这样的近距离接触既熟悉又陌生。我把他的手拉过来放在腿上轻轻地摩挲。这双手看起来不太美观，确切地说是缺乏阳刚之气，它整体短小，而且手指略微有点粗，每根手指根部都布满了坚硬的茧子。我已经忘记了这双手曾无比温柔地滑过我肌肤时的感觉，而且，我并不渴望它们还能像蜜月期那样对我产生似乎永不疲倦的万般柔情。我们都对男女之间那羞于启齿的“机械运动”感到厌倦。最近两年，我断然拒绝了接吻。我感觉到和姚大志接吻的不地道和肮脏具体始于哪一天，我记得不太清楚了，但这念头肯定追溯有源。姚大志呢，毕竟，他才三十七岁，他经常会有和我亲昵的想法。然而，在我表示出强烈的反感之后，他也就顺从地选择了放弃。毕竟，隔壁睡着他的母亲，客厅的小床上睡着生长期的儿子。

“小北，说真的，我挺感激你的。这十年，你为家付出不少。你是个有梦想的女人，倒是我，我一直在拉你后腿儿，像个赖皮。我怕呀，怕你飞走。这个家咋能没你呢？没你就啥也不是了呀！之前，我一点也不了解你，我觉得你和大多数女人都一样，可谁知道你还能变！要说不崇拜你，那是假的。你出书后，我当面讽刺你。可在背后，我偷偷把你的书送给伙计们，他们粗俗，可他们对你很尊敬，他们都羡慕我淘到了金子。我一直把你的那群搞写作的朋友当成流氓，我怀疑你和顾克谦的关系。现在想想，我真浑蛋！小北，说句实话，就是你和顾克谦有关系，我想，我也是没有理由阻止啊！因为我给不了你想要的爱情。我无意中看到过这样一句话，至于从哪儿看到的，我想不起来了，它是这样说的：‘男人找一个漂亮女人做老婆是他的本能，然而，能使和他结婚的女人漂亮、自信则是他的本事。良好的婚姻应该是在造就对方的同时成就自己。’你知道，我猪脑袋记不住东西的。可这句话，我记得牢，我觉得它说得在理儿。”

“其实，爱情，怎么说呢，它太飘忽不定了。真正能相互成就的微乎其微。人性骨子里是自私的，这和相互成就矛盾着呢。我说句实在话，你别不高兴，我倒是想和一个志趣相投的人在一起，如果那个人出现了，你会不会放我一马呢？”

我看到一丝苦楚掠过他的脸，毕竟，我的话太过直白和不人道。

“顾克谦看起来不错。”

“我一直把他当作老师的，事实上，他真的在写作上给予我不小的帮助哪！他是真心帮助我的，别无所求，不像文联大院里的殷子默，那简直是个垃圾哪！

“听说他给梦想当作家的女孩们发稿时要索取报酬，殷子默的潜规则是：千字牵手，万字摸胸。当然这可能不太真实。”

“你没去找过他吧？”

“去过，但他没得逞。我没有在他主持编辑的杂志上刊发一篇稿子，尽管那是在国内享有盛誉的优秀杂志。”

“我相信你。明天不想上班了。咱们回趟老家咋样？想知道老爷子和你大伯闹腾得咋样了。”

“好，是该回去瞧瞧了。这也是让我头疼的事儿哪！爹可不是个善茬儿，他决定的事儿没有一件中途放弃的。”

这样沉闷的气氛竟然也能泛滥起欲望，这让我觉得不可思议！当姚大志用那双长满茧子的粗手在我身上缓缓摸索，当他喘着粗气绵软成一摊烂泥，一种莫名的愧疚感让我紧紧抱住这个刚刚经受了死亡恐惧的男人。

充斥着浪漫意味儿的形容词、蕴含着实际稳妥意味儿的名词、表示情态动作的动词在汉语言里简直数不胜数，然而唯有“回家”这个简易的动宾组合能够轻而易举地使我无条件、无意识地陷入一种心灵上的绝佳状态。这个绝佳状态可以用几个词语概括，那就是：激动、温暖、迫切。父母给予我的家虽然贫寒无趣，但是那里可以将我的灵魂坦然安放；姚大志给予我的家算得上安逸有致，然而诸如羁囚感、落寞、恐慌之类的感觉常常像任凭你怎么努力都无法摆脱的影子一样，只要有一点光明，它们便蜂拥而至。

“为啥这个家让我感觉到死窟一般沉寂？我尝试着爱，爱家，爱你，爱你的母亲，爱所有和你有关系的亲朋好友。然而，我发觉我根本做不到！这到底是为啥呢？”我曾不止一次向姚大志传达类似引号里面的内容。面对这赤裸裸的羞辱和指责，姚大志通常会说：“既然不爱我们，你走呗，走得远远的，永远别回来。”他知道我没有离家出走的勇气，不管我把话说得多么狠毒和刻薄，这个让我产生羁囚感、落寞、恐慌之类感觉的家已经和我的命运严丝合缝地粘连在一起。我的优柔寡断和消极厌世情怀也使他深信我没有离家出走的勇气，所以他才敢装作一副满不在乎的样子回应我。

车子一驶入山区，当凌厉而沉稳的山的形象真实地从眼前掠过，那隐藏于我内心的激动、温暖、迫切情绪便不可回避地充盈起来。每一座山都很可爱，只要你不忍将想象这一功能搁置，它们便可以被你描摹成多种形状。比如，那座羞答答独立的小峰，当车子还未靠近你只能从侧面远观的时候，它像低眉颔首的古代美女；当车子逐渐靠近，你可以从正前方观察的时候，它则像一只古旧的香炉；当车子驶远，你从一回眸的瞬间里看它，它又像一头仰天长啸的雄狮。立春乍过，大地还未能摆脱持续了三个月的睡意蒙眬，虽说这草未发、树未芽的凄凉气氛容易凭空给人制造烦恼。然而，毕竟，风儿抚摸树梢的力度轻柔多了，映雪湖里的细波一层逐着一层，偶尔会有调皮的水鸭子急匆匆地探出头来。

“如果山区是执铜琵琶、铁绰板唱‘大江东去浪淘尽’的关东大汉，那么城市就是执红牙板歌‘杨柳岸晓风残月’的十七八女郎。你认为呢？”当我问出这句话的时候，姚大志正愉快地吹着口哨。

“和粗人说话，拜托，请您别酸掉牙了行不行？您不就是想说山区民风朴实，城市？城市？城市民风不朴实吗？”他回应给我轻蔑的一瞥。当然，我习惯了被这个无知无畏的男人蔑视，就好像他的这种蔑视其实并不含贬义一样。

“哟，不简单呀，姚大志同志，归纳能力见长哦！”我愉快地在他肩膀上拍了一下。

“听起来像讽刺，不过我不介意。”

“好羡慕这自然界除人类之外的一切生物，比如喜鹊、大鲤鱼、常春藤，人往往没有它们的自由，总要被各种事儿和情牵绊着。”

“喜鹊也愚蠢着呢，它不知道珍惜自己的劳动成果，你说它每年费劲吧唧地筑巢，咋就不知道省点劲儿回到旧巢里面呢？这喜新厌旧样儿，不太好啊，太不忠诚了。大鲤鱼呢？它的营养价值太高了，人人都想吃掉它，呵呵，没意思，要是它自带一个毒就好了。常春藤，它倒是自由地长，自由地枯，但是这完全属于机械性，也没什么嚼头儿。”姚大志说这话的时候正专注地盯着车子前面的小公路。

“似乎蛮有道理，你这个粗人啥时候对逻辑分析学感兴趣了？”我的赞许是发自内心的，我发誓这番话是我听到过的出自姚大志嘴里的最具文学性和逻辑性的话。

“充电了？”我问。

“没。”

“哪？”

“瞎拽。”他憨憨地看了我一眼。

沿途四五个村庄的农户大多搬迁到市郊的平原地带谋求发展了，一方面是为了避灾。因为每到雨季，映雪湖的水面就会上涨，就会毫不客气地淹没田地甚至房屋。另一方面是为了响应政府的号召，一心为人民服务的政府自然在关注民生这项伟大事业上毫不马虎，它一觉察到这一带的危险，便义不容辞地制定了迁移方案。然而，还是有个别愚钝不化的恋旧分子怀揣着“地多必富”的美梦死死坚守，不过这坚守实在不是什么好事儿！圪垯村儿仅剩的一个老光棍儿在掰棒子的时候突发脑溢血不治身亡，他的尸体在玉米地里横陈了两个多月，等被一个远房侄子发现的时候，那尸体已经腐烂得没了人样儿，地鼠和飞鸟把它糟蹋得破碎不堪，胸腔已经完全空掉，面部也被摧残得惨不忍睹。据说他的远房侄子继承了几吨粮食和几万元的存款。

车子在爬一个缓坡，缓坡下面匍匐着一个死气沉沉的村庄，我可以断定有五户人家居住在这里和终世不能摆脱的贫穷负隅顽抗。一处土地贫瘠而又缺乏矿藏的区域，即使风水再好，空气再清新又有什么用？当然，这只是像我这样久别故土而又沾染了铜臭气味儿的毫无见识的女流之辈的浅俗见解。我之所以断定有五户人家居住在这里，是因为五户人家青黑色的粗水泥房顶上整整齐齐地垛着金灿灿的玉米棒子，除此之外，烟囱附近的烟尘清晰而黝黑，那些空户的烟囱清一色灰蒙蒙而毫无生气。一群喜鹊欢快地从一处空地飞起，略微的清寒一点都不妨碍它们的飘逸，它们从容不迫地落在老杨树干枯的枝杈间开始了肆无忌惮的鸣叫。偶尔会有一些麻雀和它们对峙，然而麻雀的纤细往往被喜鹊的粗狂吞噬。麻雀不是鸠，然而它们比任何一只鸠更为可恶，这表现在它们从不亲自筑巢，可悲的是，它们对喜鹊抛下的旧巢一点儿也不感兴趣，燕巢和墙缝是它们繁衍后代和躲避风雨的绝佳去处。新建的小土地庙像个卑琐的老头儿站在公路右侧，即使车子保持四十米的行进速度，在这样蜿蜒狭窄的农村公路，这已经是不低的速度了，我仍然得以清晰地看到小土地庙里有一尊崭新的土地爷，他胡须修长、慈眉善目。如果在人的智慧混沌未开之时，在困境与绝望频繁自扰之时，人类将那点卑薄的希望寄托在凭空臆造的神灵身上并不可悲，然而，在人类文明飞速发展的今天，一小撮人仍愿意和这凭空臆造的玩意儿纠缠不休实属可恶！他们虔诚地把镶着金边的陶瓷菩萨请到自家供案上，每逢初一、十五烧香、磕头，嘴里面念念有词，倾诉、愿望、诅咒都可能是这“词”的内容。

“我死了就把我葬在西庄吧，要是能距离我家祖坟近一些就好了。”我不知道为什么又说起这无聊且伤人的话。

“无聊得很！你就这么不愿意和我埋在一起？我不能完全得到活着的你，难道死后也要折磨我吗？你真狠。”姚大志的脸色变得凝重而严肃，这是他极其稀有的表情，这表情多少让我内疚。

“不是不愿和你在一起，我只是太热爱生养我的这片土地了。要知道，这里每一处都有过我的脚印。捉蝎子、割荆条、捋槐叶、捡橡子、摘红枣，我能想象到我做这些事的时候有多劳累，有多快乐，有多执着。我是个好强的人，在我小时候就很好强，我不甘心比别人少干一点活儿。我被马蜂和蝎子蜇过，被蛇和鬼火惊吓过；喝过淤积着腐叶和昆虫尸体的水，吃过阴沟里不易融化的白雪。在这儿，我哭过，乐过，幻想过！这片山水是我心目中最亲切的地方，所以请你在我死后把我葬在这儿。”

“可……你是我媳妇儿，你是我媳妇儿呀，哪有媳妇不和老公埋在一起，而非要自己的？”

“可我是自由的，你要不同意，我就立下遗嘱，让儿子去执行。我是认真的，我喜欢这儿，我要生生世世看着这儿。”

姚大志一时语塞，他只能专注开车以此排遣心中的极大不悦。在辩论上，他永远不是我的对手，这一点他早就认同。

“到你家之后千万别说这混账话了，这让我感觉很丢人。我一直以为你在和我开玩笑，原来你这个想法是真的，真可怕！”

“这只是个纯粹的想法而已，它不一定能实现。不，是一定不能实现。就算你勉强同意，我爹也决不会允许出嫁的闺女带着外姓人的品性骚扰族人的安宁。”我知道我爹一向是个开明的人，他一生耿介、不信鬼神，但为了安慰姚大志的颓丧，我只能拿出这个最具权威的老头儿做幌子。

“妮儿？”

“嗯？”

“没事。”

他看了我一眼，浅浅地笑了，自嘲式的，苦楚和惭愧从笑容挤出的波纹里辐射出来。尽管这辐射不露声色，然而还是对我产生了强烈的震撼。这许多年我对他最大的伤害便是忽略，从肉体到情感，我用残忍的狡诈和敷衍对付这个憨实得近乎愚蠢的男人。而他，我从没料到一个在我眼里没有素养又缺乏智慧的粗人竟然对我有永不枯竭的忍耐力，不管我们之间没有硝烟的战争多么惨烈，他总会适时妥协。当我们赤身裸体睡在一条太空被下，当他不再细致地做足前戏，当我不再为了迎合而伪装娇嗔，我们的婚姻残存的只有这退去铅华的亲情。虽然，我们在性能力上依旧朝气蓬勃，但是，缺乏神秘和激情的机械运动让我们彼此不约而同地产生厌恶。有一次，当他如峻拔喷薄的火山将我覆盖，而横亘在我体内的小河却以残酷的干涸状态报答他的热忱，他像遭受到极大的羞辱一般懊恼地从我身上翻下，沮丧地骂了句“想疼死谁呀”，便扭过脸沉沉睡去。

当一股浓烈的硫化氢气体在车厢里蔓延开来的时候，车子已经被他稳稳当当地停在路边。

“快，打开车窗，下车透透气。不好意思啊，我没能忍住一个‘无声炸弹’。”他坏笑着跳出车子。

停车的地方是这条小公路上的海拔最高处，有一条泥土路执着地蜿蜒向远方，我知道路的尽头是一处废弃的养老院。养老院四周榆树丛生，榆钱茂盛的春初，偶有城里人把轿车开到这里采摘，有时，他们会在自带的小帐篷里度过一个宁谧而恬静的夜晚。

一抬头的上空是晴湛湛的蓝天，白云悠闲得让人嫉妒，一种体型较小而敏捷的鸟儿倏忽一下掠入天际；俯首的低凹处是映雪湖水库的尾部，水波粼粼的湖面容易让人想起白花花的银子；一小块儿一小块儿闲置的土地看起来有些僵硬；远处的村庄像容易害羞的少女端庄而令人陶醉。

“西庄”，你们永远无法体会这两个字带给我的心灵震撼和精神愉悦。那是一片给予我卑微生命和永恒快乐的秘密圣都，无论我在这个世界的何处落脚，无论我正被怎样的苦难或烦恼包裹，只要一想起它，我便能够获得神奇的力量和光明。

18

村口的大柏树像一位年逾百岁但精神矍铄的老人匍匐在新修的神庙旁边，那些向四周恣意伸展的树枝龙盘虬结般地笼罩了一大片天空。神庙在它的庇护下显得羞怯而渺小。这座神庙是在新当选村长的倡议下，当然，也是在村民们的热烈支持下修建而成的。这些一辈子没有走出过大山，没有见识过其他城市风光的村民，他们不信万能的主耶稣，也不信普度众生的佛，但他们信那个蓄着长胡子的叫土地爷的老头儿。为此，他们甘愿捐钱、捐物、捐力气。

“农民的愚昧根深蒂固得很哪！你看这个新建的庙，设计和质量都不错吧？”我说。

“得了吧，信鬼神总比搞破鞋好，信鬼神最多浪费点时间，哦，买冥币也需要花钱，不过那说到底是个小数目。搞破鞋呢？弄不好是要家破人亡的。”姚大志冲我轻轻点了一下头，那样子有些得意，好像在为自己的高瞻远瞩而沾沾自喜。

“村民们整日没个闲，哪有时间搞破鞋？”我不满地反驳道。

“搞破鞋这个事儿嘛，用个成语咋说来着？我想想啊，自古以来，对，自古恒有！农民咋了？农民就不是人了？是人就得有七情六欲嘛。农民也会喜新厌旧……哟，小北，你看，左前方，那不是你大伯吗，扛着镢头那个……”姚大志一边说一边引导我向前看。

果然，我大伯，那个身材魁梧，已届古稀之年的老头儿神色凝重、步履匆匆地迎面走来，他显然没有注意到缓慢行驶过自己身边的车子。

父亲是个狭隘、自私的人，他明令禁止我们不许和大伯再有任何往来，即使见面寒暄都不行。我对此颇有异议，然而总不愿违逆他的意愿。毕竟，和父亲的狭隘、自私相比，大伯的不近人情和不讲信义更令人憎恶和不能原谅。父亲的柿树坪分到了大伯的自留坡上，在两家还没任何纠纷的时候，大伯就指使他的愚儿子对三棵无辜的柿树下了毒手。那些柿树健壮无比、风华正茂，丝毫没有任何奄奄一息的征兆，这于大伯是个不小打击。他坚定地认为，柿树们向四周无限伸展的根会吸收本来就寒酸的养料，而那些茂盛的枝叶必定遮挡一部分阳光，使得他种在旁边的花生、蓖麻得不到充足的照射。为此，第一棵柿树的根部被注射了大量硫酸，它已经完全死掉了；第二棵柿树由于在距离地面大约半米的地方被刮掉整圈的皮而萎靡不振；第三棵柿树的左半边枝叶完全被锯掉，从远处看活像动画片里的独臂侠。这些描述都是父亲讲给我的，我非常信任那个狭隘、自私的老头儿，因为他是个不善说谎的人，关于这一点我一直深信不疑。父亲不想因为几棵不能发大财的柿树和大伯大动干戈，毕竟他们在村子里算得上和睦兄弟的典范，他不想为此失去这样的好名声。然而，大伯并没因为父亲的容忍而有丝毫收敛，他已经在对父亲的整个柿树坪子里三十余棵柿树虎视眈眈了。也许，他早已酝酿好了“屠杀计划”，单等一个月黑风高的夜晚……父亲的反攻显然迫于无奈，若不是大伯把二十八棵水灵灵的板栗树栽到了父亲的柿树坪里，也许父亲还能按捺住长期积压而只待喷薄而出的怒火。他识破了大伯的阴谋，这使他既痛苦又愤怒。他找到虽然迷信但对村里大小事件一向秉公处理的村主任，村主任限期大伯在植树节前把二十八棵板栗树挪走。大伯对挪走二十八棵板栗树这件事置若罔闻，他好像从来不相信做过教师的父亲会和他一般见识，他更不相信父亲会使出“以其人之道还治其人之身”的狠招儿。所以，在植树节过后第二天，他气定神闲地到自留坡上巡视。当那二十八棵板栗树横七竖八地以躺卧的姿态跃入他的眼帘时，他在一个短暂的瞬间里还不能接受这样残酷的事实。他坚信这事不是父亲干的，但除了父亲再没有第二个人犯得着和这些小板栗树大动干戈。他找到村主任号叫着说要报警。那时，他一点也不能控制情绪，毕竟，他在那些小板栗树上耗费了大量的心血，并在它们身上寄托了浓厚的希望。村主任对大伯的不可理喻产生了厌烦心理，他说：“你要报警是不，报吧，报吧，可劲儿报吧！反正，我只能向警官实打实地反映情况。再说，有谁看到是刘宗仁干的那事儿呢？我没看到过，大家伙儿吗？谁又能看到呢？”大伯听出来村主任有明显偏袒父亲的意思，所以，他只好灰溜溜地走了。在傍晚时分，有人看到大伯扛着一捆小板栗树沿着蜿蜒不平的土路无比沮丧地回了家。

兄弟反目，这在农村是极不光彩的事情，何况父亲和大伯互帮互助地处了大半辈子。父亲那副和大伯老死不相往来的姿态令我不寒而栗，大伯那副死猪不怕开水烫的嘴脸令我欲哭无泪。刚开始的时候，我非常惧怕在那条狭窄的水泥路上和大伯相逢，然而，这样的相逢并不因为我的惧怕就不会发生。每次相遇，我都像做错事的孩子把眼睛盯向他处逃也似的离开，大伯则像一具没有人情味的僵尸一般目不斜视直挺挺地大踏步而过。再后来，我的情感和表情渐渐适应了这残酷的变故，于是，脚步和姿态也相应从容起来。

虽然隔着玻璃窗，但大伯脸上横七竖八的皱纹依然清晰可辨，他那一头乌黑浓密的头发白了大半，细细的尘土安然自若地覆在上面。他目不斜视地只顾迈着大步朝前走着，根本不朝我们的白色雪铁龙睥睨一眼。

虽然我适应了不和大伯打招呼的残酷变故，但是我不得不承认每一次相遇都是心灵的折磨和面子上的不堪。这个不近人情、不讲信义的老头儿是我的亲人，他曾亲切地给予我许多永远不能被磨灭的爱和关怀。

我把车窗降下。

“你要干啥？”姚大志紧张地问。

“他是我大伯。”我的眼睛再禁不住这细腻的回忆，已经有晶莹的泪花喷薄欲出。

“可他也是咱爹的仇敌呀，老爷子恨不得他马上死掉呢。”

“我大伯还指望在他死的时候，我们能给他穿大孝呢，他想威威风风地躺在棺材里被人抬到那片茂盛的松树丛中，埋在那片肥沃的黄土下面。”

“照目前情势看来，他这愿望怕是要落空了。”

“也未必见得，一切都是未知，说不定哪一天，或者这一天很快就来了，爹会和大伯重归于好。”我无限感慨地说。

“就凭老爷子的脾气，能重归于好吗？你别做白日梦了！我敢断定不会有那一天。”姚大志用轻蔑的目光扫了我一眼，我从那目光里观摩到一种得意十足的自信，这是他从来没有过的自信。这自信让我难过。

大伯的身影愈来愈淡，它终于完全消失在公路的转弯处。由于没有事先告知，所以母亲并没像往常那样坐在街口的石磨上等我们。母亲一向粗心，但她从来不会疏忽了在村口迎接我们，她也不会疏忽了从微薄的生活费里挪出几块钱给我们的孩子买零食和玩具。母亲有点小虚伪，她总会喋喋不休地抱怨我们带的东西太多，以至于他们根本吃不完，也许还会导致发霉呢。她更会在我们走后不到半小时心急火燎地跑到人群聚集的地方炫耀我们带的礼品。至于母亲的勤劳和任劳任怨，我想纵使我在此以千万字的鸿篇巨著依旧无法讲述详尽，所以，省略无疑是一种绝佳的方式。

“回来了呀？小北。”

“你娘怕是不知道呢吧，刚还看到她挑了一担子水回去了。”

“能住几天吗？丫头？”

“显胖，比做姑娘时好看啦！”

邻居们七嘴八舌的问候使我感动。我常抱怨自己无能，我不能改变村民们的贫苦生活，不能使他们从繁重的劳动中解放出来。尽管他们脸上挂着灿烂的笑容，但我揣度这灿烂的笑容背后必然隐藏深不可测的苦楚。其实，我不能保证有朝一日，在我功成名就之后能够送给他们许多钱。十余年的城市生活使我落入俗套，我相信钱能使人幸福，能解救劳苦大众于苦难。虽然，我对赚钱这档事不屑一顾。

“老淑，你家小妮儿回来了，还不出来迎迎！”东邻居——那个眼睛里常年淤积了黄白色糊糊的肥胖女人站在房顶上冲我家院子大喊。

“别喊了，胖婶儿，想给我娘个惊喜呢。”

“惊个啥喜？你娘撂下饭碗跑出来了，哈哈哈……跑得比兔子还快，哈哈哈……”

说着话的工夫，母亲已经三步并作两步地小跑过来了，她黝黑的脸上挂着无比荣耀的笑容，步子明显急促、轻快了好多。

“又带这么多东西，家里啥都有，下次不许带了，走，屋儿去。”母亲一边说一边接过我手里的花生油和豆奶粉。

“爹呢？”

“在家吃饭呢，你二弟也在。”

“二弟一直在家住着了吗？”

“嗯，从上次回来直到现在没走，他精神状态不太好，小雨好长时间不跟他联系了。他每天跟你爹下地，出活，还像以前能干。”

“哦，不担心他像以前那样儿偷偷溜走啊，然后，又长时间没有消息？”

“不担心啦，他把我的心倒腾凉了，往后就随了他的意，能不能成家立业是他自己的造化。我和你爹都老了，管不了那么多啦，再说我们大家伙儿都尽力了。”母亲说这话的时候很淡定，一点也没有之前那种焦躁、沮丧、担忧的愁容，这让我感觉既悲凉，又安慰。

母亲走得很慢，我能感觉到她有所顾虑。

“小妮儿，你……”母亲的话含糊其词让我颇有些大惑不解。

“娘，到底担心啥呢？”我转过头问她。

“你嘴利，到家后还是少说两句吧。小南他心里不好受，他比以前瘦了好多。小雨已经好长时间没联系他了，你知道的，他很喜欢那姑娘。”母亲用祈求的语气希望我到家后克制住情绪，从而营造一种和谐气氛。她嘴上说她的心早被二弟倒腾凉了，其实，母亲的一颗心怎么会随便就被叛逆的子女倒腾凉呢？要知道，那是一种至死不息的最伟大、最无私、最恒久、最炽热的爱呀！

“我知道啦，只要他不激怒我。”我怜悯母亲的苦衷。然而，我深知我并不能自如地控制我的坏脾气。

“妮儿，就是他激怒你，你也要忍让，毕竟他是你弟弟，他刚回到这个家没几天，我还没把他丢的营养补回来，他太瘦了，唉——”在没得到我的明确答复前，母亲走得很犹疑，而她在平时一贯大步流星的。

“好吧，我忍让，谁让他是我弟弟呢。”在听到我的承诺后，母亲才放宽心，我仿佛听到悬在她胸腔中的那块石头落了地。

几只肥胖的母鸡把身体陷进松软的粪堆，它们时不时愉悦地抖擞下身体，一些尘土便洋洋洒洒地落下来；漂亮而雄壮的公鸡们像检阅官一样踱着方步等待攀上母鸡们后背的时机；几只麻雀轻快地飞进房檐下的燕巢，它们一点也不害臊；刚刚竣工的村主任家的砖房巍然傲立在打麦场上，它不知道自己是违章建筑，所以它扬扬得意，不懂收敛。

由于没有事先通知，古旧而寒酸的小院狼藉一片，到处都是落叶和鸡屎。当然，我的言外之意并不是说母亲是个邋遢的女人，母亲太忙了，以至于她根本没时间顾及到打扫卫生这样的小事。父亲呢，他只知道下地干活儿、吃饭、睡觉，根本不屑操持像扫地、烧火、炒菜、洗碗之类的小事，就好像这些小事儿是女人们的专利一样。但父亲从不觉得下地干粗活儿是男人们的专利，母亲就像他使唤惯了的长工一样没完没了地陪他浇水、刨地、播种、锄草……凡一切男人能干的活儿，父亲都毫不心疼地使唤母亲。也许他只是喜欢并习惯了母亲的陪伴，但更大的可能是他忍受不了母亲像村里的多数女人一样清闲。母亲在父亲眼里既是女人，也是男人；既是相濡以沫的妻子，也是同甘共苦的伙计。

“小北来了？”听到脚步声的时候，父亲已经撩开沉甸甸的棉门帘探出了他那秃得仅剩下一圈细毛的头。他没有像其他秃顶的人那样让秃处周围的头发恣意疯长，然后把长到足够长度的头发费劲地撩上去意图覆盖那处光秃秃的头皮，这一点我很赞赏，这也是我坚定地认为他是个正直老头儿的一个原因。他在不展开高谈阔论的时候言谈一向简单，但一旦展开高谈阔论，你就很难有插嘴的份儿。

“嗯，老二也在呀？”我一眼看见二弟刘水南规矩地站在凸凹不平的泥土地上，为了避免拘谨，他的两只手频繁搓磨。

“咋？我就不能在家吗？”二弟用一种桀骜不驯的目光瞥了我一眼。“他凭啥用这样儿的目光呢？一个无所事事、没有良心的浪荡子。”我心里暗想。

这一瞥微微触动了我的心理底线，我又想对他进行一番冷嘲热讽了。但我想起母亲进门前的恳求和她那纠结复杂的神态。“我不能和这小子吵架，在我赢得口头上的胜利之后，娘就会承受巨大的心理压力，而我是决不能将这样的痛苦加之于她的。”当我这样想着的时候，内心的火气便自然平息了许多。

“不打算出去找活儿干吗？工作确实不好找呢，再说你没有学历，也没有学得一技之长。你在家陪着爹娘也好，毕竟，地里的活儿是干不完的，爹娘岁数大了，很需要你。”我说。

“老二的最大作用不是下地，而是帮我夺回石瓠岔！目前呢，胜利在望！来，大志，陪我喝两口。”从父亲那一贯严峻的眼睛里投射出一种久违的熠熠生辉的光芒，这光芒很容易使人联想到秋后房檐上摆放得整整齐齐的玉米棒子反射的金光。

“爹，你不是一直不喝酒吗？别忘了你可是一位脑血栓后遗症患者哦！”我在刹那间怔住了，父亲真的一直滴酒不沾，即使在他最无助、落魄的那些被大伯一家欺侮凌辱的时间里，他都没有用酒解闷。他是个从内心里对白酒没什么好感的人。

“这些白酒已经在那个黑橱子里放了十二年了，我是这么想的，与其让它们挥发掉，不如把它们送进肚子，好歹这玩意儿是用粮食做的。老百姓嘛，不能浪费，不能浪费！”父亲一边说话，一边喝下一小盅白酒。他咽酒的时候看起来很痛苦，因为他的脸在霎时憋得通红，从未被细心修理过的胡须也随着脸部肌肉的跳动而微微发抖。

“爹,你这是何苦呢？你并不爱喝酒呀,而这些酒对你的身体也没啥好处。”我试图用道理来说服他重新回到滴酒不沾的过去。

“老二，来，给你姐夫倒酒，你也坐下喝两盅。”

“姐，你去弄俩菜儿，让我们痛快喝会儿。”二弟一边冲我扮鬼脸一边迫不及待地坐在小板凳上。

“我去小卖部弄俩下酒菜，你们先唠着。”我转身就往外走，但却被母亲硬生生地拽了回来。她就是这样耿直的人，她觉得在自己家里儿女们不应该再有任何花费。她会耿介到把几袋子盐钱都塞到你手里。她不愿对任何人有任何亏欠，而从不记得别人对她的亏欠。

“老淑，干啥去？不在家好好陪闺女儿？”母亲走到大门口的时候，碰到了迎面而来的胖婶。由于身体肥胖，任何一件衣服穿在她身上都显得紧紧巴巴，特别是那两个硕大的乳房，好像随时要撑破了上衣跳跃出来似的。

“她婶儿，去吧，你进去吧，进去陪他们爷们儿唠吧。我去小卖部弄俩菜。”母亲把她让进来之后匆匆走了。

“胖婶子来了？”尽管我不太喜欢这个女人，但是毕竟，胖婶儿以她顽强的毅力坚持踏了我家门槛二十几年，平凡的感情就这样被不平凡的坚持建立起来。父亲也不太喜欢她，但她是母亲最忠实的朋友。二十余年，母亲以少见的宽厚和善良帮了她不少忙。她是个不拘小节的粗心人，向来不会收拾家务，导致家里几乎无法下脚；她不能怀孕，据说从少女时代就患上月经不调，在农村，这是种羞于启口又无关性命的小毛病，没有任何人会对这种病加以重视，等她婚后想怀孕生孩子的时候，已经错过了治疗的最佳时机。说实在话，即便没有错过治疗时机，她的丈夫也没有钱为她治病。她的丈夫有点阴阳怪气，在她的熏陶下渐渐对任何需要出力的活儿都产生了强烈的厌恶情绪。他原本有门儿不错的手艺——炸油条，如果他们夫妻两个以此为生，倒是也能把日子过得有声有色。然而，他们一点也不愿配合，以致本来可以做得红红火火的生意至今也没张罗起来。我记忆的空间自然不乏他们两口子生活的种种画面：胖婶扯着一根棍子满大街追着他跑，一边跑一边用最恶毒的话语咒骂，他灵活地攀爬上碾子旁那棵粗壮的槐树，得意扬扬地坐在树杈上向下俯视，胖婶不会爬树，手中的棍子也够不到他藏身的树杈，只好悻悻地扯着棍子回家；清晨或者傍晚，在我上学或者放学路过他们家窗下的时候，常常听到胖婶抑扬顿挫地扯着嗓子哭，一边哭一边数落自己苦难而辛酸的往事，这个时候她丈夫异常兴奋，他把能用的锅碗瓢盆倒扣在院子中央那块大石板上，把一根光溜溜的杨木细棍儿的一头用棉布缠好，然后有节律地击打那些倒扣在石板上的家伙什儿，一边击打一边高声吟唱。在我十岁那年，他们花一千块钱买了一个豁嘴儿女孩，女孩的到来彻底改写了这两个人的命运，他们迅速改变了一贯的懒惰，男人四处打零工赚钱，胖婶也一反常态地有了女人味儿。在豁嘴儿女孩五岁的时候，他们用积攒下来的钱为她做了修补手术，如今，她已经长成亭亭玉立的姑娘，虽然先天缺陷在她上唇至鼻子下方的空处留下了永久的疤痕，但丝毫不妨碍她是个标致的姑娘。

“哎呀，老刘，你咋喝起酒来了，不要命啦？还没给老二娶媳妇呢！”胖婶儿一进门就高声尖叫起来。

“有啥大惊小怪的？瞎嚷嚷个啥！喝两口咋了，还能立即死了不成？”父亲使劲瞪了她一眼，胖婶儿立刻像霜打的茄子般蔫了吧唧的不吭声了。

“爹，胖婶说得对呢，咱就这一回啊，以后可不许再喝了。”为了给胖婶儿打个圆场，我赶紧附和着说。

“命哪，都是有定数的，老天爷让你明天死，你就非得挨过今天；它让你今天死，你就撑不到明天。两盅酒不碍事，每天喝一点还有好处呢！驱寒——”父亲顽固地辩驳。

胖婶显得有些局促，我从她的表情里发觉她似乎有话说，然而当着大家伙儿又抹不开面子。

“婶儿，有事啊？”我冲她笑笑。

“没事儿，没，没事儿，我这就走。”她简单回应了一下便撩开帘子往外走。

“小北，你出来一下。”她在帘子外面召唤我。

“咋了，胖婶，真有啥事？”我满脸疑惑地看着她。

“水南是个好孩子，我看着长大的啊。这几年走了不少弯路，但他的确是个好孩子呀。我家雅致，你见过的，挺勤快一个妮子。你是水南他姐，没事儿的时候探探他的口风。”胖婶神秘兮兮地说。

“哦，我明白了，这是看上我家二子了。”我不由得喜笑颜开。

“小声点，让你那倔驴爹听见，又该骂我了，我走了，小北，别忘了啊。”胖婶说罢话乐颠颠地走了。一个面目清秀、双眼皮、高鼻梁的年轻姑娘马上在我眼前铺展开来，那是个勤快而朴实的孩子。天生唇腭裂虽然做了手术，但还是留下一点疤痕，好在性格活泼开朗，也乐于助人。

“如果老二娶到她，未尝不是天大的好事儿呢！”我想。

20

“老二，你觉得雅致咋样？”我转身回屋的时候，他们正热火朝天地讨论着什么问题。

“雅致？挺好的呀。”

“哦，那……”

“那什么那？想都别想，小雨说过就是她出嫁了也会离了婚再回来找我的，我要等她。”老二气急败坏地瞪了我一眼。

“是不是嫌弃雅致啊，其实，雅致是个好姑娘，配上你也算是绰绰有余，毕竟你……至于小雨，她的命运不在她手里，就像你们卜的卦那样——有缘无分。”

“我不管，我要等她，我必须等她。姐，能不能为我再去她家一次，最后一次，也好让我彻底死心，说不定会有转机呢！”二弟把脸转向我，他从没这样坦诚地求过我，他的目光显得极其无奈，而我很容易被这样的无奈和痛楚打动。

“好吧，既然你这么说了，那就让我们为你们的事再做最后一次努力，不管啥结果，你和小雨都要接受啊，再也不能胡闹了！”我想我没有任何理由拒绝二弟的请求。虽然，我不能保证二弟能带给小雨幸福，但我也不忍心两个真心相爱的年轻人最终不能生活在一起。

母亲买回的咸花生豆和半截灌肠使酒桌上的气氛热烈不少。父亲碍于家长身份始终保持低调，他一直用瓶盖不紧不慢地喝着，姚大志和水南显然不能很好地控制自己，他们频频把那容易迷惑人心智的白色液体往自个儿嘴里倒，就好像倒进了别人嘴里一样。

“不管咋说，水南为家里立功了，就算以前千错万错，那都是以前的事儿了，要是水南不回来，还不知道我和你娘要遭受刘宗义父子多少辱骂呢！咋说也是水南立功了！没他还真是不行！”父亲的脸上洋溢着多日未曾见过的红光，他迫不及待地与人分享心中的感慨。他平生第一次得到儿子的帮助，并且大获全胜，而这是有心无力的女儿们不方便做也不易做成的。他从心底感激这曾带给他无限烦恼和耻辱的逆子，至于二弟之前犯下的那不堪回首的种种过错，他宁愿像忘记树林间的甲壳虫、蛛网、松鼠一样把它们忘记。事实上，自从石瓠岔重新回到他的掌控之中，他就把它们，把那些不幸而又恼人的事情忘记了。

“老二啊，你是咋征服他们的？谁也没回来帮你哪，我还以为你自己弄不成这事儿呢！”姚大志一脸狐疑地看着水南。在他看来，一向无所事事又好吃懒做的人怎么可能征服蛮不讲理的大伯父子呢？其实，我的心中也存在一样的疑虑，我也迫切想知道二弟和父亲是通过什么方式使本来棘手的事情获得了转机。

“‘你弱他就强，你强他就弱’呗，可别忘了这个道理哦。那天，我和爹去石瓠岔了，我们知道他们也在里面。但我和爹就是去挑战的！我有啥怕的，我只知道我不能让咱爹把我看扁了。我让爹娘操了那么多心。我想啊，就是为他们坐牢也值得了。所以，我决定，要是大伯再敢挑唆他的傻儿子对咱爹无礼谩骂或者扔石头，我就用铁锨斩断他的腿。刚开始，他们一看到我们扛着铁锨、镢头往里走的时候，就像疯狗一样叫唤起来：‘哟，长胆子了，再往前走一步试试？你看我不打断你们的狗腿。我们早交给你八万块钱承包费了，石瓠岔和你们没一点关系了，是我们的，没你们一丁点事儿啦，滚，赶紧滚开！’真不知道世界上还有这么不要脸的人，听听，这就是咱们那傻大哥骂咱爹的话。也不知道是被吓得，还是被气得，咱爹的脸色立刻黄了，俩腿也筛糠似的哆嗦。那时，真把我气坏了。我不知道在我们都不在家的日子里，爹娘遭受着这样的羞辱。我疯了似的蹿到傻哥站的土坡上，一拳就把他打翻在地。其实，他就是个酒囊饭袋。他没见过这阵势，也怕！他就没敢还手！真像个半死不活的虫子。我也不知道用拳头砸了多少下，解气！要不是大伯在旁边哀求，说不定我就把傻大哥送上西天了！咱爹的腿就是在那会儿不筛糠了。大伯和傻哥从那次以后再也不敢嘚瑟了。但他们并不甘心哪，他们频繁去村主任家闹腾。村主任的娘和咱家是三十多年的老邻居，那老太太每个晚上都来咱家看电视，她辈分大，咱娘都得喊她奶奶。村主任感念咱家这点好处，他压根没理他们。最后一次，村主任跟大伯亮了底儿，他说：‘刘宗义，我可不是不帮你，队里有你的字据吗？你的弟弟刘宗仁可是和大队签了合同的，白纸黑字，谁也不能改变石瓠岔的承包人是你的弟弟刘宗仁这个事儿。当然，你要是想起诉，那就请自便吧。’大伯在听到这样的答复后知道没啥可能要回石瓠岔。之后，他再没来过石瓠岔。大伯和傻哥栽下的不下几百棵小核桃树和小板栗树，那也是咱们的喽，咱爹很是满意呢，是不？爹？”二弟一边说，一边得意扬扬地望着父亲。

“是啊，是啊，本来以为有生之年我是看不到这局面了，我得睁着眼死。没承想，老二几拳头就解决问题了。唉，我是老了，真老了哟。”父亲又把一小酒瓶盖酒倒入口中，他倒得果断而利索，根本不像一位暮年期的老人。

“爹，你还真的以为胜利了呀？”

“是啊，这还不叫胜利吗？你二弟帮我把欺负我的人收拾服帖了，我心底的气总算是出来了。要是弄不回来石瓠岔，我迟早得被气死！”我不知道父亲心里怎么就没了一点兄弟情分。要知道，他们是大半辈子没有红过脸的兄弟呢，他们相互帮衬着度过那暗无天日的贫穷和饥饿，他们一起喂养过一头漂亮的黑骡子，他们在爷爷病入膏肓的最后日子里都献出了自己的孝道和耐心，并把他葬入村西的松柏林中。

“可他也是我们的亲大伯呀，我们还想叫他大伯呢！大伯的脾气那么好，他从不像你那样训我们。我记得，我七八岁时候吧，那时每个孩子头上都生虱子，大伯经常把我们摁在他膝盖上，他用手指扒拉开我们粘成毡片的头发，他简直是个找虱子能手儿！一只只油光发亮的虱子被他揪出来，再用两个大拇指指甲挤死。夏天，每次从地里回来，他都会专门拐到顺路的山上给我们摘红酸枣。每年的元宵节，大伯让大娘烫些黏米面给我们做面灯……爹呀，大伯对我们那么好，这事儿是不是做得……”我不敢往下说了，我只是想用这善意的提示打动父亲，使他看在这么多年好兄弟的分上把眼前的事情解决得人情味儿一些。

“说这些干啥呢？我和你娘对待你们的堂哥、堂姐不也是一样吗？你说这些干吗呢？你这不是成心气我吗？”父亲的语气突然变得咄咄逼人，他的脸色刹那间像翻卷着诡异色彩的天空那样恐怖。

“爹呀，你这火气说来就来呀。我们小时候，你就脾气躁，几乎每天，我们都心惊胆战的。在大弟弟出生之前，我们都不敢在家里笑。姐姐们还好，她们天生好脾气，她们能在肚子里笑。可我不行，我一笑就控制不好音量，于是就得挨你的训。大半辈子了，就不能改一下？”自从我以出嫁的方式把自己变成一个独立的人，我就有了试图教育父亲的野心。我希望他能变成外祖父那样温和而有教养的一个人。

“咋变？不变！你娘和我斗了半辈子，不也没能变得了吗？脾气，就像茅坑的石头——又臭又硬。”

“真是个老顽固。”我没好气地说，“娘，咱们去外面说话，胖婶儿托我问个事儿。”我们在北墙根下找了一片狭窄的向阳处，由于坐南朝北，一天之中难得有一两个小时的阳光惠顾这个小院。

“啥事儿？是不是你胖婶托你打探老二的口风啦？我早知道她有这心思，我倒是没啥意见，半辈子老邻居了，知根知底儿的。可二子，他一心扑在小雨身上啦。”母亲的眼睛像幽深的小水潭，只是这小水潭已失却了应有的湿润和光泽。

“雅致也挺好的！虽说有先天唇腭裂，可到底做过手术，创伤也不大，还算个漂亮姑娘，关键是人家姑娘脾气好又勤快。咱家水南，明说了吧，他在咱们四乡五里可不好找对象了。谁会把姑娘嫁给他呀？娘，你说是不是啊？就算咱家能给他盖起来五间带厨房围墙的小院，那又管啥用呢？谁不知道他名声啊，既懒又坏的。所以呀，考虑下雅致也不错啊，娘，是不啊？”我冲母亲笑了笑，母亲也笑了笑。我们的目光在这暖阳中交接在一起，这熟悉而陌生的暖意，这使人羞怯又愧疚的暖意啊，我在感觉到幸福的同时也感觉到了恐惧。我知道这恐惧完全来自我的卑微、无能以及日复一日地自甘沉陷于这卑微、无能。

“雅致倒是个好姑娘，只是咱家老二，他的心思可完全在小雨那儿，从没见他对一个姑娘这么上心。他不是个好玩意儿，也让我们操碎了心，可他都二十六岁了，在农村要数大龄青年了，再耽搁几年，怕只能找那些离异的或者智力、身体上有残缺的女孩儿啦，唉——”

母亲的长叹使我难过，她把两只手握在一起轻轻地挼搓。就是这个当儿，我注意到了她的手，那简直不是女人的手啊！是怎样的艰辛和苦难摧残了一个女人的第二张脸呢？圆润、修长、光滑自是和这双手无关的，如果单是粗糙我也不至于这样酸泪欲下。我难过这毫无光泽的黝黑，我难过这日渐膨胀的臃肿，我难过这深皱里隐藏着的顽固的尘垢，我更难过的是童年期后我就再也没有好好握过这双手，这双手再也没有享受过自己女儿的亲昵和爱抚。我也没有拥抱过母亲，没有让她感受到这带有永恒温度的爱。是谁，是什么阻碍了这一切？

“娘！”我感觉到鼻子周围像有一层冰凉的水漫过，酸酸的让人难受。

“嗯？咋了？”母亲是个反应迟钝的人，她怎么也不会知道我因为她那双手已肝肠寸断并陷入深深的自责之中。

“手指上凸出的疙瘩是咋回事？”我拽过来母亲的一只手放在手里轻轻抚摸。从遥远的童年期结束至今，大约十五年的光阴里，或者更久长一些，我没有和母亲有过任何肢体上的接触，我陌生了母亲身体的味道和怀抱的力量，陌生了母亲无声的哭泣和沉重的担忧，陌生了母亲殷切的期盼和微薄的虚荣心。

“不碍事，不碍事，生活条件好了，难免有赘肉长出来。”母亲抿着嘴微笑，她把手抽回去，不好意思地将手插进上衣口袋。

“就别骗人了嘛，我知道，你有关节炎，手关节和腿关节都不好。我记得你腿疼得好几个月不能下床。爹在那时候表现挺好，他每天都给你熬松树枝水，他用松树枝水给你擦洗双腿，他把做好的饭端到你旁边。”

“哼——你爹不管我，我咋能好呢？我不好又咋能跟他下地干活儿？他对我好是有私心的——这两年哪，关节炎串到了手上，我想着也不是啥大事，疼了就用炎疼喜康控制控制，不疼就不管它。”母亲慢悠悠地说。

“爹还是每天攀着你下地啊？他咋就不知道心疼人儿呢？都大半辈子了，你身体也不好。”我的话已经微微有点急躁。

“闲着也是闲着，农民嘛，不下地干啥？”

“可你都这么大岁数了，村里这么多妇女，多数都不下地了，可……啥时候你才能享清福啊？”我无限感慨地说。

“享福和下地没关系，只要你们都安稳过日子，我就享福，对了，你和大志怎么样？迁就他和他的家人啊，善待你的婆婆，人老了不容易，谁都有老啊！闺女儿，娘知道你心高。可是，你们的儿子这么大了，咱可不能胡思乱想啊。”母亲话里话外隐藏着担忧，这样的担忧其实无济于事。也许她以一个母亲对女儿的天然了解已经窥到了我的微妙变化。

“别说我，还是说说二子吧，雅致咋样啊？”我诡秘地笑了笑便岔开话题。

“咱说雅致好有用吗？关键还是水南，之前呢，我探过他的口风。他倒是没嫌弃雅致的唇腭裂，但他从心里不待见雅致爹娘，他说雅致爹娘是村里的小丑、无赖，强不过猪呢！”

“他没认为自己也这样儿啊？还是抽空跟胖婶交代一下，也让她断了念头，好给雅致往别处张罗，别耽搁了人家孩子。”

“嗯，小北啊，过两天还是要去小雨家一趟，让你舅和你去。小雨奶奶也是你舅的亲姑姑，该不会难为你们。就这最后一次了，实在不行就拉倒了。”母亲有些无奈，她想起最近一次她去小雨家的一幕：她的亲姑姑，也就是小雨奶奶，那个掉光了牙的老太太那副盘坐在小床上爱搭不理的模样。她每句话都带着尖刺，并且以坚定的态度表示不会再接受二子，即使小雨找个缺腿少胳膊的主儿，都不嫁二子啦。那次，她既没张罗着做晚饭，也没流露出要留宿自己亲侄女的想法。

“这没问题呀，不管咋，咱还是要去做最后一次努力的。娘，你就放心吧，我会见机行事的。”虽然这样安慰了母亲，但我对这事儿不抱多大的幻想。小雨奶奶以她将近八十年的风雨历练，她认定二子这一生都改不了油腔滑调、好吃懒做、坑蒙拐骗的秉性。所以，她不会因为仅仅顾忌姑侄关系而葬送掉孙女的终生幸福。

屋外，柔柔的阳光洒在我和母亲身上，母亲的面容和蔼安详；屋内，酒杯交错的声音和高低声混合着说话的声音杂在一起，它们穿透夹着棉花的门帘氤氲而来。

21

一只黑黄棕三色相间的狸猫沿着铁梯子蹑手蹑脚往下爬，那副活脱脱做贼心虚的样子让人忍俊不禁，它微微抬头并用一种凌厉诡诈的目光扫视我们。

“去！”母亲挥了下右手，并从喉咙里发出极具厌恶的沉闷声音，这声音听起来有点恐怖，对于一只做贼心虚的猫无疑具备巨大威慑力。母亲的话音未落，确切地说是余音未了，那只猫便“噌”地一声消失在无边无际的清冷寒气中。

“它咋这么怕？”我纳闷极了，一只长相不太丑陋的猫怎么会对一个性格和善的女人产生这么强烈的惧怕。

“这猫太懒了，整天在太阳窝里睡大觉。它偷嘴吃，偷嘴就偷嘴呗，还不正儿八经地偷。有一回，它一连糟蹋了我四个肉包子，当时，可把我气坏了，我一巴掌过去就把它扇蒙了，打那以后，它长了记性——看见我抡胳膊就窜。”母亲不好意思地笑了笑，就好像她打猫的行为损害了她的光彩一般。

“它咋不去抓老鼠吃呢？它那么壮，也敏捷得很！”我问。

“老鼠都躲在圈里吃粮食，和猫没啥关系！就像咱村子里那么多水浇地整个冬天空闲着，和农民也没啥关系！农民早就不习惯种小麦喽，就和猫不习惯抓老鼠一个理儿。”母亲意味深长地说。

“为啥？”我更纳闷了。

“为啥？谁知道为啥！猫不抓老鼠是因为人惯着它，惯着惯着就惯出坏毛病了。人为啥不种麦子呢？我想一方面是因为生活条件好了，另一方面是种麦子的成本高了，要是刨掉麦种、肥料和误工啥的还赔钱，你说还种它干啥？咱村子这一片片巴掌大的小地块儿，实在不值当种！”母亲把摊开的手使劲儿抖了抖，那样子看起来十分无奈。

“娘，爹和大伯的关系就没有一点回旋余地了吗？你咋不好好劝劝呢？”我突然感觉大伯那张严肃无趣的脸僵硬地悬浮在干冷的天空，他冷冷地注视着这个院子。这种注视蕴含着千百种滋味，有愤怒，也有无奈；有忏悔，也有执拗；有亲情，也有冷漠。

“你不知道你爹是出了名的‘倔巴驴’呀，那心眼比针尖不粗。起先，我倒想说服他来着，后来，眼见得他一副不要命的样子，我不落忍了。我觉得应该和你爹一块儿闹腾，不管咋，他那么大一把年纪被你大伯一家欺负成这个样子总归不太光彩，何况，你爹也不是个能受屈的人。”母亲的语气和缓得如同隐藏在冰层下逡巡不前的溪流一般，太阳照着她那张酱红色的脸，脸上的道道皱纹清晰可辨。我不觉怜悯起她来。母亲，这个被岁月磨去了锋芒的正直而善良的女人，她逐渐习惯了被父亲统治，逐渐沾染上父亲性格中自私、偏执等晦暗成分，她已经完完全全脱离了自己的本来面目。而现在，在孩子们各自成家之后，她又不得不忍受孤独和思念之苦。“如果能变成污垢深藏在那一道道清晰可辨的皱纹里，也未尝不失为一种幸福。”我常常这么想。

一只体态丰盈的花母鸡在路过院子中央的一大块冰面上的时候，也许是速度太快的缘故，它被滑了个趔趄，所幸并未摔倒。这个样子把我们逗乐了，我是个爱笑的人，我从来没见过在冰面上趔趄滑行的母鸡，我笑得前仰后合止不住嘴；母亲也是个爱笑的人，但她没有我笑得这么张扬，她只是抿着嘴不出声地笑。

“娘,关于那时候的事,你还有啥印象没？那时,你大概有十六七岁了吧？”我突然想起来从这个破落的小院里，从我朴实善良的亲人那里也许可以探索到问题的实质。我是个近乎愚钝又顽固不化的女人，我坚信每一位天赋才华的作家都是有使命的，我也坚信作家们应该有一颗怜悯众生之心、一双善于发现之眼以体验这个既藏污纳垢、丑态百出，又冠冕堂皇、熠熠生辉的大千世界。也许，以我的年龄和见地根本承载不了这部尚在酝酿中的作品，但我深感这是无限荣光且异常艰巨的伟大挑战。说实话，我并没有多么强硬的底气，或者也可以说我并没有多么咄咄逼人的才华得以完成它。但我想，为那光辉的事业积累一些素材总不至于是过错吧！

“问这干啥？”母亲立刻警觉起来，她一脸诧异的样子看着有些丑陋。

“想写写呗。”我盯着她的眼睛，此时，我的内心竟然觉得有些羞赧，就好像我无意中向母亲暴露了一个秘密。我的的母亲，她是无论如何意料不到我这一年来的变化的，她怎么也不会相信我这个阴晴不定且多动易怒的女儿会有写书的雄心壮志。在她看来，写书这样的事儿应该是那些高学历、戴眼镜的学者们干的。

“写那玩意儿干啥，甭费脑筋了，你看你两鬓角都长了白头发。”母亲无比爱怜地说，在她看来，写作是比她每天下地都辛苦百倍的活儿。

“要写！”我的固执劲儿又上来了，完全不顾忌母亲的苦心。

“我是个女人家，说不清楚。闺女儿，你把自己家拾掇好比啥都好，胡写个啥嘛！”母亲的话使我伤心，我一下子觉得这个一向被我爱戴、尊敬的女人突然变得陌生而遥远。母亲只是母亲，她从来不是理解并支持我的朋友或知己。

“娘——”我故意把这个最亲切的称谓喊得矫情而绵长，我希望她能豁然明了我对她的信任和希冀，希望她能够变成一股激励我的饱含温情和爱意的力量，但她偏偏摆出一副漠然无知的表情。我知道她是装的，但我不能像往常一样粗暴而尖刻地戳穿她。因为我还对她能慷慨帮助我心存幻想，她一向是个软心肠且主意不坚定的人。

“说说呗，从你十六岁到二十六岁那十来年的事儿，说说呗，又不妨碍啥，再说了，我早从书上知道得一清二楚啦，你可没必要遮遮掩掩的。”我冲着母亲坏坏地笑了笑，并镇定自若地用右手将滑下来的几根头发规整到耳后。

“问你爹去，他到处串过，北京、上海、南京……那会儿坐车都不花钱，吃饭也便宜，后来再也没这么大的便宜事儿喽！”虽然母亲轻描淡写地把我支给父亲，但她的面色在刹那间黯淡了许多。“那年代的事，我真说不清楚，问你爹去，他见过大世面！”母亲执意回避的态度使我心底涌起一种说不清是悲凉抑或鄙夷的情感，我决定不再勉强她。我断定她的谨慎完全出自对我的爱护，除此之外再无其他可能。

当我们返回南上房的时候，他们已经停止了喝酒，酒味不浓，可见这是一场含蓄而没有情趣的酒会。是啊，一个在老丈人眼里没多大能耐且充满小市民味儿的低俗男人并不太具备有力发言权，当然，姚大志也不善于调节气氛，因为，他的脑子里除了煤屑没积累多少能够讨得老丈人欢心的东西；至于老二那个浪荡了七八年的混账儿，他更是不值一提，何况，他患有轻微的口吃，这使得他在某些场合特别收敛自己的嘴巴。

我突然想起爷爷神态严肃、正襟危坐在一把太师椅里等待儿侄们磕头的一幕，这一幕硬生生被父亲毁了。父亲骨子里的私性使他根本不会考虑到当年爷爷内心的寥落，他只顾怜悯自己的双膝。如今，爷爷在那片被郁郁松柏焕然的黄土下停止了一切思维，他不再恼怒、哀愁和谩骂；如果，他知道了三个儿子为了一块写有他名字的红砖而吵闹不休，甚至反目成仇，他一定不会保持这样的深沉。

父亲从一个塑料袋里掏出一撮烟丝均匀地铺在一张小长方形纸上，烟丝是除了土地、老婆孩子之外能使他感到慰藉和赖以生存下去的美好寄托，伴随着母亲的衰老和儿女们的疏离，他愈加重视烟丝的作用，地头儿、茅厕、被窝里，只要尼古丁的味道在他血液里稍稍升腾，他便按捺不住抽烟的冲动。

“爹，给讲会儿那时候的事儿呗，之前你讲过一点点儿，我做过笔记的。你知道我想听什么，之前你讲得太浮皮潦草了，我要你细细地讲。”我悄悄打开手机的录音功能，只等那些深沉而富有逻辑性的句子从父亲嘴里缓缓流出。

“咋又问这个？你这个妮子没完没了地问这些干啥呢？”父亲的面部反应几乎和母亲之前的反应相差无几，似乎有千斤重的苦楚和愤怒淤积在他喉咙。父亲做过十几年国文老师，他有令人艳羡的语言天赋。

“想知道啊，我也有责任和义务知道。我不相信那段历史，也不愿自己愚蠢得像猪一样。爹呀，又不是没讲过嘛，再讲一点儿中不？”我一边收拾碗筷一边央求那个沉浸在旱烟丝呛人气味中的老头儿。

姚大志和水南悄悄地溜了出去——他们对我费尽心机想知道的事情没有丝毫兴趣。我推测他们可能找人打扑克牌了。

父亲沉默良久。每次都这样，他在开口之前总会陷入一种严肃、深沉、恍惚的痛苦状态。我理解为父亲向那些高尚而不屈的灵魂表达的敬意和惋惜。往常，他会在这良久的沉默之后敞开话匣子。但是今天，父亲的情绪突然激动起来，也许因为呛了一口烟，他剧烈地咳嗽，像是要把那淤积在喉咙千斤重的苦楚和愤怒全部喷薄出来。

“您千万别激动，激动容易旧病复发，我可不想去死气沉沉的医院伺候。”

我由衷怜悯父亲脸上呈现的由于剧烈咳嗽憋得暗红的脸色，那蠕动在他脸部皮下组织里的自嘲式暗流也使我深深怜悯。

“唉——”父亲猛吸了两口旱烟，一股带着力道的烟圈快速地旋转着向高处攀升。“不说了，不说了，不能再说了，闺女儿，哪一个当爹的能害孩子啊！”父亲把那张黝黑、干涸、僵硬的脸转向院子，随即，他笨拙而缓慢地站起来径直朝外走了。

“哼——变色龙！”我朝父亲消失在大门口的背影狠狠地瞪了一眼，可惜，那逐渐走远的老头儿毫无觉察。就在之前，父亲还对我的计划表达了十二分的支持，并且，他自告奋勇、信誓旦旦地承诺要帮我收集材料。而现在，他这么轻巧地把自己抽身事外。他到底经受了什么？他到底惧怕什么？

现在，我的父亲像个懦夫一样选择了逃避！我顿时觉得他变得矮小、猥琐起来。

虽然，我对那段不太遥远的历史有过调查，我纯然质朴的内心也经受过喷洒着鲜血的文字的冲击，然而，要我接受我挚爱的父老乡亲中的一部分曾是张牙舞爪的刽子手，这于我是异常艰难残忍的事，这几乎是生命中无法承受之重！

有意义吗？这一切究竟有意义吗？

22

西庄是一个能够安放我身心和灵魂的秘密圣都，只要我踏上这片土地的任何一个角落，那份发自本真的由衷快意就会像老井深处的细泉汩汩涌流。这是一种永远不会停歇的震颤我心灵的快感，我深深眷恋这样的快感，并且，我固执地坚信我的生活不能缺失这样的快感。当然，说实话，这是我的丈夫姚大志不愿听到的话。然而，他睡了。现在是西庄的深夜，他睡得那么香甜。即使他醒着，也无法洞察我的真实想法，他从来没有试图站在第三者的立场上欣赏我的努力和才华，他更没有站在一个男人的角度上对一个女人的苦恼和心声表示怜悯和理解，甚至，他经常用不信任的目光及尖酸刻薄的话语对我冷嘲热讽。由此，我的心在这年复一年的平淡和猜忌中渐渐游离。我渴望能过上率性自由的单身生活：一个偏远地带的小一居，铺着厚弹簧垫的大床被花格子棉布床单轻柔地笼盖着；古色古香的书架上整齐地摆放着我喜欢看的《追忆似水年华》、《羊脂球》、《乱世佳人》等各国文学名著；清一色的纯木质家具散发着淡淡的清香，墙壁一定要用暖色调的壁纸装饰。我一个人，寂寞而幸福地住在里面，偶尔，会有优雅的男士与我共享静好时光，我们一起在狭窄但十分洁净的厨房做饭，他是个儒雅而富有情趣的男人，会趁我洗蔬菜时抚摸我的脸或者亲吻我的脖子。

我没有必要为这样的胡思乱想产生丝毫愧疚感和羞耻感，即使这样的胡思乱想及我本人可能被无知者所诟病，我也绝不承认这想法和“龌龊”二字能想当然地发生千丝万缕的微妙关系。

姚大志不喜欢我喝白酒，其实，我对白酒的爱好要远远小于对文字的爱好，白酒的辛辣并不适合我多愁善感的性情。尽管在酒场上我偶尔会表现得潇洒奔放。我从不攀比和我对酒的人酒下得深浅，我认为那是和我没有关系的事；而我也不愿被别人指定下酒深浅，下酒深浅的问题完全应该随性。我很瞧不起为了几毫米液体在酒桌上争论得不可开交的愚蠢行为。白酒和犯罪完全是两个概念，但是姚大志不能把它们清晰地分开，他总认为我喝一点白酒就是犯罪，就应该被他恶语相加。我三番五次告诉他：男人和女人唯一的、本质的区别只是性别，虽然性别决定了男女的心态、抱负、好恶会有所不同，但心态、抱负、好恶并不能理所当然成为性别专利品，比如，男人可以放肆地抽烟喝酒，女人也可以呀，如果谁对一个抽烟喝酒的女人白眼相待，那他一定在修为上还有待提高。我不抽烟，并不是因为我不能抽，是因为我的心理作祟，有一个声音告诉我，我不能判定是谁的声音，他告诉我：你不可以抽烟，抽烟会破坏你的淑女形象，会使你在文人圈里名声大跌。我偶尔喝酒，酒场上少于五个人的时候，我通常表现得十分豪放，轮到我“转锅儿”的时候，我常常于“每个门儿”上将一杯啤酒一饮而尽。虽然掀起酒会高潮并不是我的本意，个别对我仰慕已久的男士会趁机让我多喝。当然他们必先以身作则，我自然不会表现得太过拘泥，无非多喝一杯两杯啤酒，这不算什么。何况，我的酒量并不像我的身材这般纤弱。如果酒场上一旦超过八个人，我就会表现得温谨含蓄，每个“门儿”前最多三分之一的啤酒，如果有谁强行攀酒，我立刻就会像一个淘气的孩子那样阴沉下脸色，任凭他怎么好言相劝都不会把本该喝的三分之一送进肠胃。

我瑟缩在短而窄的被窝里倾听寒风扑打窗棂的声音，窗棂在风力冲击下发出的扑棱声一点也不均匀，时而急促，时而缓和，这让我感觉好像坐在黄昏时分的水边。姚大志的脸舒展得像刚刚和他心仪的女子做过爱一般，实际上，他确实在睡觉之前试图要我。但我从不习惯在父母家里和他做爱，所以，他没能得逞。他的络腮胡子长势惊人，往往在短短不到两天时间里，那些看起来坚硬、黝黑、密集的家伙就覆满了他性感的下巴和两颊。我常想，如果他的智慧和修养能跟得上这胡须长势万分之一的速度，那我的漫长余生兴许还有希望。他对街上的乞丐没有一点同情心，他常试图阻止我向那些乞丐奉献怜悯和爱，他的理由通常是：你怜悯他们，将来谁怜悯你呢？多半的乞丐都是骗子，懒惰人出来混吃混喝的。但是，无论他怎样编造出天花乱坠的理由，我的怜悯心丝毫不为所动，我仍然会在乞讨者面前驻足，有时候放下一两元硬币，有时候买一笼热气腾腾的肉包子，偶尔也和他们攀谈几句。只有在乞丐们面前，我才觉得金钱弥足重要，我甚至刻骨铭心地憎恨自己不是住在纽约华尔街上的富翁。其实怜悯心泛滥并不是一件光彩的事，虽然不会对生活质量造成多么举足轻重的影响，是啊，一两块钱最多可以买一个没有任何装饰且不带夹心的面包，但是，它总会在一段时间里影响着我的情绪，我甚至为此大费周折地苦思冥想，希望自己拥有超能力使他们统统免受正在遭遇的苦难。

姚大志睡得很香，他咂吧嘴的样子像出生不久还不谙世事的婴儿。高鼻梁、大胡子、薄嘴唇，这样的组合往往使很多人误认为他是新疆人。现在，望着这样一个没有过人能力又不试图走进我心灵的男人，他睡得那么安详，他不知道我正借着月亮的微光观摩他熟睡的模样。有时候我觉得，我怎么能忍心和他斤斤计较或者为一点小事斗智斗勇呢？何况脾性和智商是娘胎带的，他根本无计可施。我突然总结出我的人生悲剧居然都出自任性，1997 年，我上高二，等我由于严重的关节炎和贫血休学完毕归校的时候，我原来的班级已经有少部分学生去了文科班，像我这样在小学六年级就表现出对文学有着浓厚情结的女生，是不应该坐在原来的位置享受数理化那繁复缛杂的理论概念及演算过程的残酷熏陶的。然而，当身材苗条，面容略显憔悴，时常戴一副黑边眼镜的班主任陈小姐抛给我那句话的时候，“任性”这个恶魔支配着我乖乖坐回到她预留给我的靠窗的位子，那是我休假之前的位子。她的话很简单：你的位子还在。我的心瞬间就被这不带任何感情色彩的六个字俘虏了。之后，我在那个靠窗的位子上苦熬了一年半时光，结果自然是悲惨落榜。落榜后的第一年我一边代课一边参加了成人高考，本来可以拿到河北师大电教系的专科毕业证书，但是，我鄙夷开卷考试，“任性”这个恶魔又一次残害了我的光明前途。直到现在我仍然只有高中学历，这个羞于示人的学历使得我在求职途中处处碰壁。后来，我在市郊的一所破落私立学校谋得了一份工作，一个性取向有问题的女同事对我图谋不轨，伙房的矮师傅像守财奴一般看着唯一一部可与外界联系的电话，这样的龌龊行径使我失望透顶。就在那时，姚大志走进了我的视线并且对我展开了猛烈的追求，为了摆脱远在西庄的父亲对我殚精竭虑的担忧，“任性”这个恶魔再次促使我做出非理性选择，我迅速与他同居并且辞去工作……

人的思维一旦沉浸在“回忆”这个深不可测的旋涡，想恬然入睡就变得无比渺茫和异常艰辛。我拉了下布条做的灯绳，螺旋状的节能灯在骤然间将光亮充斥满整个屋子，所幸这光亮并不太耀眼，一点也没影响到姚大志的酣然入睡。我小时候是个内向、好学、争强好胜的女孩子，我一点也不能忍受哪怕一天没完成老师留的作业，记得是一个冬夜，我半夜起来撒尿的时候突然想起由于贪玩没完成一课带拼音组词的练习，于是便瑟缩着蹲在大椅子上补写，硬是挨了半小时的冻才去睡觉。后来，父亲常拿这件事教育两个弟弟，无奈两个弟弟天分太浅又不爱学习，他们只念完初中便在社会上自谋生路了。晚上的唯一消遣便是仰躺在七尺长的土炕上数头顶上檩条的根数，黝黑流油的檩条密密麻麻地排列着，仿佛蕴藏了无数秘密一般，可恨的是，每次数下来的结果总有些许出入，这使得我煞是恼火，我执意要弄清屋顶上到底有多少根黝黑流油的木头条儿，最后，还是我父亲——那个被母亲称作“倔巴驴”的家伙告诉我确切数字是336。

母亲是个粗心的人，但她从来不会疏忽在夜幕降临之后陪我上厕所这样的小事儿；我是个坚定的唯物主义者，但伫立在西屋拐角处那个清瘦修长的“鬼魅”一直如影随形地侵扰着我的生活。八岁那年深秋的一个夜晚，当我独自一人在石砌的茅厕小解完沿着狭窄的巷子往回走的时候，就是那短短五十米的路程残酷地将一个孩子对于“鬼魅”的恐惧扩大到了极限。尽管母亲解释说那个清瘦修长的“鬼魅”可能是在我一岁半那年由于食道癌过世的奶奶，奶奶可能由于过分想念我才化作“鬼魅”的样子跟在我身后，她的本意是保护我。但我坚决不能认同母亲的说法，因为直到现在我还能真实地重温当时由于极端恐惧而腿脚颤抖、心脏速跳的悲惨境况。我不能确定西屋拐角处到底有没有一个“鬼魅”，我能确定的就是从被那个“鬼魅”追击到如今，我再也不敢独自一人到石砌的厕所方便。姚大志偶尔也陪我，他通常把手电筒放在墙垛的平坦处，手电的光亮和姚大志那两片小薄唇制造的口哨声遣散着我的恐惧。

我醒来的时候天色已经大亮，是母亲刷锅时铝瓢舀水摩擦锅底的声音把我吵醒的。我知道“倔巴驴”老头儿一定赖在被窝里，母亲习惯了每天早起打扫院子、抱柴烧火、和面蒸馍这样的琐事，她一天也不能忍受在每一个晨光熹微的清晨还赖在被窝耗费时间的坏毛病。果然，我去南上房拿梳子的时候看到父亲趴在被窝里抽旱烟，他毫无光泽又显得过分清瘦的胳膊上攀爬着暴突的血管，血管里流淌着的是男权主义和狂暴劣根。他对我笑了笑，看得出来，他的笑容很僵硬，缺乏应有的慈爱和包容。

吃罢早饭临走的时候，母亲像往常一样殷切地叮嘱一些被重复得毫无新意却容易使人潸然泪下的话语，父亲则默默地站在远处朝我们挥手，他的眼角有笑容，这从他微微翘起的嘴角可以看出，但笑得微显僵硬。

23

三天后的傍晚时分，父亲和大舅风尘仆仆地赶到我家，我们一行四人在临街的华丰饼屋买了两箱露露和几样糕点便向小雨居住的市北新村出发了。我们先到了小雨大伯家，小雨大伯虽是个毫无主见的人，但他毕竟是刘家老大，老大嘛，在家族里总归继承了一部分天然的话语权和决定权。何况，他和我父亲年纪相仿，并且，我的母亲曾照顾过他多病的老婆。他以非常热情的态度把我们请进东下房靠近锅炉一间不太宽敞的屋子，屋子中央摆着一个陈旧的桌子，桌子上的残羹冷炙还没来得及收拾。

“给小雨发短信，让她过来一趟。”他向一个留着时髦发型的男孩吩咐道。其实这个留着时髦发型的男孩早在两年前就做了父亲，夜总会的工作经历使他沾染了一些诸如聚众打架、好吃懒做、赌博游戏的恶习。他是小雨的堂哥，原则上他应该喊我姐姐，但他从未喊过，我也极不情愿凭空多出这样一个弟弟。他在接到吩咐后立刻拿出一个直板手机开始编辑短信，我推测小雨应该在收到短信后五分钟赶过来，因为两家只隔着一条巷子。

“他大伯，你看俩孩子感情这么好，做大人的总不能狠心拆散他们吧？”二弟的不务正业使父亲说话的底气一点也不充沛，他像个犯错的孩子忐忑不安地注视着小雨大伯。

“别看我排行老大，你也是知道的，老刘家的事一般都是老太太做主。”小雨大伯嗫嚅着。几十年的沧桑经历使一个老实人沾染上刁钻狡诈的印迹，这是无可厚非且不能横加指责的事实。

“可老太太对我那孩子烦透了，她也挺固执，这事儿明显不好办了。唉，我那孩子从目前看来的确没啥出息，也可能这辈子也没啥出息。可眼下，俩孩子都到了结婚年龄，这样硬生生把他们分开也不太仁义。我们全家人都很喜欢小雨啊，他大伯，你就帮着说合说合吧！事儿要是成了，孩子们会感你恩情的！”父亲用异常恳切的目光盯着小雨大伯，他多么希望眼前这个男人能拍板定事。然而，这样的希望总归渺茫且无知。

窗外的夜色显得寂静而冷酷，恍惚充斥着的并非氮气、氧气、二氧化碳等气体的简单组合，一些阴险、冷酷意味像迷离的灵魂一样捉摸不定；偶尔两三声狗吠沉闷而悠长，些许无奈和抱怨夹杂其中，粗心的人一般无可意会。

一个面色蜡黄、眼窝深陷的女人迈着病态的步子前来收拾桌子上的残羹冷炙，她干活一点也不利索，也许她本身就是个窝囊人，也许是长年患病的缘故，也许在客人面前她故意把动作表示出女人特有的矫揉造作。但这和我一点关系也没有，我本不该过分关注并为此浮想联翩的。我和她目光相对的时候，她冲我温暖地笑了笑，我知道她是被我母亲照顾过的小雨大伯的媳妇，原则上我应该称呼她一声“婶子”。然而，我从未喊过，就如她的儿子从未喊过我“姐姐”一样。远房亲戚嘛，谁都不会介意，倘若没有这档子麻烦事，也许一年都难得见上一面。

棉布门帘被轻轻掀开一道缝隙，一个纤瘦的身影轻捷地闪了进来。是小雨，她穿着淡粉色羽绒服，天蓝色牛仔裤，白色雪地靴的边沿有细软的毛毛。她挨着我略显拘谨地坐下，我立刻抓起她的手，被冻得红肿的小手冰凉凉的，这双手简直过分缺乏养尊处优的小姐们所特有的那种白皙和鲜润。是啊，进入冬季以来，这双手便在一个空阔而没有暖气的车间里做工，做工的时候还不能戴手套。

“姐，你们来了。”小雨轻轻地说。她说话的时候嘴角流露出一丝浅浅的笑容，那笑容使我很容易想起诸如凄凉、无助、感伤一类的形容词。我从她欲言又止的样子判断出，她想说的真正话题是：二子咋没来？但她把这句话憋在自个儿的嗓子眼儿里，任凭思念、愤怒、失落的气流一次次顺势而下，又强烈地升腾起来。

“嗯，二子没敢来，他怕你奶奶骂。”我把嘴巴凑近她耳朵并压低声音说。

“奶奶不知道我过来了，我是收到哥哥的短信后才来的。”她对我很信任，因为她感觉到我是真心对她好的。

“小雨，你心里咋想？到底是个啥主意嘛？今天晚上务必给出个意见，毕竟……”小雨大伯说，语气倒也温和，像他这样没有主见的老大，也难能培养出雷厉风行的语气来。

“我，我，我也不知道，奶奶要是能够原谅二子的话，我还是愿意和二子在一起。”小雨也不抬头，她的眼睛死死盯着地面，仿佛二子的脸正从地面上往外冒，抑或，二子的一双眼珠子已经裸在外面，而那眼睛里面满是殷切的期盼和动人的暧昧。

“你咋能不知道呢？现在是你拿主意的时候，你奶奶没在，不用怕她。”小雨大伯终于说了一句中听的话。

“可奶奶不能原谅二子，我倒是没啥，毕竟我们……可奶奶说就是死也不让二子进门了。”小雨的声音越来越小。她在这决定自己命运的紧要关头表现得毫无主见，毕竟，她只是个不到二十岁的小姑娘。并且，她也知道自己根本掌控不了自己的命运。她的命运早就在落地那一刻被决定了。

时髦男孩不知什么时候出去了，他出去的时候没给任何人打招呼。当然，谁也没工夫介意他。

大舅自始至终不说一句话，他是有本事力挽狂澜的人，也许他觉得还不是他出场的时候，他只顾笑眯眯地审时度势。

“我去老同学家看看，你们慢慢聊。”父亲丢下这句话也出去了。他没拿手电筒，我不免有些担心，万一他撞了墙角或者被道路上的凸起绊倒可怎么办？但一想到父亲交代给我的艰巨任务便马上将这担心抛在脑后。

“小雨，自己的生活要自己把握哦。”我鼓励她。

这句话一说出口我就后悔了，我在鼓励一个从小被父母遗弃的女孩亲自选择一种不太靠谱的人生，这不是犯罪是什么？我平生第一次被衍生于心头的自私吓坏了。

“姐，我知道你们喜欢我，尤其是你，你送我的真皮手套我一直舍不得戴，你给我买的皮子袄款式和质地都很好。但是，毕竟，奶奶从小把我抚养大，我不能让她难过，更不能违背她，是不是？”

“那咋办？这事迟早得有个说法啊，二子也不能老等你，在农村，男孩子是等不起的，等到最后就惨了，只能找一些‘歪瓜裂枣’啦！”

小雨浅浅笑了笑，她显然被我的说辞逗乐了。“还是得征求奶奶的意见。”小雨默默低下头，她把两只红肿的手交叉着放到腿上，不一会儿工夫又把右手掌放在左手掌上机械地搓来搓去。

狗吠声清晰地在一墙之隔外的小路上响起，有匆忙的脚步声走进院子。门帘被蕴含着愤怒的力量掀开一个大口子，一个苍老但健硕的身影一晃而进。

“你们这些不要脸的……不让人活了哟……盗贼……不争气的狗崽子……”那身影还没完全进到屋子当中的时候，恶骂的声音便抢先而入了。

我们都被恶骂惊呆了，我的舅舅也万没料到这样的局面发生。虽说他善于处理各种棘手场面，但他无论如何下不得狠心制止眼前的泼妇姑姑，所以他束手无策地坐在椅子上一动不动。

“老姑，你这是干啥呢？不愿意就不愿意，咋也不能骂人哪？”我顿时被这巨大的羞辱惹恼了，顾不得脸面情分争辩了一句。想这几年逢年过节的时候，我和姚大志总会带了礼品来看望她，她对待我们也很亲切。有时候为了顾及她的面子，我们勉强留下来在她那间杂乱得难以下脚的屋子吃一次难以下咽的饭。

“我给你们跪下了，祖宗，不要来打搅我们小雨了……她已经有婆家了。我们不要你们家那个骗子，滚，快滚！”小雨奶奶突然像疯了一样，她咆哮发飙的样子使人惊悚，而惊悚之余又让人莫名地怜悯，她的心该是多大的失望啊，多大的失望才能使她在亲人面前不管不顾地撒泼啊？

小雨奶奶的身子像一摊烂泥往地上瘫软，我不能分辨她是装的还是由于极度气愤导致的暂时失衡。或者，她果真要向我们这些欲毁掉小雨终生幸福的人下跪。我急忙上前从后面伸出手臂抱住她的上半身，但我明显感到她的身体在使劲儿下滑，而凭我个人力量无法阻止这般沉重的下滑。

“快，舅舅，帮个忙。”我朝坐在椅子上一动不动的舅舅求助。

“奶奶，你别这样，呜呜呜……”小雨哭喊着冲过来，她把身体垫在老太太将要倒下的地方。她匍匐在地上痛哭的样子真让人心疼。

“小雨呀，我们白养活你二十年……你个白眼狼啊……”小雨奶奶扯着嘶哑干枯的嗓音骂小雨，一边骂一边吃力地用手指戳小雨的脑袋。她恨不得在小雨脑袋上戳个窟窿。然而，此时，愤怒和失却理智的痛楚使她一点力气也没有。

“姑，别……别……别骂孩子。”舅舅的口吃病在这紧要关头越发严重，他那张胡子拉碴的脸被憋得紫红。显然，他已经无法控制局面。

尽管舅舅和小雨大伯一起过来帮忙，但小雨奶奶的身体还是跪倒在地上。她倒地的那一刻，我的心突然如释重负了，我不再想去搀扶她，也不再想通过能言善辩的口才挽回什么。她哭号着磕头，额头都有了血印子。我感觉全家人的脸面在此刻被丢尽了，我的母亲也失却了最后一名活着的亲人。

“您为啥这样骂我们呢？老姑啊，老二是不对。但我们毕竟是亲戚，就是看在我娘的分上也不应该这样啊。我娘以后没姑姑了，你也没侄女了。大志，找找我爹，咱走。”不知哪里来的这股子蛮劲儿，我再也不想挽回什么了，我气愤地说出了上面的话。

小雨奶奶已经被几个人抬到了靠墙摆放的单人床上，她微闭着眼大口大口喘着粗气，嘴里面仍然念念有词：“骗子，王八犊子，走，不稀罕你们来。”小雨奶奶丝毫没有住嘴的样子，这让我们很难堪。

我万没料到事情以这样的局面收场，此时，我的父亲还在他同学家里叙旧，事后才知道他根本不是去叙旧，而是委托老同学为二子和小雨的婚事说合。

姚大志无比颓丧地走出屋子，我吩咐他把还心存幻想的父亲找回来。

小雨捂着脸冲进茫茫的黑暗之中，她又能去哪儿呢？谁能体会这个从来没享受过亲生父母疼爱的孩子的悲痛？谁能安抚这颗被爱人欺骗、被亲人凌辱的飘摇无寄的心灵呢？谁又能施展魔术使这个心灵美好的孩子不被世俗的偏见灼伤呢？在这个世界上，那个跪在地上磕头、闭着眼睛骂人的老太太是她最亲近的人。就是那个人，就是那个刚才还骂她“白眼狼”的风烛残年的老太太一把屎一把尿把她拉扯大。她吃过沾满她唾液的嚼碎的食物，她含着她干瘪的乳头进入梦乡，她和她一起围坐在煤炉旁包饺子……她是她奶奶，却扮演着母亲的角色。碍于深不可测的隔阂，在“奶奶”和“母亲”这个双重位置上，她似乎从不称职，但她是小雨唯一的亲人，这是铁打的事实。小雨从不敢也不忍违逆她。

当我循着哭声找到小雨的时候，她正伏在大门外充当厕所小门儿的木质栅栏上痛苦地抽泣。清冷的月光不带一丝怜悯地洒在她身上，她的身体把栅栏门压得稍微向里倾斜，我看不清她的表情，她的双肩被抽泣的气流带动着有规律地起伏。我试图牵过她的手，但她并未像往常一样顺从地把手递给我。我推断她可能决意忘记二子，忘记我们一家人。

“小雨，跟我走吧，现在就跟我走，去我们家，和二子结婚，你们永远在一起。”我想蛊惑她离开这个缺少温情的家，想利用她的柔弱和善良感化我的弟弟，想让她在我家里享受我的母亲赐予她的真正的关爱和照顾。

“不，姐，我不能，我也不走。”小雨不假思索就拒绝了我。

“因为你奶奶？”

许久的沉默过后，小雨又开始了轻声抽泣。

“小雨，这可能是我能为你们做的最后一件事了，既然你下不了决心跟我走，那就决心忘掉二子，开始你的新生活。毕竟，二子对不住你，他确实糟糕透顶了，你应该有更好的归宿。”我说到这里的时候，小雨哭泣得更厉害了。这痛彻心扉的哭泣使我忍不住掉下眼泪。

“姐，我不能跟你走，我奶奶和爸爸都指望着我养老送终呢，我不能做‘白眼狼’，你们走吧。”小雨止住哭泣坚定地说，我从来没见她这么坚定过。我想，但凡在处理和二子的关系上她有这般坚定，也不至于落得这么凄惨，她总是不忍心离开那个屡次言而无信且拖沓懒惰的年轻人。

姚大志和父亲一前一后从黑暗中走来，父亲显然已经知道了在他离开这段时间内发生的意外状况。他默不作声，但表情异常凝重，我知道，隐藏在凝重背后的是深深的无奈和担忧。他冲我打了一个“撤”的手势，转身便向黑黢黢的远处走去。他不肯再迈进眼前的院子，是啊，还有什么必要呢？和一个失去理智的疯老婆子纠缠实在不是什么明智之举，父亲深知这一点。

当天晚上舅舅留在小雨家安抚小雨奶奶，我们一行三人驾车返回。

24

渺如烟海的深夜无暇顾及父亲的心事，它只顾肆无忌惮地挥洒着殷实的黑暗和浓郁的寒冽，它只顾无可奈何地消解掉疾驰而去的车子掀起的粉尘，它只顾兢兢业业而不动声色地模糊人们对时间的概念。

“也好！”父亲打开车窗使劲儿往外啐了一口唾沫。这两个字显然带着某种被困顿已久而突然得以释放的畅快，也许，还夹杂着痛下决心的豪气。

“这样也好哇，老二就能把心放家里，对付他们就容易多啦。”父亲就是这样一个把自己利益放在第一位的人。现在，他完全不怜悯小雨的悲惨处境，也不怜悯自己亲生儿子在遭到沉重打击后的苦闷与彷徨。

“爹呀，这说的啥话呀！对付大伯一家比老二的终身幸福还重要吗？你这要是让二子听到了，他该有多伤心呀！”我对父亲的态度很是不满，言语中不免带了十二分不悦。当我未成年，甚至成年后结婚前的好几年时光里，我对这个大山一般专制的男人表现了绝对的服从。我从来没想过有朝一日有勇气和他的不合时宜对抗。自从我觉得自己是个独立而又具备人之为人的一切权利和义务时，我便敢直面父亲的狭隘和自私了。每当我向那一向自以为是的老头儿发出挑战，我那颗被勇气和正义润泽的心又会被莫名的疼痛侵扰。我想这疼痛多半来自一个女儿对威风不再的父亲的怜悯和愧疚，而正是我自己，让这个背负了一辈子“倔巴驴”恶名的男人不得不面对身处老境的悲哀。

“老二的终身幸福我不能左右啊，咱能左右吗？这你们也都看到了啊，还能有戏不？但石瓠岔那事儿离开老二干不成啊，毕竟，他是年富力强的小伙子。”父亲的表情很复杂，他一点也不掩盖自己的真实想法，这一点我和他十分相似。

到家后，我给水南打了电话，简单描述了事情的过程，并用一些诸如“好女孩还会有的”、“你长得高挑、帅气且又擅长花言巧语，哄个女朋友到手岂不是易如反掌？”“也许不出三天就会有品行端正且温柔漂亮的女孩子送上门来”这些低俗肤浅的话安慰他。

“姐，我知道错了，是我辜负了小雨。小雨为我堕过两次胎，第一次堕胎我没能守候在她的身边，是她姑姑强逼着她去的医院，那是个发育成形的男孩儿；第二次堕胎我也没能守候在她的身边，她自己在药店买的米非司酮，她说肚子疼得厉害，流了好多血，才排出身体。我是个十足的骗子、傻瓜！我咋能一而再、再而三伤害她呢？她那么爱我，把一切交给我，我咋混账到这个地步呢？她就是太软弱，太没主见，谁让她无休止地原谅我呢！这个笨女孩，软弱又无能！唉，我咋好意思责怪她呢？她是个勤劳、善良的好女孩儿。认识我之前，她在一个饼干厂上班，她几乎从不休班，把赚到的一点工资全给了她奶奶。姐，难道我真的没有弥补她的机会了？难道我去他们家门前跪着也不管用了吗？这事儿我干过，有一次我喝醉了，是在半夜，我迷迷瞪瞪地就到了她家门口。那时，她家大门已经落了锁。我鬼哭狼嚎地在门口喊她的名字，她奶奶气急败坏地出来骂了两句，却始终没有露面。我害怕自己被冻死，在后半夜搭出租车离开了。是啥样的情感让她在我面前显得这么傻呢？我的骗术其实并不高明，她只要稍微费一点力气盘查一下，我就会露出破绽，可谁知道她咋那么信我呢？唉，多傻的姑娘。她腋窝下有轻微的狐臭，但我喜欢那味道；她的腿不太长，但是健康而优美；她的眼睛充满忧伤，但那忧伤看起来那么清澈……总之，我喜欢她，爱她。但是，现在，我和她已经没有一点可能了。是我，是我这人渣亲自葬送了这么好的感情，我就这么错过一个这么好的女孩……呜呜呜……”

水南显然动情了，这些话他从未向我说过。现在，我的心五味杂陈，一面深切地痛恨着他的无知，一面真切地痛惜着他刚刚遭受到的巨大心灵创伤。

“姐，别再为我操心了，我是个地地道道的浑蛋！根本不配得到你们对我的关爱。十八岁那年，在中兴大街一家板材厂上班，老板是个实在人，他希望通过高科技致富。那时，他花了七八千块钱让我去广东学习新技术。但学成回来后，就因为他不给我的宿舍装电风扇，唉，夏天嘛，要热死人，我就故意弄错板材原料的比例，这可糟了，厂子生产出一大批废品。他大为恼火并威胁我，还差点打了我。就是那次，你和姐夫驾着新野狼摩托车来到厂子和老板理论。姐，你完全站在我的角度，你的讲话艺术，没的挑啊，还有你那语气，咄咄逼人哪！硬是把那个遭了暗算的老板弄蒙了。最后，他乖乖为我结算了最后一个月零十五天的工资。后来在市郊区铁钉厂工作的时候，由于手头儿紧，我偷偷把一个小兄弟褥子下的一百块钱转移到墙缝儿里，等他们第一轮搜查过后再拿出来应急。再后来我到石家庄一个制药厂上班。唉，我对发财的欲望太大了！我同几个伙计偷药厂的发电机，但没经验呀！第一次作案就被抓了现行，好在，药厂的副总也是咱山里人，在他的担保下，我们几个人总算平安无事，但我没脸面在药厂待下去了。在大亨酒店打工时，我看上一个相貌并不出众的服务员，第一次把她带回家便遭到了咱爹的反对。其实，我已经和那女孩睡过觉了。我没主见，但和那女孩保持了很长时间的联系。我把挣到的工资几乎全花在她身上，给她买新款羽绒服和质地较好的围巾。后来我到北京郊区一个钻井队上班，也没断了和她的联系。我借各种机会回到市区和她鬼混，后来干脆辞了北京的工作，我和她租了个房子，她上班，我打游戏。唉，混账的生活哪，我真不是个人！那时，我听说爹娘到处找我，但我硬是没露面。后来，你和姐夫抓了我俩的现行。你当着她的面责骂了我，之后，我再也没见过她。这当儿，你们把小雨介绍给我。其实，你们也是这悲剧的帮凶哪！你们明知道我的臭德行还把那么好的女孩介绍给我。你们幻想我能变好，但还是……唉，我恨自己哪！小雨，那么清纯一个姑娘，我咋能不喜欢呢！她在认识我之前没和男孩子接触过。但她不知道我压根儿不是什么好玩意儿。姐，我和小雨真的没戏了？真的没了吗？我再也看不到她的脸，听不到她的哭，再也不能……姐，我可咋办？你是万能的呀，姐，你会有办法的，是不是？你咋就没说服她家那群笨蛋呢？姐，我骗你的钱不下五千块了，我知道你和姐夫的日子过得也紧巴，你们对我的小外甥也吝啬得很。唉，太惭愧了，我这个当舅舅的还从来没给他买过一件像样的礼物呢！唉，我对得起谁呀。姐，我该咋办呢？我能咋办？哦，爹想让我摆平大伯那一家浑蛋，这没问题，豁了命我也能！但小雨咋办？我咋办？我们俩咋办呢？”

此时，除了安静听他诉说，我还能说些什么呢？我不忍心再用一句刻薄的话回敬这个伤心欲绝的人！但我不能一直沉默，二弟的发泄不能像坠入深海的石子没有回音，绵柔的安慰倒不如冷静的教导更有意义，基于这个初衷，我以无比缓和的语速和不带一丝谴责意味的口吻说了以下一段话：

“责任与生俱来，不可推卸，就像自由一样，任何一种自由的有效发挥都需要以果敢的承担精神为铺垫；尽管责任使人厌烦，特别不招你们这一代人喜欢，但是不履行责任，只能成为不折不扣的懦夫。你要学着承担责任，首先对自己负责，别让自己遭受人人唾弃；其次，你要对亲人负责，别让亲人对你失去信任；最后，你要对爱你的女孩负责，别让自己成为她们梦魇中的恶魔。”

长久的沉默之后，电话悄然挂断。

“不在沉默中爆发，便在沉默中灭亡！”我突然想起这句话。我的弟弟，这个刚刚遭逢真实失恋的年轻人究竟是爆发，还是死亡？一切都是未知，就好像人不能预料自己的生死一样。

父亲不停地抽旱烟，他的卷烟技术已经炉火纯青，一张纸片和一撮烟丝到他手中三下两下就变成一支一头粗一头细的卷烟。他患过重度脑血栓，但他一点也不介意医生对他的谆谆告诫，他甚至以为医生的谆谆告诫是在利用职务便利侵犯关乎精神愉悦的个人嗜好，是极不道德的个人行为。

他对我的讲话表示赞许，这从涌起在他眼角的一堆醒目的皱纹可以看出，因为嘴角的细微动作牵动了颧骨周围的肌肉运动，颧骨周围的肌肉运动自然促使了眼角的醒目皱纹产生。他一般把这种运动控制得很好，因为能得到他赞许的人实在太少，因为生活之于他的美好实在太少。

父亲决定明天一早就走，因为有要紧的事儿需要一个了结，趁二子在。二子毕竟看起来像个有魄力的男人，一米七八的个子，胡子也在肆无忌惮地长，谁能看出来他没有一点果敢力呢？父亲一边用粗糙得有些碍眼的大手抚着坚挺而细密的胡须，一边呆滞地凝视着窗外无边无际的昏黄与寒冽交织起来的空阔。

“好，明天一早就送您走，但我求您在对待大伯的问题上务必三思，毕竟，我们是骨肉相连的一家人。”

“别说了，别说了，我自有分寸。你这个妮子越来越不听话，人都说‘儿女翅膀硬了就不听话了’，这话一点不假。”父亲有些不耐烦，但他并未回头看我，他只顾放任自己的目光到那无边的空阔里。

25

父亲走后的一个多月时间里，我忙于应付自学考试和日常琐碎，没有往家里打一个问候电话。在维系亲情上，我显得不够主动，这和我自小便心安理得地享受父母及姐姐们的溺爱有关。我认为他们溺爱我完全出自本分，而我只是个无须回馈的被动接受者，也和我成年后习惯于我行我素、独断专行的性格有关。不知不觉中，我继承了父亲性格上的一些特点。虽然我知道这并不是什么好事儿，但当我意识到的时候，好胜、强悍、倔强、武断、易怒已经像细胞一样成为我生命的一部分，我没有任何办法驱除掉它们。

母亲一贯迷信，她在早年家境异常困顿的时候迷信卜卦，并且近乎痴迷地信任卦象所揭示的卦理。我清晰地记得她抽到过“丢了扫帚拿起笆子”、“屋漏逢着连阴雨”等卦牌。卦牌由白棉布粗制而成，为了显示神秘分成三折，卦象图案被严严实实遮盖在里面。“丢了扫帚拿起笆子”卦牌上描绘了一个穿着朴素的中年妇女正拿着笆子干活儿，地上可怜兮兮地躺着一把磨得几乎裸成光杆儿的扫帚，这个卦象意味着母亲将无法从无休无止的劳碌中解脱出来。“屋漏逢着连阴雨”卦牌上则描绘了一个风雨飘摇中的破旧石屋，石屋上的茅草几乎斜倒在屋顶上，这个卦象意味着本来艰难的日子还会遭遇其他意想不到的挫折。母亲对这些卦象预示的信息深信不疑。使我疑惑不解的是，她总能从不同算命先生的手里抽到类似含义的卦牌。这暗合了生活现状的卦牌使母亲坚信命运天赐，也坚信当前的困顿和压抑是冥冥中的必然，甚至偶尔抽到一次卦象吉利的牌时，她反倒不能接受。除了占卦抽牌，母亲还特别计较梦境的预言作用，她深信每个梦都是故去的亲人变换着形式与自己亲近，他们试图通过梦境里的物象警示尚在人间遭受艰苦磨难或者享受荣华富贵的亲人。母亲擅长把梦境绘声绘色地讲出来，她动情地讲述那些仿佛亲身经历过的梦境，她用富有母性柔和的声音和绽放着神秘色彩的句子打发了许多枯燥无趣的时光。那时候，听母亲说梦既是渴望也是享受。母亲没看过《周公解梦》，但她通过漫无边际的想象力及密切联系实际的诠释精神总能把每个梦破解得完美无瑕。比如，在她的概念里，梦到白面馒头预示着遭到气受；梦到小鸡仔嚷嚷叽叽叫个不停预示着口舌是非；梦到牛口吐白沫或者郁郁寡欢则预示属牛的父亲近期可能遭受疾病；梦到长虫在深水里遨游则预示着钱财不可强求……我暗地里嘲笑母亲的愚蠢，但又深陷于母亲编造的一个个体面合理的“神话”。

有一天，母亲神秘兮兮地打来一个电话，她说：“李熙盛离婚了，五岁大的孩子和一套房子都给了媳妇。”母亲像说一件无关紧要的闲杂事一样把这个消息告诉我，她的本意是找些新鲜事儿和我交流，以便活跃一下由于距离和时间产生在我们之间的情感疏离。但她万不能意料这则消息将带给我一段不小的风波，是啊，她那么纯粹一个脑袋加上那么诚挚一颗善心怎么能思虑到未知的事情呢？

“哦？”这个爆炸式的消息着实让我一惊，一丝窃喜微微略过心头，转而酸楚哀愁的感觉便侵袭而来，但我很快将这些情绪统统隐藏，让它们温顺地凝固在身体的某个角落，“说这个干啥？我和他十几年不联系，我们啥关系也没啦。”

“我梦到你和李熙盛在一个污水塘里游泳，烂树叶、带血的卫生巾、黑泥巴沾在你们身上，但你们笑得很开心。这是个不吉利的梦，我担心你，你和大志的关系风风雨雨的没个常性。大志嘛，是个好孩子，就是文化低、不体贴、粗俗一点儿。妮儿，你该不会真有别的啥想法吧？咱不能啊，还有孩子呢！”

母亲的口气既显得拘谨，又透露着一些焦灼意味儿。我猜肯定有一层不易被人察觉的疑虑和担忧从她脸上闪现又消失。我一直试图和母亲建立一种超越简单母女的关系，简单地说，我渴望母亲是我可以托付一切的朋友。这种托付是另一种意义上的身心俱属，即无论何时她都毫不犹豫地包容、接纳、赞许我，即使我明显无理取闹或者有悖常规。关于这一点早就得到证实，记得我和李熙盛的爱情初见端倪的时候，没等母亲察觉，我便坦诚相告，那时，我刚十六岁。母亲既没支持，也没指责，甚至，她像迎接贵客一样招待过李熙盛。尽管，我们幻想的坚不可摧的爱情最终夭亡，但我真诚怀念那段被母亲默许的愉快时光。姚大志虽说是城市户口也有一份正式工作，但我知道他的纨绔子弟模样不会被父亲接受，但我同时也知道我需要以这个男人为跳板摆脱父母对我爱的樊笼，我强烈地向往自由和真正属于自己的生活。果然，我第一次把姚大志带回家时，他就遭受到除母亲之外的所有人的冷落。只有母亲，她出乎意料地接纳了他。她看出来我是铁心要嫁这个男人，并且她已深信我和姚大志已经有了实质关系。因为我在喝粥的时候故意将一块块金黄的南瓜块儿挑出来，在她看来那是害喜的象征，事实上，那时，我的确已经有了两个多月的身孕。她凭着一个母亲特有的对孩子的爱说服了父亲，并且赶在我的身体尚未有太大的变化之前为我们操办了婚事。

“你和他有联系吗？”她紧接着问。

“没有啊，就放心吧啊。”

“可不要和他再有联系啦，那孩子近几年变坏了，他染了坏脾性。你可不能啊，你要好好的，你们的孩子那么好，可得好好的……”母亲显然对我极不放心，她一遍一遍地叮嘱我。

“嗯，放心吧，我不会和他再有联系，不会的，娘，一定不会！”我斩钉截铁地答应了母亲，电话里，母亲长长地舒了口气。我知道，她信任我。我也知道，我必在不久之后便堂而皇之地辜负她对我的信任，因为李熙盛是我的初恋，我把一个女孩儿最美好的情愫和承诺那么坚定而纯粹地奉献给了他。至今，我仍然怀念在西庄那些燃着蜡烛的晚自习课上，他总是那么快速准确地帮我解决数理化高端难题。虽然他身材瘦弱、衣着邋遢，但我那颗怜爱他的心不曾因为形象问题而滋生丝毫厌弃之意。我们心照不宣地任由爱慕——这种泛着酸涩与稚拙气息的情怀疯狂地滋长。当然，我们不能毫不顾忌世俗流言，毕竟，那时候，我们还是十六七的懵懂少年。

母亲挂断电话，我脑子里不停地想他会有的坏脾性：南方人重利轻义、务实不浪漫、遇事悲观、小气不豪爽、精明狡诈……李熙盛究竟被南方改变了多少？难道一个人的本性会这么轻易被改变吗？而他，为什么会改变呢？我渴望他还是原来的那个人，渴望他突然主动地联系到了我，渴望他重新向我表达炽热的爱慕……

但，那个结束了自己婚姻的男人一直没有联系我，这多少使我失落。然而，女性的自尊和矜持使我打消掉无数次试图联系他的冲动。

当信任危机像游荡在空气中密密麻麻但又神态诡异的尘土横亘在我和姚大志之间，当我在追求个性自由及自我发展的道路上愈陷愈深，生活便以不可阻挡之势进入一种旋涡，猜疑、争吵、反抗以各种姿态上演着多彩的剧目，我们每个人都在剧目中扮演着可怜的小丑，尽管角色卑微，但我们全身心展示演艺技巧。

三月底的一个晴好天气，我接到顾克谦邀请吃饭的电话，说是几个在文学圈颇负盛名的好友来访。我当即答应，那时，姚大志正伏在电脑前心不在焉地玩《雷霆战机》——一款新的 QQ 游戏。

“妮儿，你变了，真不知道你到底想干啥！你的心一点儿也不在家里了，儿子也不能把你留住。你那么爱好诗友聚会和朋友聚餐这样的破事儿，那你干脆别要这个家了。”我一回到家，姚大志就迫不及待地对我说了这些话。他说这话的时候神情凝重、语调深沉，完全不带一丝调侃的样子。那是个细雪纷扬的夜晚，当时，夜已经很深了，我在和几位诗友的聚餐上喝得微醉。是我趔趄的步子和被酒精滋润得红润的脸蛋刺激了他的神经。

“小气！”我不耐烦地瞟了他一眼。

“这不是小气的问题，哪个男人能受得了自己的老婆在酒桌上和别的男人眉来眼去？何况，你越来越优秀了，进取心大，气质也越来越好。我是担心……唉，你要是像鸟儿一样飞走了，你说我可咋办呀？我咋办？”

“就因为你担心，所以你就限制吗？”

“你还是把心收一收吧，算我求你了。毕竟那些都是闲杂人，没必要为闲杂人坏了自己的生活，你说是不？”姚大志说这话的时候用一种无奈而近乎恳求的目光注视着我。本来我应该怜悯这目光并马上深刻反思最近一段时间由于频繁外出而给他造成的不良印象。但我没有，从血液里喷涌而出的反抗意识让我在刹那间由淑女变成魔鬼。

“你有啥资格限制我的自由？就因为你是我老公吗？”

“对，就因为我是你男人！咋？这不够吗？”姚大志的目光隐含着一触即发的恼怒和无法言说的屈辱。

“你真以为这就够了啊？要是你的想法成立，就不会出现‘婚内强奸罪’这个概念了。虽然中国法律对这个没明文规定，但不代表丈夫在婚姻内违背妻子意志强行与她发生关系就不会得到制裁。虽然你是我老公，但你也不能过分约束我的‘自由’，‘人，生而自由’，这是卢梭说过的话。”

“卢梭是个啥玩意儿？他说的顶个球啊！算了，算了，我承认说不过你。妮儿，我是真的在乎你，我怕你飞了呀！”姚大志的口气柔和了许多。

“我不是你圈养的猫狗，我还有梦想。你也看到了，我一直在努力。一个女人要想做点事情太不容易了，真的，我需要你的支持。当然，如果你认为这触碰了你的底线，那么，我们……我们嘛……我们可以分开。”我是发自肺腑把这些话说出来的，我也真诚渴望得到姚大志的尊重和理解。

“分开就分开吧！迟早的事儿！和你，有不了啥好结局！说不定你早就和别的男人……只不过瞒着我这个大傻子而已。”姚大志恶狠狠地把鼠标摔在地板上，他并不解气，又愤愤地朝那无辜的物件上踩踏。之后，他呆呆地坐在那个有着银白色皮革面的矮凳上发愣。

憋屈、痛楚之后，我没有哭。我只是冷冷地看着姚大志。他的无奈使我怜悯，但这怜悯转瞬即逝，随之而来的是巨大的蔑视和憎恨。

26

“世界很大，也很小”，我坚信这句话存在并得以生存的合理性，何况在这个环境日益恶劣但网络信息异常通畅的大环境下，想找到一个人简直是易如反掌的事儿。“李熙盛在南方，他离婚了”，当母亲以敲警钟的方式把这个消息透露给我，当一些小小的悸动与窃喜情愫如刚刚经历过一次细雨侵扰的山谷间的薄雾氤氲而起，当李熙盛那张略显消瘦但十分精明的脸时常悬浮在我一抬头或者一驻足的瞬间，我再也抑制不住找到他并向他诉说我的苦闷的冲动。虽然“冲动是魔鬼”的现实意义不容小觑，但我相信在冷静的理智和纯善的慧心所操控下的冲动仍可温柔得如春水般滑腻娱心。

在宁静得似乎没有任何生命特征的深夜，微尘识趣地停止浮游，婆婆的鼾声乖巧地淤积在咽喉的某个部位，儿子从太空棉被里露出熟睡的俊俏脸蛋。我喜欢这近乎死亡的凝滞境界，在仿佛只有我自己存活的有限空间，我荣获了酣畅淋漓的自由与肆无忌惮的希冀。寻觅李熙盛的念头愈来愈急迫，我再也容不得半分等待，尽管姚大志仍然对我疑虑重重，尽管他还没从几天前那场激烈争吵中缓过神来，尽管我也认为一个已婚女人寻觅昔日恋人的荒唐做法实在有悖常理，但我的心灵驱使我必须这么做。顾不得那么多了，顺从心灵召唤既是对自己的善待，也是对这个集体丧失价值观的病态社会的聪明回应。

我从 97 届同学录里轻而易举地找到了李熙盛的名字，我至今不能合理解释为什么在他的个人页面弹出在我眼前的那一刻，我的心竟然在瞬间萌生了浩渺而怅然的悲怆之感。我静静地端详页面左上角那张清晰的个人照片，他穿一身稍显臃肿的西装，面带微微笑意，眼睛、鼻子、嘴巴的组合与十二年前并无两样，依旧不那么潇洒动人。如果勉为其难找到些许改变，那就是十二年前的清澈和朴实消失殆尽，取而代之的是成年人的从容淡定与老成持重。我对那张脸进行了深度研究也没发现母亲所说的“坏脾性”，于是，母亲的警告瞬间瓦解。照片的背景看似是一场学术研讨会结束后的豪华酒会，有绅士美女模样的人举臂碰杯。李熙盛的个人信息和我所了解的基本一致，这基本保持了一个二十一世纪知识分子应有的基本素养。对此，我感到欣慰。他主页显示的文章标题全部是国内外企管先端理念，寥寥无几的几个朋友往来其间。由此，我推断，他应该坐到了企业高管位置。这和我的预想并无多大差距，其实，我对他的预想要稍高于此。

我以陌生人的名义给他发了一条私信：但愿人长久，千里共婵娟。我以为只要这句诗跳入他的眼帘，他立刻就会想起当年那个扎马尾辫、裹红头巾的腼腆少女，就会想起那无数次在烛光跳动着的深夜他为我讲烦琐的数理化问题的美好画面。

事实上，直到我发出私信的第三天，他对我的信息仍然没有任何回应。起初我以为他工作忙碌，根本无暇上网闲逛，但从他页面更新的《21 世纪经理人必备的三种技能》推断他上过网。如果他一改往日粗心大意的毛病，应该能够看到我发出的私信。此后的五天，我陷入一种焦灼不安的等待状态中。其实，我完全有机会通过其他手段获知他的消息，但我不能给人留下我刻意寻觅他并试图与他建立联系的印象。像我这么不屑收敛清高又酷爱尊严的人儿，怎么能够允许那些惯于对一点点风吹草动就大肆渲染并恶意传播的同学把这件事当作茶余饭后消遣生活的谈资呢？这样的焦灼等待使我不能理智而优雅地控制情绪，我动不动就想发火。虽然我知道我动怒的样子奇丑无比，但我仍按捺不住由于李熙盛的无视而产生的羞辱感，唯一能释放这巨大羞辱的便是无休止地发火。

姚大志除了用冷漠而带嘲讽意味儿的眼神瞪着我看并无过多言语，他规矩地上班、下班、吃饭、睡觉。姚小泰像躲瘟疫似的以值日、帮同学改作业、观察野狗打架等各种理由避免和我相处，他甚至拒绝我的善意拥抱，从他的表情可以推断我张开的手臂貌似裹着密密麻麻的毒针。婆婆的鼾声似有收敛，听起来隐忍而憋屈，不再像往常那样肆意地抑扬顿挫，嗜睡的毛病也减轻不少，但嗜躺的习惯并未有任何消减，她把一团毫无生气、日渐失却水分及各种营养的颓肉扔到床上，那样子大有“生死由命，舍我其谁”的悲壮。她常把浑浊无神的目光长久地盯在窗外，你分不清在她目光里鲜活着的是灰白的浮云还是那些停落枝头叽喳叫唤的麻雀。她只在明确感知有人靠近的时候才会扭转头看一下，是那种冷漠得没有任何表情的呆呆的看,即使你提出一个她可能感兴趣的问题，她都丝毫不屑回应抑或微笑。“妞妞”倒是个不识抬举的家伙，它依旧热情地跳起来迎接我的每一次归来，依旧用头磨蹭我的小腿，依旧趴在地上翻过身露出肚子等待我抚摸。

我完全有能力使姚大志、姚小泰、婆婆生活得更快乐一点，起码不被我的恶劣情绪所笼罩。尽管我知道使我的亲人生活得更快乐是我义不容辞的责任，但心思完全被李熙盛的杳无音讯腐化了，毒性已经侵入血管，蔓延至每个细胞。如果说一开始的美好等待像初开的格桑花那般轻柔婉媚，此时的怅然失落则如霜打后的桐叶一样衰残颓废。

我觉得有必要开辟新的渠道和李熙盛建立联系。所谓的清高、自尊、含蓄之类的高贵情结在十余天的等待中渐渐枯萎、消失殆尽，进而变成一堆在深秋的淫雨里黯然失色的废墟。很多时候，我甚至感觉隐藏在心底的这个蠢蠢欲动的想法简直要把我摧毁了，这感觉使我极端痛苦。我一想到李熙盛可能变成十足的花花公子，常年流连于娱乐场所，被“身怀绝技”的各色妓女接待；或者根本想不起十六岁那年和我之间的所有美好回忆，也想不起摇曳在空阔教室里的烛光和“但愿人长久，千里共婵娟”的临别赠言，一种无法形容的痛苦就如浓雾一般笼罩了我。愈是痛苦，愈是不能自拔，人往往这么低能，我亦如此。其实，我清楚地知道我和李熙盛之间的句号已经在十二年前画得严严实实，没有为我们留下丝毫得以破镜重圆的余地。高考前夜，热浪袭人的空阔操场，一对对有过美好故事的同学在皎洁的月光下互诉衷肠，就连一向善于巡视操场的保安队长那嘹亮粗犷的嗓音都没响过一声。当时，我身靠裂了皮的篮球架，李熙盛的一只胳膊扶在篮球架上，他离我很近……话不多，但我仅仅记住两句：“我们能破镜重圆吗？”他说。“不能，即使破镜重圆，也总会在重圆的镜子上留下残破的痕迹，而我，崇尚完美。”他黯然离去，此后将近一年音讯全无。

“当你真心想做成一件事，并为之付出努力，整个世界都会抽身来帮助你！”我信任这句话即将产生的巨大威力，它能使我心想事成。果然，我从造访李熙盛空间里的几十个人当中挑选出一个叫“时空隧道”的男生，他起初坚持拒绝添加我为好友，我在验证信息里用简明扼要的话说明我的意思，并恳求他无论如何看在我目前遭受着巨大痛苦的分上帮助我一次。他果然被我的真诚所感动，只是在把李熙盛的联系方式告诉我之前说了一句莫名其妙的话——今非昔，人非昨，不是所有的美好都值得被复制，释然才能解脱，超然则活得自在。

我显然不屑于剖析“时空隧道”那句莫名其妙的话所隐藏的深刻含义，找到李熙盛，聆听他对我刻骨铭心的思念和赞美是最要紧的事儿。对，再没有任何一件事可以和这件事相提并论！在决定究竟用“打电话方式”还是“QQ 好友方式”和他取得联系的时候，我纠结了一番。其实，无论哪种方式都显得突兀。打电话更为亲切，QQ 好友则未免不能摆脱网络的轻浮、虚假、芜杂之嫌。最终我的心告诉我聆听李熙盛的声音并感知他真实的震颤和激动才是我最渴望的方式，于是，我忐忑不安地拨通了那个号码……

“喂，你是？”一个绵软得近乎娘们儿的声音传过来，完全没有一丝阳刚之气，就连曾经的幽默感都荡然无存，这不免让人失望。若在十二年前他完全会这样说：“喂，你好，请问这个陌生号码的主人，你是优雅的男士还是魅力的小姐？”

“西庄。”虽然我对这绵软得近乎懦弱的声音感到失望，但早已汹涌澎湃在心头的欣喜与激动完全以慷慨激昂的姿态将之忽略。

“什么西装？难道西装也推行电销了？”他轻蔑地笑了，声音依旧绵软得近乎懦弱。

“西庄，若尘。”虽然无边的沮丧像暴风骤雨前的暗云沉甸甸地积压于心头，但我仍试图用曾经打动过他心灵的词汇唤醒他对我的点滴记忆。

“若尘牌西装？没听说过呀。我是喜欢穿西装，但我只喜欢雅戈尔。若尘这个牌子我还真没听说过……小姐，能告诉我厂家在哪儿吗？不对呀，若尘这两个字不像商标名称呀。”

“那像什么？”我生硬地问了一句。

“像……说不清，总之，不像西装的牌子，请问，您到底是谁呀？”

“西庄”是我的故乡，“若尘”是我上学时用过的笔名。李熙盛在这两个词语的提示下显得无动于衷，这显然是对我执意寻觅他这一愚蠢举动的无情嘲讽，也是他“忘却曾经”的最好证明。

我觉得已没必要告诉他我是谁，但我又不甘心。

“但愿人长久，千里共婵娟。”

沉默……长久的沉默，有小声哭泣的声音氤氲而来。

“小北！是你吗？小北，我的……我竟然都没听出来！你是怎么找到我的？你过得还好吗？你还好吗？”李熙盛激动得语无伦次，“我想把珠穆朗玛峰举起来，小北呀，你这个精灵。”

“我娘说你在南方变坏了，有吗？”

“你娘身体还好吗？我吃过她做的煎饼，又薄又甜，很好吃！你娘说我变坏了？我变坏了吗？我也不知道！的确有改变，但不至于变坏了。我的心，你知道的，你要相信我。”李熙盛慢悠悠地说着。

“我娘身体硬朗，还下地干活儿，只是满嘴牙齿掉光了。她说你变坏了，我信，因为她从不欺骗我。”

“不管怎样，你能和我联系，我非常高兴！我简直高兴坏了！我要去酒吧喝酒，喝得大醉，我自己喝，不找那些好吃懒做的小姐陪！”

“看来我娘说的是对的！我真不该找你。”我不禁黯然。

“小姐们也得讨生活嘛，而我这么孤独。”

“你离婚了？”

“嗯，离了。儿子、房子、折子都是她的，我对不住她。她是唠叨起来没完且一心想当家做主的女人，最要命的是想要控制我，这怎么行呢？哦，我又结婚了，但我一点也不爱现在的老婆。她倒是宽宏大度，对我的私生活向来不闻不问，这又有什么意思呢？”

“你究竟要什么呀？”

“我也……说不清……也许……”

电话突然挂断了，再拨，是嘀嘀嘀的忙音。

儿子的鼾声匀称而轻细，我转头看他睡觉的姿势——他上半身裸露在浅绿色的薄太空棉被外，脸上的表情微微不悦，仿佛对我拒绝他临睡前玩手机游戏而耿耿于怀。婆婆鼾声未起，我揣测她圆瞪着两只失神的大眼睛呆呆地盯着天花板，天花板上我和姚大志结婚时的大红挂花还在。

失落感将我重重围困，李熙盛的手机一直处于忙音状态，像是有意拒绝着什么，这让我愈加困惑不安。

27

李熙盛给我造成的困惑很快便烟缕般消散了——绵软得近乎懦弱的声音、对待女人和婚姻的态度以及对所谓“自由”的穷奢极欲的迷恋，这一切如鲠在喉。究竟是来自哪里的神秘力量导致了他的蜕变？难道真应了大先生在给他的“广平兄”的信里所言：社会上事无大小，都恶劣不堪，无论加进什么东西去，都变成漆黑。

“如果他不打电话来，我绝对不会再觍着脸找他。”我暗暗用这句话告诫自己。其实，我清楚地知道于我内心始终为他留着一条通道，这是一条四季常绿、鸟语花香的泥土小径，只要他肯改回少年时质朴、纯真、善良的品质，我就会在这条泥土小径的另一端等他，并且献上我的拥抱、热吻甚至肉体。“也许，他在被名贵观赏花木和时尚建筑衬托下的水泥公路上走得正欢，他完全不想停下来，在那条被不求上进且酗酒的男人和沉迷外表且纵欲的女人常年践踏的路上，根本没有通向泥土小径的岔口。”有时候，我忍不住会这样想，这样想的时候，无比痛苦的心灵会稍微释然一些。

尽管我已经把李熙盛的手机号牢记于心；尽管我经常不由自主地将那一串引导我思念、感伤、战栗的数字敲在手机屏幕上；尽管我无比迫切地想与他倾诉衷肠，甚至约会、狂欢，但最终，我还是忍住了！以一个女性的尊严和任性，我忍住了。在被诸多琐事无休止萦绕的日子里，忘掉一个人还不算太过困难。毕竟，有时候不是刻意要忘掉，而是你根本毫无闲暇和精力将思维滑向那不堪深味的一隅。

从初春到秋末，日子简单而匆忙地流逝——无声、无觉、无形、无心。一切如故，但一切又不可阻挠地发生着微妙变化。婆婆的身体愈加消瘦，早年贮存的脂肪已经被嗜睡和懒于行动消耗殆尽，双腿细而无力，走起路来筛子般摇晃；失神的眼睛很容易使人联想到田间地头那些废弃多年的枯井，只有在听到儿女的呼唤或者高分贝装修噪声时，那双玻璃球似的眼珠才会勉强动几下；婆婆的健忘症越发明显，如果不催促，她连吃饭、穿衣、大小便这些基本生活功能都不能利索地完成。姚大志上班的积极性明显削减，一个月难得上够 21 天，21 天是工人们能够获得 400 元风险抵押返还金的最低限度，并且，他常常携了酒气回家，有一次竟然吐出一些血红色污物，我以为他把胃喝坏了，当时几乎吓晕过去，还好是因为进食了猪血的缘故。小泰在写作业上依旧顽固地偷工减料，他永远不会表现出丝毫悔意，即使我暴跳如雷地掌掴他那张俊俏的脸蛋，即使我熟稔地运用各种贬义词进行无休止的冷嘲热讽。他在闲暇时会无比投入地玩益智游戏，比如“穿越火线”、“地下城与勇士”、“我的世界”等，偶尔，他也会应朋友之约到香溪路进行自行车比赛。但是，他最近学会了好几个不太文雅的口头禅，并且，他不再像之前那样絮絮叨叨地向我讲述班里的大事小情。

在这些平淡得近乎死亡的日子里，顾克谦获得“韬奋新闻奖”的消息传遍了小城的大街小巷，当然，也无比温情地抵达了我的内心。这消息来自顾克谦那两片不善论辩和撒谎的嘴唇。虽然，这好消息是通过无线电氤氲而来，但我分明感受到在获奖人有意克制的冷静之下所掩藏的极大狂喜，那是亟待被分享的蕴藏着智慧和辛劳的愉悦。

“方便出来喝杯酒吗？哦，不只是喝酒哇，我知道你不喜欢酒，但那个消息要与你分享一下，请务必出来，好吗？”在十月下旬一个阴冷的傍晚，顾克谦以无比轻松愉悦的口气给我打来电话。就在那一天，顾克谦的获奖消息像一场春雨酣畅了这片土地。那时，我刚把锅放到炉子上，锅底正泛起一层密集的水泡。我那早已放学却还没回家的儿子应该在趣园和同学玩耍，婆婆似乎十分吃力地把此起彼伏的鼾声从呼吸道压迫出来，姚大志应该在几百米深的井底下苦恼地打盹儿，他全然不顾随时可能降临的险情和违章被抓后的罚分。

“一定要去吗？你知道的，我不方便晚上出去。”虽然顾克谦的电话有些意外，因为，自从我梦到和他在旧式庭院的一扇门板后疯狂接吻，那当儿他说出“对不起，我爱上你了，爱你让我羞愧”这样的话之后，他就像一团水汽蒸发掉了。这不足为怪，只是一个梦而已，他没有义务知道自己在一个女人的梦里说过什么、做过什么。现实里不也公然生存着一些患了严重“健忘症”的男男女女吗？他们可以轻而易举地将责任和道义遗忘，就像丢弃一口黏痰一样随意。

“你能出来吗，哪怕十分钟也好，不，最好两小时，能有两小时就好了，我有很多话要说。”顾克谦的语速稍快，显然，他已经按捺不住内心的激动。

“可……儿子还未回家，婆婆她……你是知道的，我婆婆的身体不好。”缓慢的语速和磕磕巴巴的音调使我暴露了隐藏于内心的想法。于我内心自然十分渴望这次见面，毕竟，顾克谦于我不仅是学识渊博的良师，亦是值得信赖的益友。我突然为前一天苦苦寻觅初恋情人李熙盛而深感羞愧！还好，李熙盛像善于捕食龌龊之物的泥鳅一样自沉于淤泥，但愿，他再也不要浮上来，最好像深埋于黄土下几百年的尸体一样——腐烂成肉眼触摸不到的气体。

“安排一下，无论如何我都要见到你，不能等了，请你无论如何安排一下。”顾克谦用夹带着命令和请求的语气说道。

“好吧，你在哪儿等我？”

“蓝田咖啡馆怎么样？文艺又实惠。”

“好，等我四十分钟，我得安排一下。”如果再推脱，我觉得拒绝的不是一个爱慕我的男人，而是同样爱慕那个男人的自己。“人有必要这么虚伪吗？”“没有。”我的脑海里常常会莫名响起这样的问答，我不知道这话来自谁，我只知道这是一句闪耀着人性光芒和自由意识的美妙话语。

“我知道你住在哪个小区，我开车到丁字路口南面的米苏蛋糕屋前等你，你趁这时间蒸上米饭，一定要炒个菜，要是你儿子还没回来，给他写张便条。”顾克谦的安排既符合朴素人情观，又符合统筹逻辑学。他能在急欲实现自己的愿望之际毫不忽略我的母亲身份及心理感受，这充分表现了他素有的涵养和气度。

亲爱的小泰：

当你兴冲冲地回到家，但发现妈妈不在，是不是特别沮丧？那只能埋怨你太过贪玩了！高压锅里的大米饭到六点五十分就熟了，你掀盖儿的时候务必要先放掉气儿，然后将盖子向右旋转，不然将造成极其可怕的严重后果。炉灶上的铁锅里有现炒的香菇肉，那可是你最喜欢吃的菜哟。喊奶奶起床吃饭的时候不能太大声，要是她赖着不起也不能着急，只要你轻轻一拉她胳膊，她就乖乖起床了。对了，吃饭之前一定要让奶奶到卫生间小便一下，不然，你就会在晚餐时闻到怪异的气味。妈妈去参加一个聚会，九点半之前回来。如果爸爸问起，尽量不做叛徒好吗？

爱你的妈妈

晚六点半

我迈着近乎颤抖的步子穿过熙攘的街道，尽管行人、轿车、摊贩将这条街道围堵得几近窒息，但我的内心和眼前恍若无人之境，我感到自己步履轻快，像踩踏着游荡在天际的那些自在惬意的浮云一般。将要和获得“韬奋新闻奖”的主角见面，不，此时，他不仅仅是获奖者，他更是捕获女人芳心的狩猎者，事实上，他已经在梦里将我征服，只是身在现实的自己不能感知而已……

“嘀嘀——”我刚走到距离米苏蛋糕屋尚有五十米的宜家便利店时，一辆黑色天籁轿车便向我发出低沉而急切的召唤。灯光昏暗，一张虽略显苍老但不失俊逸和智慧的脸清晰地在前挡玻璃后冲我微笑，这是一种绝对摄人心魄的微笑，这是融合了憨实、诡谲、羞涩与成熟的亲切表情。我承认，很早以前，也许是第一次见面的时候，我便被这样的笑容折服了。

顾克谦冲我招手，瞬时，我的身心又一次经受了强烈的战栗，但我故作从容地走过去。为了避免被熟人看见，我做贼般匆忙地钻进车子。

“祝贺你获奖！”我以这句世界上最庸俗的话打破了充斥在我们之间的宁静和尴尬。那时，车子已行驶到护城河畔的香溪路。这是一条不太宽敞的小道，伫立在小道两旁的那些碗口粗的银杏树像一个个曼妙而幽怨的深宫妃子，它们在晚风的催促下慵懒地舞动腰肢。护城河蛇一般匍匐在香溪路的北面，确实，像一条巨大巨肥的蛇，氤氲的凉气和微颤的水波使你不容置疑。银杏之间的格桑花已然全面颓败，盛开时那朴素、拥挤、漂亮的场面消失得毫无踪影。远处的灯光给这无限美好而又酝酿着希冀的夜晚注入了些许温暖成分。

“只不过一张签着荣誉和光环的纸而已。”顾克谦略显拘谨地冲我一笑。他的脸在银色的月光下彰显出一种迷人的风采，至于怎样迷人，我想单纯地描述五官实在有些稚拙，事实上，若简单以五官评鉴，他实在不算具备迷人风采的优雅男士——眉毛粗而杂乱，眉形短如逗点；眼角略显下斜，眼皮松而臃肿；鼻梁弧度陡直，鼻孔轻微外翻；嘴唇肥厚，牙齿黑黄，就是这样一个近乎“丑陋”的男人，此时，在银色月光的映衬下却真实地展现着动人心扉的迷人风采。

“下车走走吧？”顾克谦提议的时候，他已经在减速停车。车子很快在道路中央的斜型车位停稳。

“天黑了。”我说话的声音有些颤抖，是啊，第一次和一个男人单独相处，虽然，我知道他不会怀揣非分之想，但我还是抑制不住地暴露了在血液里随意乱窜的担忧。

“天完全黑了，但月色挺好，不是吗？”也许是他语气中的坚定执着，也许是我自己都无以言表的钦佩爱慕，也许是笼罩着香溪路的那层月色在无形引诱，总之，我像个木偶一样机械地打开车门，随他走在静无一人的小路上。小路完全用蜜橘般大小的石子儿砌成，石子儿硌脚的感觉很惬意，就好像加速跳动的心脏毫不厌倦地敲打腹壁。

“我不只是想和你分享那个消息，其实，我……”顾克谦的脚步慢了下来。他的目光温柔而炽烈地落在我的脸上。黑夜究竟能掩藏住什么呢？它显然是一切爱与罪、美与丑、伟大与渺小等褒贬义词的帮凶，显然，这些无辜的词汇并不仅仅是具备了感情色彩这么简单。

“你——？”我扭过头回了他一个浅浅的微笑。

“你挺好的，我一直觉得你挺好的，就是没勇气和你接近。今天，我再也不想憋着了，傻瓜们才把愿望变成肥皂泡儿！我不想当傻瓜。”顾克谦在我前方不足两尺的地方站定，他一字一板地将这些话吐出——不慌不惧。

我不能再前进一步——那个怀抱正急迫地等待我。我还没有练就和一个男人在如此美好的月色下“对峙”的能力。何况，这个人已经匹马当先地入驻了我的内心。在那个梦里，我们已经疯狂地将舌头搅和在一起，并且那么激动地渴望被彼此占有。如果就这样“对峙”，梦中情景将会不可遏制地再现。虽然我无数次渴望这梦中情景变成活生生的现实，但当这活生生的现实终于低吟浅唱着向我靠拢，甚至，我已经能感觉到扑面而来的激流般的喘息，我迷惘了。我该怎么办？我能怎么办？顾克谦已经朝我伸出了双臂——本来我想转身逃走的——但身子刚转了一半，双脚还未跟上的时候，他已经牢牢地将我拥在怀中了。我能感觉到他双臂的力道，有点像秋风吹拂下的波澜——波峰时张狂而固执，波谷时含蓄而绵软。

有那么一瞬间，我沦陷了，我觉得这就是我想要的胸膛和男人！但这一瞬间很快就被莫名的犯罪感粉碎了！这多么沮丧！然而，这犯罪感又是多么真实！

“我有丈夫，虽然我们缺乏共同语言，虽然他千方百计地干涉我的自由，虽然他时不时对我冷嘲热讽，甚至谩骂。但毕竟，我有丈夫；我的儿子已届小学毕业，他很敏感，也很在意妈妈的品行，早在他八岁时就曾言辞犀利地批判我打麻将的恶习，确实，那一阵子，我迷恋和一群老娘们儿打麻将，因此还差点导致厨房着火，我经常以最简单的饭菜应付一家人的三餐；丈夫的亲戚都夸我贤惠……”想到这里，我猛地打了个寒战，随即用力抽身而去。

“你——”顾克谦愣怔了一下，但立刻追上来。

“不，不能，我们不能！”我头也不回边说边朝车子快步小跑过去。

“为什么？”

“就是不能。”

“不喜欢我？”

“不是！”

“那？”

“我想回家了。我有家！”

“可是，我的好些话还没说呢！”顾克谦满怀歉意地说，“对不起，我吓着你了。咱们去蓝田咖啡馆吧，我保证控制自己的情绪。”

也许我根本不该泛滥恻隐之心，更不该随他去蓝田咖啡馆。但我去了，至于在什么力量的支配下，我想我永远也没有能力澄清。

在蓝田咖啡馆，我们度过了无比美好的两小时。在那两小时里，我们像相识多年的朋友一样娓娓而谈——婚姻、事业、憎恶、交友原则、写作态度、获奖意义等，对于这些问题，我们诚挚而深入地交换了各自的意见。我们惊奇地发现我们实在是同类人。

对于婚姻的意义含混不清，即使遭受着非理性的精神折磨，也不愿轻言放弃。他对二十余年来将全部精力奉献于神经外科和女儿成长的妻子心怀愧疚，那个女人像技术娴熟而虚怀若谷的风筝手，尽管她对自己手里的风筝曾经经历或即将面临的阴晴雨雪及荣辱得失毫不介意，但那根风筝线已经像血管一样长在她的手掌心。我也是姚大志手里的风筝，姚大志这个风筝手不像顾克谦妻子那般从容优雅，他会由着自己的性子进退扯拽，他从不研究手里风筝的喜好和思想。其实，我倒是乐意姚大志能够放下控制欲，从而成全我这只渴望断线的风筝的卑微夙愿，最好能和我一起翱翔于蓝天，直到毁灭。我憎恨姚大志手中那根线，但我好像也迷恋那根线，总是不由自主地顺着它攀爬，攀爬到他的手心里，自甘接受一切公正或不公正的待遇。

我们在事业上完全采取顺其自然态度，但在交友原则上则要严谨得多。比如，我们厌恶缺乏真才实学而善于拍马溜须的假文人；我们对于政治或商业上的成功人士避而远之，倒不是因为要“防患于未然”，而是我们实在不谙交往之道。

在写作态度上，我们对“玩玩文字”、“写着玩”这类话深表反感。我们一致认为文字不是“玩儿”的，凡抱“玩儿态”的写作者必难有成就。在我们看来，写作是神圣而美好的，是摒弃了名利的生命需要，它不容低级趣味和亵玩心态肆意亵渎。

至于获奖，顾克谦说“只不过是签着荣誉和光环的纸张而已”，而我觉得写作者的成功绝非手里攥着多少张获奖证书那么简单。我也渴望有朝一日被认可和敬仰，但我要依靠除此之外的文学本身。

在蓝田咖啡馆度过的两小时里，顾克谦依照约定控制了自己的感情。我们分坐在长方形实木咖啡桌的两侧，皮质柔软的单人沙发和低缓伤情的古典音乐催生出使人心旌摇曳的温暖氛围，但我们自甘用绝缘的道德主义套子将活跃在心头的不安定成分束缚。

顾克谦将我送回家时已届午夜十二点,这多么可怕！时间流逝得太过无情，时间就这样在我们的有情相聚里无情地流逝了！而我们却浑然不觉！

“姚大志一定在十一点左右按时回家了，而小泰已经熟睡，婆婆的鼾声也在隔壁房间均匀响起,餐桌上凌乱地摆放着碗筷。他像往常一样‘妮儿’、‘妮儿’地轻声呼唤，但他很快发觉静谧的房间没有回应。他会怎么样呢？当然会愤怒、质问。而我要怎样面对他？要叙述香溪路的拥抱吗？或者叙述一下蓝田咖啡馆的愉快时光？或者干脆告诉他自己和那个获得最高新闻奖的人彼此爱慕？”我不由得绷紧了神经，表情也变得严肃起来，并且深深地陷入沉思。

“你怎么了？有麻烦吗？”显然，夜幕并不能阻止顾克谦的细心，他可能从反光镜里看到了我的异常。

“没事，我能够应付。”我从容地看了他一眼，以表示我有足够的智慧和手段对付即将到来的麻烦。但他仍然表示出忧虑，毕竟无计可施，在我下车之后，他掉转车头急速离去。

28

和顾克谦分别的淡淡惆怅很快被即将面临的责难覆盖，我看到客厅的旧式吸顶灯还亮着，在深秋的寒气里，那灯光看起来昏黄而清冷，正如我上楼时的心境。

“姚大志会不会守株待兔般站在门口，而他手里攥着一把锋利的刀子？”想到这里我不由得吓出一身冷汗。侧耳倾听，“妞妞”已经在抓挠防盗门了，那尖细的爪子和金属接触的声音听起来急促而锐利，很容易使人想起那攥在手里的刀子。

我硬着头皮将钥匙插在锁孔，只轻轻向上一转便打开了。“妞妞”在得到我的安抚之后便乖乖卧到一个纯棉垫子上就寝了。我看到它仍然转动着小眼睛观察我的举动，但我已无暇顾及。

小泰已经熟睡，婆婆的鼾声也在隔壁房间均匀响起，餐桌上凌乱地摆放着碗筷，和我想象的一模一样，但姚大志没在家！这多少有些出乎意料。我来不及思忖他深夜未归的原因，本能催促我要尽快拾掇好餐桌上的碗筷，并且用半干的墩布将屋地清理一遍，再熄掉客厅那盏旧式吸顶灯，然后脱光衣服钻进被窝。所幸，做好这一切的时候，那熟悉的脚踏台阶的拖沓声还没传来。“天助我也！”我不由得长出一口气，风波，一场有可能掀起滔天巨浪的风波就这样化为乌有，这实在富有戏剧性，而这不正是生活本身的诡谲特点吗？

我有必要在入睡之前给姚大志去个电话，一来表示对他的关心，纵然这份关心掺和了虚假成分，但作为妻子，核实一下晚归的丈夫是否平安还是十分必要的；二来慰藉自己的愧意，虽然这愧意毫无来由，但作为有效婚姻中的女人，我还是触犯了那根无形的道德底线。

“你在哪儿呢？”电话接通以后，我故作嗔怪地问道。亲爱的读者啊，我憎恨自己的虚假和狡诈，纵然连累到你们对女主人公的美好印象，我也发自真心地憎恨她！“她凭什么以智慧和手段欺骗一个忠诚于家庭的男人，何况那男人对她从无二心，而且也甘愿以日复一日的辛苦劳作换取不太等价的收入供给日常。难道仅仅为了所谓的自由和理想就可以吗？难道这虚无的东西就能代替实在的婚姻吗？难道十余年的感情在它们面前就分文不值吗？”

“晚点了，班长请吃饭呢！在聚贤阁。咋还没睡呀？”姚大志关切地问。

“哦！检查完小泰的作业后又写了一章故事，现在倒睡不着了。”

“我还以为你想我了呢！老婆，你先睡吧，睡不着也使劲睡。”电话里传来一阵嘈杂的大笑声，笑声里夹杂着说话声：“哟，姚哥，甭吃饭了，回家干好事吧！哈哈哈哈……”

“我挂了，少喝点酒啊！”

“知道咧！”

挂断电话，我仍然没有丝毫困意。我不能不回味香溪路的拥抱，那是多么踏实而诱人的胸膛，并且他向我表达了爱意，实在的并非梦中的爱意。我甚至有些后悔怎么不回应他呢？也许我只需稍稍回应一下，即使只用胳膊轻环住他的腰，那么我们很有可能在另外一个地方以另外一种方式度过那两小时，而这两小时有可能改变某种轨迹。

“睡了吗？没事吧？”一则信息在手机屏幕上闪烁。

我心里一惊，但随即感觉有一层橘黄色的温暖透窗而入，进而像一条溪流一般洗涤了我的身心。

“还没睡。没事。准备睡了。晚安！”我想他在发这条信息之前也进行了一番回味，并且他担心我不能应付可能产生的麻烦。为了避免给我带来新的麻烦，在发短信的时候他惜字如金，只写上“睡了吗？没事吧？”这六个字。

当我感到臀部一阵疼痛的时候，姚大志已经在脱我的内裤了，由于酒精的麻痹，他动作时没轻没重。我的正常反应是一把将他推开，然后以生硬而决绝的语气拒绝他。但是眼下我竟一反常态地迎合了他，甚至表现出一副放荡表情。

“走，咱们去客厅小床。”他轻声说。

在客厅小床上，我第一次像个婊子一样任由他折腾。他的欲望在酒精的刺激下异常强劲。事后我才知道过量酒精容易刺激肾上腺素的分泌，同时酒精还具备麻痹大脑、降低龟头敏感度的作用。那一夜，我多次体验到久违的性高潮时的瑰丽、神奇和美好。

事情在年关乍过的正月初八晚上有了逆转，这逆转似乎来得晚了些，但它终究疲惫不堪地来了，以狰狞的面目和怒不可遏的冲动。

时针指在九和十之间，姚大志坐在电脑桌前的竹藤椅上，他心不在焉地浏览网页，并且极不耐烦地朝我张望。那时，我正趴在床上一边看书一边逗“妞妞”，“妞妞”像个可爱的小姑娘将爪子扒在床边等待抚摸和亲吻。姚小泰撒野未归，估计他正在公园和同学追逐呢，也许在放雪炮，也许在走湖冰，也许又把哪个女生束头发的皮筋割断……婆婆从厕所出来的沉重脚步声已经停止，她一定和衣而卧了。

就在我准备去照顾她脱衣的时候，我听到了至今回想起来仍毛骨悚然的声音，不，那是失却理智的呐喊——刘木北，你给我过来！

我的脑袋顿时蒙了，我立刻意识到事情完全败露。但我仍故作镇静地回击道：“这么晚了，能小声点吗？”

“小声点？你让我小声点？哦，我明白了，你害怕，你是害怕了！”说着话的工夫，他已经气势汹汹地来到床前把我拽起来，那眼神分明像急欲嗜血的刀锋。

“到底咋了，我哪里惹着你了？”我虽然心虚但终归不愿放下姿态。镇压一个场面不仅仅靠词严理正，有时候语气和神态也能起到扭转乾坤的决定性作用。

“到底咋了？你不清楚自己到底咋了吗？你看看吧，你好好看看！”他咬牙切齿地把一张手机通话记录甩到我脸上。

我相信这狂怒的声音穿透了薄薄的墙壁钻入婆婆的耳朵，但她死猪般毫无动静，十几年来，在面对子女们争执的时候，她素来摆出一副“事不关己，高高挂起”的面孔。何况，这几年她越发衰老，虽然耳聪目明，但明显不问人间烟火了。

“这又能说明啥呢？你不经我同意私自调取我的通话记录，你涉嫌侵犯我隐私权！”我也火了，以更加高分贝的声音还击眼前这个暴怒的男人。我幻想着“道高一尺魔高一丈”的奇迹出现，但随后的事实证明幻想仅仅是幻想而已。

“啪啪！”两记响亮而清脆的耳光落在我的脸颊，顿时，火辣辣的疼痛嗡鸣着向四周蔓延，头霎时就膨胀了，像棉花团一样轻飘，愤怒也霎时就膨胀了，像掉在煤炉中的破棉絮熊熊燃烧。

“你这个自私鬼，就知道用法律知识欺负我这个粗人！老子再也不能容忍你了！从十月到现在，你的通话记录显示你和一个189的号码频繁联系，你们至少一天一个电话，从不间断。你告诉我，他是你什么人！你们究竟是啥关系！”姚大志发泄完之后突然捂着脸哭了，他呜咽着痛哭。我能听出憋胀的气流在他嗓子眼咕噜咕噜翻滚。

“如果还手，显然我讨不到任何便宜，还有可能将矛盾激化，而姚小泰就要回家了，这两天他一直在十点准时回家。”我朝挂在墙上的木框表瞟了一眼，分钟指向八，这表明距离姚小泰回家只有十分钟了。“无论如何不能让姚小泰看到这些，这会给一个成长期的孩子带来多么糟糕的负面影响，甚至，他会为此背上心理包袱，毕竟他是个敏感孩子。”

“是的，这两个月我确实在和189号码的主人频繁联系，他是谁你也知道。顾克谦，笔名叫潜初的人。但我们无非谈论一些写作上的事，至于你想的，那都是子虚乌有。”我一激动便完全顾及不上眼前这个粗人的文化程度，他有可能完全不明白“子虚乌有”的意思，但他应该能够根据上下文的意思推断出来。

“哼——哼哼——”姚大志坐回到沙发上，他显然没有料到我会主动坦白，若搁在往日，我一定不会善罢甘休。

“你们果然好上了，呵呵，果然好上了。可你让我咋办？我咋办？你想过没？”姚大志无助地望着我，他仍然抑制不住翻江倒海般的悲伤。

“不是你想象的，我们只是打个电话讨论一下问题而已。”我直视着他一字一句地说。事实上，我和顾克谦除了电话频繁之外，见面也比较频繁。蓝田咖啡馆、博古书屋、香溪河畔……在那些容易滋生情愫的地方的任何角落都留下了我们的身影和私语。当然，我们从未去过任何一所宾馆，这也是支撑我猛烈还击的一个理由。

“只是打电话吗？”姚大志这才停止哭泣。

“是啊，仅仅打个电话而已。你哭啥，你打我俩耳光，自己反倒娘儿们一样哭个不停，可真算个男子汉！”我鄙夷地讽刺他。

“我是怕你真的和他有什么。小北，对不起，我不该打你，你把我这只贱爪子剁掉吧。”姚大志说着话便去厨房拿来一把刀递给我。

“别胡闹了。小泰马上要回来了，不能让他看到。”

说着话的当儿，“妞妞”已经摇着尾巴到门边等待了，它迫不及待地抓挠防盗门，这是它对待这个家庭里每个成员最殷勤的方式。

“妈妈，楼下放着俩花圈，有点瘆人哪！但你说过这个世界上没有鬼，所以我不怕。”

我躺在被窝里假寐，并不作声。

“妈妈睡着了吗？怎么睡得这么早啊？”姚小泰边脱衣服边疑惑地问。

“你妈累了，睡吧，儿子，明天你妈生日，咱们去护城河冰场玩。当然，还要给你妈妈买一件礼物。”姚大志神秘地说。

“礼物？衣服还是首饰啊？老爸，你有钱给我妈买吗？”姚小泰疑惑地问。

“臭小子，连你也小瞧你老爸是不？没钱给老婆买生日礼物的男人还算男人吗？”

“是不能算！但你打算给妈妈买什么呢？她可是个挑剔的人哪，眼光贼毒！”姚小泰以警告式语气说。

“嘘……天机不可泄露！不早了，睡觉！”

“好吧，睡觉！”姚小泰利索地骨碌进被窝，很快，从他喉咙里发出细嫩的鼾声。

29

我眼含热泪进入梦乡，却面绽笑容迎接黎明——人性、人生、人道的高深莫测实在令人刮目相看！是唢呐、笙、钹、木鱼、锣、小鼓、碰钟等乐器的混合奏将我唤醒的，将我从一个模糊又美妙的梦境中残忍唤醒的。

一个死去的人要在今天迎接亲人的悼念，以眼泪、礼金、歌舞等庸俗的方式；而我，一个活着的人要在今天迎接亲人的祝福，以礼物、祝福、游乐等时尚的方式。悼念的人和祝福的人未必发自真心，但形式过场已成大众习惯。这样的感悟未免给一个充满新意和力量的早晨涂抹了悲剧色彩，但这悲剧色彩很快被那个使我暗自窃喜的美梦替代了。在梦里，我凤冠霞帔地坐在一顶轿子里，我不知道要嫁给谁，于是，按捺不住的好奇心使我偷偷掀开轿帘——着一身藏红色中式长袍的陌生男子正在一匹白马上朝我颔首轻笑。他长得像极了写出“曾因酒醉鞭名马，生怕情多累美人”的郁达夫。

“妈妈，生日快乐！”姚小泰将脸凑过来神秘兮兮地说，“妈妈，爸爸说要给你买礼物呢，狠宰他一次哟！”

“说啥呢？这臭小子！老婆生日快乐，摸摸长尾巴没？”姚大志一边说着话一边将一只手伸了过来。

“边儿去！”我一把将他那只手打开，并恨恨地白了他一眼。我怎么能轻易就忘记昨晚的仇恨呢？这只被飞扬的煤尘和机器的轰鸣浸淫过的手曾无限深情地爱抚过我，但就在昨夜，这只失去理智的魔爪却将罪恶的复仇式愤怒深深地烙在我的脸上。虽然碍于儿子的心理感受，我未做计较，但这不等于事情就这么毫无痕迹地过去，何况这已经不是第一次。我相信，我心里已经长出一根刺，它在我们结婚的那天晚上就萌芽了，只不过我的苦心忍耐压抑了它的生长，尽管这苦心忍耐里多多少少掺杂了我性格中优柔寡断的成分。而昨夜，虽然我也极尽忍耐，但它却按捺不住成长的欲望，果然，它霍地蹿了一大截。我的心感觉了疼痛，但姚大志却浑然无觉。

“哈哈，老爸真没羞！丢人了吧！”姚小泰高频率地伸缩舌头扮了个鬼脸便去卫生间洗漱了。

我匆匆穿好衣服便带着“妞妞”下楼了。“妞妞”像个快活的孩子“嗷嗷”地边叫边跑，我知道这叫声里包含了撒娇、喜悦、感激等多种成分。它像离弦的箭一般消失在我的视野，但我知道，它会在不远处等着我。果然，当我走完最后一级台阶，它规矩而耐心地蹲在楼下的空地上看着我。那是两只多么深情而清澈的眼睛啊，眸子里全是依赖和爱恋，绝对毫无半点的虚假造作。

“妞妞”屁颠颠地跑过去和“虎子”扭打在一起，因为不是发情期，所以我并不担心它受到欺负，倒是眼前的一大堆“豪华”殡葬品引起我的无限伤感和遐思。三十几个花圈环绕成的硕大花朵显得分外耀眼，想必故去之人家族兴旺抑或人脉广博。纸糊的轿车、洋房、彩电、冰箱等高端生活用品一应俱全；金山、银山的造型和创意略显粗糙，甚至不如二十几年前我和父亲、姐姐等人亲自给外公做的那两座。花圈上的白纸黑字条幅随着风轻微颤抖，通过上面的文字，我可以断定故去之人就是一单元那个患了老年痴呆症且被女儿骂作“白痴”的大娘。

“死了好啊，摆脱了活着的屈辱。”我长出一口气朝一单元二层窗户望了望，影影绰绰的人影为躺在殡仪馆冰柜里的人忙碌着，但她永远不会再回赠给他们含笑的一瞥和感激的只言片语。

安顿好婆婆的早餐之后，一家三口便愉快地出门了。在路上，我们为究竟买“老凤祥”还是“金梦圆”争执了一番。姚大志自然倾向于“老凤祥”，他一向喜好名牌。确实，那牌子落户本市三十余年，除了价格昂贵之外没什么不好的评价。但我更喜欢“金梦圆”，这虽然是一个新牌子，但“金梦圆”这个名字起得喜庆而浪漫，最主要的是款式丰富新颖，并且，每年有一次为期一周的“一克一元”调换日。最后，姚小泰以“今儿老妈生日，谁和老妈别扭谁就是傻二”这句话结束了争执。

“孩子都六年级了，我第一次戴上纯金项链，想想也蛮悲催的！”买完项链后我感慨万千。我清楚地明白这条项链的含义，这是那个粗汉子对昨夜那两记耳光的忏悔和补偿，当然，他在我去年生日的时候就许过这个承诺。

“嘿，瞧我的手指和脖子还空着呢！”姚大志故作不满地说。

“你呀，省了吧，老爸。煤尘还不得把它们染成乌金啊。”姚小泰努了一下嘴并瞥了他一眼。

“你手机响了。”姚大志指指我的挎包。果然，熟悉的轻音乐《高山流水》正缓缓流出。

电话是远在西庄的父亲打来的，他以非常严肃的口吻向我宣布了一则喜讯：二弟刘水南将于二月十八日定亲，女方是独女，长相一般，性格温顺。女方要求倒插门和迁户口，所生子女户口要落女方那儿，姓也要跟女方。

父亲对于子女姓氏要完全顺遂女方这点并不满意，但女方父母对此表现出毫无商量的余地。考虑到二弟的年岁较大且口碑不好，再加上他们手里微薄的积蓄根本不足以支撑起一场婚礼所需的巨大开销，所以一向倔强而好面子的父亲不得不选择妥协。我从电话里听出了父亲的无奈和难过，但事已至此，我也想不出妥帖的句子和词汇来安慰一位老人沉陷在冬天里的落寞和感伤——子将归人，无异未养。这该是多么灾难深重的痛楚，单是乡亲们表达祝福时的不屑和鄙夷，就足以把父亲几十年苦心经营的尊严和威信击垮。

“你二弟要‘出嫁’了？可喜可贺呀！不知哪家姑娘要遭殃喽！有一样好，你这当姐姐的能解脱喽！”姚大志说这话的时候一边咬牙切齿，一边挤眉弄眼，完全一副下三滥的痞子模样。

“是可喜可贺，你这当姐夫的也要放点血啊。”我慢条斯理地回敬他一句。

“有什么呀！无非八百块钱呗。”姚大志故意摆出一副满不在乎的姿态，他接着说，“幸亏你只有俩弟，要不然真吃不消哪！”

我心里关于那两记耳光的芥蒂虽说不易消散，但总归暗淡了许多。我眼睛与眉毛之间即田宅宫的距离宽，《相书》上说这种人包容性强，能够理解人，比较重亲情，宅心仁厚，生性大方，不会拘泥于鸡毛蒜皮的小事，知足常乐人缘好……粗略一比较，《相书》所言和我的现实性格果然相差无几。虽然我素来不迷信，但如此贴切地叙述归纳隐藏在面相背后的机缘命理，虽然大多数人更愿意将它归为迷信一说，但我觉得至少应该是科学的迷信，它是融合了智慧在里面的。

当我们小心翼翼地行走在护城河天然冰场时，气氛才真正融洽起来。是啊，我没必要和一个见识短而粗鄙的男人斤斤计较，何况我有自己的追求和理想。当一个人不足以支撑另一个人的爱时，她（他）完全可以另辟蹊径。当然，这条另辟的蹊径除了婚外情还有更值得推崇的方式，比如兴趣，一种兴趣一旦生机勃勃地成长起来，就像不死的灵魂一样日久而弥香。而我，完全可以凭着思想构建属于自己的精神家园。

正月的彻骨寒冷在饶有兴致的游人面前显得怯懦而寒酸。我真担心几厘米厚的冰面难以承载这么多人的踩踏，但我的担心显然多余，因为我也忍不住跑啊、跳啊、叫啊地忙个不停。啊，多么欢欣！

姚小泰已经摔了好几个跟头，但他全然不顾。他现在正用捡到的铁棍凿冰呢，由于用力过猛，冰花像焊接时产生的火花四溅开来，但他并不急于躲开，反倒兴奋地高声尖叫——妈呀，爽极了，真爽！我要凿个洞，最好能凿出一条鱼！

“臭小子，要帮忙吗？免费劳力！”姚大志冲他笑笑说。

“才不要呢！这么有乐趣的事情不需要爸爸帮忙。”姚小泰头也不抬继续卖力地凿那些冰。

“老婆，让我给你照几张相吧，其实吧，你还是蛮漂亮的！”姚大志不容分说把我拉到一处他认为角度好的地方，然后快速退后几步，咔嚓咔嚓地连拍了几张。然后他把相机对准浑然无觉的姚小泰猛拍了几张。

“哈哈，照相还得靠偷拍，真实又自然哪！”

“坏爸爸！”姚小泰意识到自己被偷拍了，抬起头瞟了我们一眼又继续凿冰。

“不好了，救人哪，赶快救人哪！桥底下有人落水啦！”一声急促而慌张的尖叫从距离大桥不远处传来。

“会水的勇士呀，救人一命！”那人沿着河边小径一路跑来。

很多人立刻从冰面跑回河岸，也许是担心落水的厄运降临到自己身上，也许仅仅是出于看热闹这种闲情逸致，顿时，宽阔的冰面上只留下了几个气定神闲的垂钓者，他们多是年过半百的老人。

“我去！”姚大志迅速脱掉外套丢给我。

“你去？”我还没反应过来的时候，姚大志早已经朝桥下跑去。

姚小泰愣了一下，但随即大声哭起来。我相信是恐惧把他吓坏了，而非感动于爸爸的勇敢。

姚大志的举动把我震撼了，我从没想到我十几年对一个人的了解竟然如此肤浅、鄙陋、残缺。十几年来，我用挑剔的眼睛记录了这个男人的点点瑕疵，闲来无事的时候就用凸透镜将这些瑕疵一个个放大。

“妈妈，我也要去！”姚小泰哭喊着说，“我要救爸爸！”

“不，儿子，你爸爸能行！”我死命地拽着姚小泰，感觉他是一条执意滑向深海的鱼。

“我不能没有儿子，他的生命才刚刚起步。如果要失去，失去姚大志一个亲人就够了。”我当时是这么想的。这么想的时候，我的腿几乎瘫软得失却了感知和力量。但为了保护儿子，我必须将涣散的感知和力量提起来。

“俩都看不见了！”

“不能再下去人儿了！”

“距离最近的警车马上到！”

“看样子是个拾荒的，就为了几个塑料瓶子，唉，人为财死啊！”

……

当我们跑到跟前的时候，人群主动让开了一条道。

“不要哭，儿子，等你爸爸，他会上来的！”我紧紧攥着儿子的手。我坚信这个一贯狭隘又懦弱的男人还不敢死。静静的，静静的，冰窟窿处的水面静静的，它呈现出一片恐怖的深色。

“看，出来了！”人群中一声惊叫，随声附和的尖叫一起打破了这死一般的宁静。

其实，我比谁看得都真切，我的丈夫姚大志露出了冰面，但他在深呼吸一口气之后又没了影儿。甚至，他都没来得及看我一眼，我也没来得及仔细端详一下他的表情。我不知道他有没有恐惧，有没有对世间人、世间物的依恋。

“又出来了！”人们欢腾着再次叫成一片。

姚大志试图将那陷入昏迷的人托举到冰面上，但冰窟窿附近的冰面只要稍微承重就迅速裂开。命悬一线，情况十万火急。

“爸爸，我要爸爸，我要救爸爸！”姚小泰疯了一般挣脱我的控制，“放心，妈妈，我学过野外求生。”

我眼看着他果断而冷静地匍匐下来，一点一点朝着冰窟移动。后面立刻有人匍匐下来抓住他的脚，好多人参与了行动。

“抓住我的手，爸爸，你抓住！”

姚大志的手和姚小泰的手紧紧抓在一起，我最亲的两个人，他们徘徊在生死边缘。“万能的主啊，菩萨，如来！请保佑他们吧！保佑他们！”我颤抖着，默念着。奇迹、奇迹、奇迹！我等待奇迹降临！

警车呼啸着奔来的时候，水里的人和匍匐在冰面上的人的体力都已到了极限。毕竟是身经百战的队长，他果断命令战士将一根粗尼龙绳抛入冰窟，并指令匍匐着的人逐次撤出来。

我亲眼看到姚大志抓住绳子，而我的儿子姚小泰正从冰面往回爬——万能的主啊，菩萨，如来，你们果真显灵了！还没等他站起来，我已经一把将这勇敢的家伙搂入怀中，将那双冻红的小手按进羽绒服里。

他们安全上岸，欢呼声起的时候，我忍不住哭了。为这个我自认为不爱的男人第一次感觉到痛楚和不舍，感觉到天塌地陷的黑暗和恐惧。

被救者是邻村的拾荒人，他为了捡拾桥底冰面上的几个饮料瓶而不惜涉险，果真应了“人为财死，鸟为食亡”这句话，所幸有惊无险。

在市政府授予姚大志“见义勇为先进个人”荣誉称号之后，我决定授予姚小泰“见义勇为及智慧星先进少年”荣誉称号，并奖励他一把 AK，那是 CS 里的道具枪，价值五百元。

“那天，你咋突然那么勇敢？”

“我也不知道，反正不是为了在你面前显摆。救命的事，搁谁身上都一样，况且，咱又会点水。”事情过去几天后，当我问起时，他若无其事地这样回答。

“要是万一……”

“万一我死了？哦，我死了还有你，还有姚小泰啊。还有个好处，就是不烦你了，老婆！你就自由了！”姚大志说这话时一本正经的。

“呸，我都快吓死了，我是真心的。”

“真心爱我吗？”

“真心不想让你死！一辈子被你管着，我也愿意你活着，好好地活着，等将来给咱儿子看孩子呢！哈哈！”我坏坏地笑着说。

30

姚大志在我生日那天表现的英勇壮举把我震撼了，因为在无限漫长的过往里，这个粗俗而又沉湎于自我的男人向来对乞讨者毫不怜悯，他甚至阻止我和儿子向摆在跪乞者面前的破旧容器里施与一两元的微薄馈赠。如果来不及阻止，他便用尖酸的话语或者鄙夷的眼神奚落我们：两个大傻子，那些人比你还富有呢！瞧，就是这样一个人却敢于下水救人，这实在有些匪夷所思。就是在那天，我突然明白了这个男人于我、于家有着多么不同寻常的意义！在那千钧一发之际，我的揪心、疼痛和恐惧是那么真切。我第一次为精神出轨而深深自责，为那些不着边际的胡思乱想而懊悔不已。

“不能再和顾克谦见面了，一定不能再见面了！”我暗自告诫自己。

水南的定亲日选在二月十八日，此前一礼拜，全家召集了一次小型会议，会议主题除了程序、礼金及规格外还谈到要不要通知大伯的问题。这个问题从我嘴里蹦出来的时候，气氛骤然变得严肃起来，就好像一颗冒着白烟的手榴弹从天而降。

“你又说这丧气话！不通知刘宗义还有你们的两个堂哥，那一家人都坏透了！我看谁敢多事！”父亲的火气来势凶猛，本来堆积在他那张黑脸上的笑容在一瞬间就被阴云替代了，那阴云一直蔓延到了脖颈——红且黑，膨胀着巨大的愤怒。

母亲用目光制止了我，那目光似乎还隐含着她年轻时遭受的委屈和泪水。

本来我想借此大好机会化解父亲和大伯之间的矛盾——几十年互帮互助的好兄弟要是因为一片坡地而成为至死不渝的大仇人，岂不被全村人耻笑？但从父亲的反应看来，眼下的时机并未成熟。

“好好好，咱们不通知那一家子坏人！”为了使气氛有所缓和，我识时务地顺应了父亲的心思。但我知道如果在婚丧嫁娶这样的大事上互不来往的话，那简直等于为两家的关系永久地判了死刑。而这结果显然并非晚辈们所愿，但若要强硬地和生养自己的父亲作对，显然，我并不具备这样的决心和狠心。

小型聚会返回后的当天晚上，我们就从便池里发现了婆婆小便后遗留的血迹。因为她常常忘记冲水，所以我们才得以窥到那不祥的预兆。果然，第二天，我们的猜测就被市第一医院妇科的宫颈刮片验证了——宫颈癌复发，位置在盆壁处。虽然，婆婆一向是个不太受欢迎的人，但这个消息仍然残酷、悲怆、强烈地击打着每个人的心。他的大儿子，即我的大伯哥在居委会领导干预的情况下才勉强到医院探望，他竟然板着一副面孔，两只手里连最廉价的营养品都没有。“妈，你好好养着。我最近手头儿紧，待宽裕了再来看你。”大伯哥抛下这句话就狠心走了，直到出院他都没有出现。婆婆对此并未表现出过度伤心，即使有人当着她的面指责大伯哥的无情无义，她既不制止，也不附和，只是一脸漠然地微闭着眼睛。“疼吗？”每当有人问起，她就朝小腹看看，然后轻声说：“不疼。”其实，我们知道，她的小腹憋胀且伴有疼痛。至于疼痛到什么程度，我们不曾亲历自然不能体会。主治医生说宫颈癌晚期疼痛是由于癌细胞侵蚀神经造成，除了口服镇痛药和注射给药外别无他法。然而婆婆在疼痛面前表现出了顽强的毅力，除非疼到不能忍受，否则她拒不服用镇痛药。“忍不住就吃点药吧！”有时候我这样温和地劝她。“能受的，是药三分毒啊。”婆婆说这话的时候很是伤感。我能感觉到她对这个世界的依恋，这是一种卑微而本能的表达，更是深刻理解基督教义的信徒对生命的敬畏和尊重。

使我心灵受到震撼和谴责的不是再次降临于婆婆身上的疾病，而是患病期间她对我表现出的依赖、信任和赞许。由于工作性质的缘故，我像往常一样主动承担了照料婆婆住院期间的饮食起居，而大姑子和姚大志则正常上班。碍于年龄和体质所限，婆婆只能采取常规的放射治疗。放射治疗室和病房不在一栋楼，需要下楼并穿过一条一百来米的石板小径，然后再向左拐，在两株缠绕着生长在一起的石榴树旁有一间屋子，上面写着“放射治疗室”。每天下午两点半左右，我便开始打理婆婆出门。她一向不好动，但去做治疗时变得很乖。她像个小孩一样伸开胳膊等我把外套给她穿上，她的双手由于颤抖已经不能准确地系扣，这个活儿自然也是我来做。穿棉裤的时候有些费劲，因为她想要按照自己的意志活动双腿，这样的话就妨碍到了我。出门前，她总会随手拿起梳子朝越来越稀疏的花白头发随便划拉几下。唉，几年前的利索人完全不见了踪影！一出门，她就紧紧地抓住我的手，一直到她躺到放射治疗室里面的治疗床上，她才松开。这时，我需要褪下她的裤子，使她深度凹陷的小腹完全露出。为了不使我过于费劲儿，她配合着将臀部抬起，并用微微羞怯的目光看我一眼。“没事，我就在旁边等着。”她听到我的话后便松一口气等待 X 光的照射。待每次为时三十分钟的放疗结束，我再牵着她的手把她带回病房。

时间每流逝一分，我便感觉自己与这位身患绝症老人的最后分别又近了一步。事实上，婆婆的情况远非她信奉的主耶稣和自己的强大求生欲望所能掌控，放疗后期，她小腹上被 X 光照射的那部分已经遍布水泡，水泡呈现出的糜烂状很使人揪心。即使这样，她也从不把“不治了，回家吧”这样的颓丧话说出口。我不仅感动于她身陷绝境时表现出的坚强，更深刻理解了生命散发的神秘魅力。之前，我甚至期盼她早日朝见耶稣，更甚至无数次用刻薄的言语和她吵架，看着她伤心地哭，我竟然深感惬意。啊，这简直是多么大的罪过啊！然而，我不是没下过决心善待她，每一次伤害她之后，我就陷入自责之中。然而，这份自责总是不能长久持续，很快，我便旧态复萌，依旧用一副冷面孔对待她。即使我表现出孝敬的样子，我知道，我的内心依旧是一副冷面孔。现在，是我补偿的时候了。我真诚地感觉到这一点，如果在婆婆咽气前，我都不能给予真心，那在她闭眼之后，我的心将会遭受无休止的煎熬。

我请示她一日三餐的吃法，当然，也自作主张地买回一些她从未尝到过的新鲜饭食。对于一个从苦日子过来的人，婆婆对除拌面之外的任何饭食都表现得十分满意。但她的胃口越来越差，即使是她十分满意的饭食都不愿多吃一口。

其间，婆婆远在乡下的兄妹们前来探望。那一天，婆婆异常高兴，她一反常态地说了好多话，气色也因见到久别的亲人而好了许多。

“姐姐，咋瘦成这个样子？”大舅握着婆婆的手说着说着就哭起来。

“瘦了好，不是说‘有钱难买老来瘦’嘛。别难过，大兄弟，人都会这样儿。”婆婆故作轻松地把目光投向我，“小北什么都舍得给我吃，只是我的身子骨不争气。”我顿时感觉脸上掠过一层火辣辣的不适,这表扬比批评更有分量。

“有小北这样的好媳妇，我们呀，也都放心。姐，你要撑着啊。”小姨将脸贴在婆婆的胸前，一副将要临终告别的样子，很使人伤感。

临别时，舅姨们说了很多感谢和叮嘱的话，我觉得自己身上的担子陡然沉重起来。我从心里暗暗发誓，一定要将婆婆的种种不好彻底遗忘，绝不能再让它们像小鬼一样纠缠我的心灵，而使我对一个即将入土之人犯下永生不可饶恕的罪责。

二月十六日那天上午，大概是九点半，我的父母提着两袋子营养品出现在病房里，那时，我正往婆婆小腹上的疱疹处涂抹美宝湿烧伤膏。她那深深凹陷下去的、褶皱里埋藏着顽固污痂的肚皮就裸露在众人眼前，父亲扫了一眼便借抽烟之机退出房间，母亲则自然地坐到床边。

“亲家嫂，你受苦了。”母亲将一只手放到婆婆手背上一边摩挲一边说，她的话语和表情透露着真挚的同情和关怀。

婆婆咬着牙勉强笑了笑，她并未言语。

“娘，谁告诉我们在这儿住院的？这么大老远路，你又晕车……”我不免有些嗔怪，但内心里的喜悦是无法言表的，就像行走在回西庄的路上那般亲切。

“这几天右眼又跳，我估摸着是你们姊妹们哪一个有事，就挨个打电话，你的姐姐们和弟弟都没事，才把电话打给大志，刚开始他啥也不说，耐不住我左右盘问才知道的。妮儿，好好伺候你婆婆，她得了这病不容易啊。”母亲的眼角竟然噙了泪水。

“是你的姑娘呀？！我们都以为她们是亲娘俩呢！”同病房的阿姨大声说，她四十来岁，已做完子宫摘除手术，现进入辅助治疗阶段。

“她是我老二家媳妇，是人家的亲闺女儿。”婆婆冲她笑笑，又无限温和地看了我一眼。

“好闺女儿呀！”阿姨又随声附和了一句。

母亲脸上溢满着赞许和满足，她朝外喊：“进来吧，孩儿他爹，好了。”

父亲进来以后显得有些拘谨，毕竟一大屋子的女人。他也不知说什么，只是揣着手站在一边。

“用钱了就吭，我们还有点零散，知道你们手头儿紧。”父亲说。

我看到父亲光秃的大半个脑门呈现出黯淡的酱黑色，硬而长的眉毛杂乱无章，双眼球的一小部分覆着浑浊的深黄色暗斑，高凸的颧骨昭示着倔强和正直，两鬓和下巴上的胡须几近全白。每一次正面观察父亲都是煎熬，我想这疼痛不仅来自衰老本身，更来自无以回报面对的这份无法形容、不求回报的大爱。

“暂时用不着，两个大姑姐也都积极地拿钱呢！爹呀，您咋大气了？”我边说边斜睨了母亲一眼，正巧，母亲正用意味蒙昧的眼神看我。我立刻就明白了，这一定是母亲叮嘱父亲的。母亲向来体恤子女，但她纵有拳拳之心，奈何几十年不曾掌握财政大权，这一点和躺在病床上的婆婆正好相反。但母亲以勤劳、善良、宽容等闪光的品质博取了口碑，也博取了父亲的信任和爱情。父亲在采纳母亲的建议上向来毫不含糊。

“钱嘛，放着就是几张纸，用到关卡才是钱。”父亲也朝母亲扫了一眼，显然，此话出自母亲。

“二弟不是要定亲了吗？花钱处多呢！”我说。

“花不了多少，毕竟是去人家家里。”父亲的脸色突然沉下去。这块疼痛像不怀好意的叛逆者要随时攻击他的心，也像击打钢钎的铁锤以一定的频率和力度挑战他的情感和尊严。

我一时怔住了，大家都默不作声。

“亲家，让你们跟着受累啦！”婆婆开口打破了尴尬。

“倒是你受了不少罪。”母亲赶紧安慰。

姚大志下夜班后睡了一觉就匆忙赶了过来，从他脸上的倦容可以推断那一觉睡得并不踏实。他带来的保温桶里有白米饭和茄子红烧肉，是大姑姐做的。她每天都会变着花样做好饭菜委托姚大志带过来，此外，她还负责照顾姚小泰的一日三餐，想来也很辛苦。

“媳妇儿，我在家吃过了，你带着二老出去吃点好的，别心疼钱啊！”姚大志到医院的时候就十一点半了，他和二老寒暄几句便催促我们出去吃饭。

在医院对面的同春园饺子馆里，我要了饺子——母亲一份韭菜猪肉，父亲一份藕丁牛肉，我一份芹菜羊肉。本来我打算再要两个小菜，但被父母坚决制止了。想到他们一向节俭，我便不好强硬坚持。

在饭桌上，父亲表达了对二弟亲事的无奈和不满，他再次说起二弟孩子的姓氏问题：“一个孩子都不能姓刘，这咋交代呢？”父亲说这话的时候既有无尽的自责也有深深的无奈。

“爹呀，那么大一个孩子都舍得给人，还在意孙辈们的姓吗？横竖他们不都得喊你爷爷吗？难道还能喊姥爷不成？”我故作轻松地逗他。

“唉——命啊，他的命！”

吃完饭，我把他们送到车站。临上车时，母亲还这样叮咛我——妮儿啊，好好伺候你婆婆，人老了都不容易，可怜哪！

婆婆出院时的精神头儿特别好，一部分原因是病情得到了有效控制——小腹疼痛感、疱疹和阴道不规则出血情况基本消失，另一个原因自然是回家带来的喜悦。

主啊！感谢赞美你！大山可以挪开，小山可以迁移，但主的慈爱永不离开我们，我们将病人放在你的手中，求你在他身上再显神迹和大能，医治她的疾病，好叫她借着疾病得以医治赞美见证你的名。我们深知自己信心不足，但我们知道，我们的意愿在主那里必定得到成全。主啊！感谢赞美你，求你怜悯她，拯救她！奉主耶稣基督的圣名。阿门！

这是基督教会唱诗班的一群忠实信徒为我婆婆做的祷告，就在出院第一天，我们刚进家不到二十分钟的时候，她们像天使一样涌进房间，在婆婆床前排开两三层低头念出了以上这段不算过分冗长的祷告词。由于我及时地打开了手机录音，所以才得以一字不落地呈现在这儿。

31

二弟定亲那天，我和姚大志一大早便驱车赶到位于市东北角的汽车站，因为父母亲要乘坐的那班客车将于八点四十分左右到站。我对姚大志将车子停到车站对面便道非常不满，这样一来，我的父母亲需要横穿过车来人往的马路，他们至少要在寒风中行走五六分钟。

“把车子停到车站呗，这样他们一下车就能找到我们。”我提议。

“没看车站那么挤啊，再说了，过去之后还得掉头，麻烦！”姚大志以习惯性的反问语气不置可否地回应了一句。

“可是他们还得横穿马路，车来人往的。”

就在这时姚大志的手机响了，是父亲打来的。他说看到我们车子了，正往这边走。

我不再说话，但心里的不悦早已波浪般翻滚，但我知道我必须不能在脸上有任何表现，以免这凭空产生的不和谐气氛使两位老人难堪，他们的心本来就百感交集了。透过玻璃窗，我看到母亲跟在父亲后面随着人流朝这边走来，他们边走边东张西望，显出一副谨慎而卑怯的模样。虽然父母不止一次表达过对这座城市高速发展的赞许，但这时尚而现代化的城市还是毫不客气地摧毁着他们的尊严和自信。

由于晕车，母亲那张消瘦的脸愈加憔悴，鬓边的头发长而凌乱，像风尘仆仆的远客。父亲的脸色也显得落寞，完全不像一位即将参加亲儿子定亲喜宴的父亲。是啊，养了二十几年的儿子拱手送人的滋味怎能好受呢？也许这个儿子还会重蹈覆辙，也许这个儿子很快就迁走户籍，也许这个儿子的子孙后辈不再记住西庄……

“唉，丢人哪！”父亲一声长长的叹息像袅绕的烟圈久久不散，又像一块布满苔藓和蔓草的巨石压得人喘不过气。

“爹，不能这么想啊。毕竟二子也算成个家了，再说入赘这事也不稀罕，咱村就有好几个呢！”我赶紧劝慰。

“是啊，你爹这老脑筋怕是一辈子解不开啦。以前只在嘴上说说倒没觉得咋，等事儿成真格了……唉，就是我，也觉得在乡亲们面前磨不开脸，像短欠了谁一样。”母亲说着话声音也变得哽咽了。

“要不咱今儿别定了，咱提个条件使这个事儿成不了，比如不同意二子迁户籍，再比如将来的孩子必须有一个姓刘。”为了不使二老过分伤心，我鬼使神差地提出这个馊主意。

“这哪行啊，这不行，说好了就不能变，要不然对不住人了！再说二子在西庄根本找不下对象，他口碑太坏了。还有，咱家财力也达不到哪。现在村子里办喜事儿差不多得花费十几万呢！”父亲沮丧地说。

“那就开心点吧。哦，对了，今儿都请了哪些亲戚？”我把话题岔开，虽然知道这并不是一个能快速缓和气氛的话题，可是，说这话的时候我根本没经大脑。

“只有你们姊妹们。你们的姑姨舅叔们都没通知，毕竟，不是啥光彩事儿！”父亲闷闷地说。

这沉闷气氛一直延续到二子将要落户的村落。村落位于市北郊的火葬场附近，由于位置偏僻，城市规建局并未将它纳入改造蓝图。从陈旧低矮的平房、狭窄坑洼的街道和胡乱堆放的垃圾可以推断这并不是个十分富裕的村子，唯一的好处便是村子周围遍布板材、铁钉、饲料等小型工厂，为年轻人找工作提供了不少便利。

我们到达村子中央时，刘水南已经站在道路一旁等待了，他像迎接客人一样熟练而自然地引导车子停到一条小巷外面的墙根处。

“啧啧啧，瞧咱家老二，进入角色多快啊！还没过门就像模像样了！”姚大志撇着嘴说，那样子像吃进了一条蚂蟥一样恶心。我并不搭话，赶紧用目光制止了他。

“爹、娘、姐、姐夫，快进吧，素影家的亲戚都到了。”水南的脸上浮着一层难以形容的微笑，这笑容仿佛刚从浊水塘里捞出来一般——潮湿而僵硬。我这个做姐姐的能察觉到，我相信父母也能。但米已下锅，只待水开、煮烂……谁都没有能耐或力量改变这未成现实的现实。

素影是准弟媳的名字，她家房子和她的名字一样朴素，四间上房的两边各有一间卧室，中间两间是客厅。客厅北墙上挂着一幅两米长的手绣《花开富贵》，十来朵颜色各异、大小不同的花朵比洛阳四月里的牡丹毫不逊色；南墙上的门窗占了很大空间，所以并无其他装饰；一台旧式的 29 英寸长虹牌电视机摆在东墙根的木质柜子上；西墙上挂着的大表俨然是个蹩脚的装饰，因为它的三个指针正处于休眠状态。从直觉上推断这是个并不太富裕的家庭，它迫切需要一个强有力的男人支撑门户，倘若这个男人靠着聪明才智和辛苦努力终将有所建树，那将是皆大欢喜的美好结局。然而，寄生在刘水南骨子里的懒惰、欺诈、虚荣及好高骛远成分并未消除，甚至，它们正为找到一片“水草丰美”之域而沾沾自喜。

我们无比拘谨地坐在沙发上等待，这真比一场酷刑更使人煎熬。素影家的亲朋不断地进来打招呼，他们脸上泛着农民式的诚挚笑容，但这些笑容像疱疹病毒一般蔓延在我们心间。我们深知一切都是虚荣心和传统意识在作祟，但我们无法抑制这莫须有的羞辱，但我们又必须抑制，因为我们即将面临一场等待祝福的家宴。

素影端端正正地坐在茶几旁的一把小椅子上看电视，是她父母安排她坐在这里陪伴我们的，他们完全没顾忌到这种陪伴十分别扭。素影的皮肤是那种透黑的健康黄色，紧绷绷地泛着活力和光彩，稀薄的头发帘儿自然地垂在额前，两只细长的眼睛微微上挑，瓜子型的脸颊看起来非常诱人。她并不言语，只是将目光专注在电视屏幕上。

“墙上挂的《花开富贵》是你绣的吗，素影？”为了打破这恐怖的沉默，我率先开了口，并将目光投向她。

她连忙将目光移向我这边，四目相对之时，一层羞怯的表情倏忽溢出。

“嗯，是我学绣的，远看还像个模样儿，近看就不行了。”素影说着话又将目光专注到电视屏幕上。

“不错，不错，看不出一点毛病。”我赶紧夸赞。

“吃瓜子呗，还有橘子、苹果、香蕉。”素影又回过头向我们这边投来一瞥。

“好好……”我们赶紧附和，但并不动那些盛在盘子里的果品。

素影很快感觉到拘谨和无趣，便找了个借口出去了。这样一来，客厅的气氛顿时舒缓不少。父亲勉强摆出一副欢欣的样子，但我们知道在这欢欣背后隐藏着莫大的痛楚和失望。他好像有话要说，但显然我们不是那些话的对象。直到媒人进来，他那紧锁着的眉头才稍微舒展。他们将头靠在一起窃窃私语，但我还是听到了一些端倪。父亲的大意是希望亲家能够看在老刘家贡献出一个成年男子的分上发些慈悲，也就是小两口未来的孩子们中有一个姓刘就行，但就是这个卑微的请求都没能得到同意，因为我看到媒人摇头摆手并示意父亲终止谈话。就这样，父亲的最后一个愿望彻底落空。他从裤兜摸出一盒未开封的黄金叶，那是姚大志送给他以备“不时之需”的，他只在场面上才抽。然而，他内心里产生的焦躁情绪好像顺着血液蹿到了手臂，以致他的双手不住地颤抖。他接连试了三次都没能将黄金叶的透明封条撕掉。

“爹，我来。”我赶紧将黄金叶拿过来，并熟练地拉断封条取出一支烟递给他。

“唉——他就这样成人家的人了，‘金窝银窝不如自家的草窝哪！’以后就知道了，唉——”父亲长长的叹息在这异乡的客厅里久久回荡。

水南在厨房忙着炒菜，他已经完全融入这家人了。他的交际能力一向超乎寻常的发达，另外他的厨艺也确实值得在大场合卖弄一番。素影父母包括她的亲朋们都用赞许的目光看着眼前这个忙前忙后的好男儿，在他们看来这是个完全能够挑得起家庭大梁的可靠男人，殊不知看到的和真正胜任简直相差千万里呢！洋溢在他们脸上的笑容使人难过，一想到我们这么善良的一家人竟然亲自将一个下三滥货送给他们，而他们兴致勃勃地拿他当宝儿，这实在有悖天道。然而，天道又算个甚？正义和良心已经被人们的集体浮躁和功利所取代，就连久居山区的憨民都未能幸免于此劫。

鲜浓的菜香从门窗的缝隙飘忽而至，这多少勾起了人的食欲，也使沉陷于苦闷中的人心情略微好转。大概十一点一刻时，姊妹们终于到齐，大小人口共计八位，这是个颇具嘲讽意味的数字。然而，水南对这个数字一点也不敏感，也许他知道自己没有“敏感”的权利，也没有提要求的任何资本。

“尝尝我的手艺哈，肯定不会丢人！”水南将第一道菜上来的时候这样打趣。这是一道凉菜，由木耳、生菜和花生米构成，味道果然鲜美，貌似加入了鸡汁。紧接着第二道、第三道……第十道菜陆续摆满了茶几。菜肴的品种丰富，色彩的搭配也相得益彰，可见素影一家人还是破费了一些血本，这不仅表达了诚心，也表达了对我们一家的尊重。

素影父母前来敬酒的时候，父亲的嘴咂吧了几下子，但最终也没把想提的愿望摆到明面上。“喝酒，干！”他只说了这三个字，便一口气干下二两酒。碰杯声和猜拳声从两边厢房传来，人人沉浸在喜悦之中。水南和素影从两边厢房转过来时，他已接近醉酒状态。

“爹、娘、哥、姐姐们，今儿做弟弟的敬你们一杯，这是啥酒？”水南说到这儿时急促地打了一个嗝儿，他摇晃着身子坐到沙发上接着说，“这是喜酒，是我和素影的！都喝干！哦，不，娘不喝酒，姐姐也不喝。爹，哥，咱们干！”来不及阻拦，水南就将满杯酒一饮而尽。

“二啊，以后好好给人当顶梁柱，咱身强力壮有力气，不要怕吃苦。”父亲哽咽着说。

“放心吧，爹，会干好的，我会干好的！爹呀，这是人家的家啊，我……我……我想在西庄结婚哪，西庄才是我的家！呜呜呜……”水南突然泣不成声。素影像个小媳妇一样一边抚摸他的头一边说：“这儿就是你的家，和你的家一样一样的家，咱一条心一定会过好的。”

想必是这哭声太大或者太感人，素影父母和几个亲戚掀帘进来。

“咋回事，咋哭成个这？要是水南不愿意了，那咱也不勉强。”素影父亲是个老实人，但他完全被弄得莫名其妙。他依照常理推断出可能是刘水南反悔了。

“没事，爹，水南就是有些激动，过一会儿家人就要走了，他心里难受呢！”素影赶紧打圆场，看来她是个有点心计的姑娘，并且她已经对水南投入了感情。

“是啊，亲家，根本没事。水南这孩子打小爱哭。”母亲也堆着笑说。

其实我知道水南真的感觉到了入赘的恐惧及寄人篱下的诸多不便，因为他素来不爱哭，就连十岁那年被驴踢破鼻子在无麻药状态下缝针时都没哭一声。

气氛在水南的熟睡中渐渐缓和，直到我们离去，那小子也没能从醉梦中醒过来。

32

梅雨出嫁的消息在水南订婚后不久便成为残酷的现实，据说她是挺着微凸的肚子嫁入垴儿峪村的。那个坐落在更为偏僻地带的狭小村落距离西庄不到十公里，村落四围山上野生的槐树、荆棘林已经完全被板栗、核桃、苹果等经济类树木替代，百姓的日子相比 20 世纪 80 年代好得没了影儿。梅雨出嫁时的冷清和水南定亲时的清冷相差无几。她是孤单一个人逃过来的，爱她的奶奶、爸爸、姑姑全都缺席了她的婚礼。而仅在十公里之外的我的父母根本不可能得到通知，因为自从最后一次不愉快的会面之后，两家的亲戚关系实际上陷入名存实亡的状态。梅雨的婚姻显然将与爱情相关的所有成分过滤得一干二净，不然，她不可能如此迅疾、果断而坚定地由城市嫁入农村。要知道，多少农村姑娘梦寐以求的正是舒适、时尚、安逸的城市生活啊！如果只是出于单纯报复这无聊而又幼稚的动机，她实在不应该以牺牲毕生幸福为代价，毕竟，使她众叛亲离的是一个不名一钱的下三滥玩意儿。事实上，当梅雨被一个理发店店主介绍给她本家兄弟时，水南也在为倒插门于富庶之家而辛苦奔波。那段时间，他一礼拜要会见两三个姑娘。本来，一位预制板厂老板的女儿相中了他这个表面上冠冕堂皇的男人。那姑娘有过一段短暂而失败的婚姻，但老于世故的媒人出于对婚姻双方负责的态度，抑或他只是为了使自己的"媒人生涯"长盛不衰，是啊，有谁愿意在自己的事业上故意抹上一页败笔呢？为此，媒人坚决把刘水南即将迈入"豪门"的一条腿拽了回来，他全然没顾及到刘水南那颗热切向往的心灵和哀怨忧伤的眼神。以刘水南二十六载青春年华所表现出来的资质和能力实在不能承载起预制板厂老板家的恢宏事业，即使勉强扛于肩上，他最终也会被碾轧成卑微的尘埃，而碎成尘埃的过程免不了成为刘家人的一部苦难史。

梅雨草率嫁入农村的事儿让心地善良的母亲纠结了好一阵子，她从心底喜欢、怜爱那个在襁褓中就遭遇抛弃并被决定了命运的女孩儿。在水南定亲之后，她曾有过到那个村子探望梅雨的想法，但这想法被父亲一票否决掉。父亲严肃地说："现在就去看她还不是时候，梅雨在村里还没站住脚跟，她婆家可能还不知道她和咱家二子有过这档子事儿。要是给惹了麻烦，咱不是更过意不去吗？"母亲觉得父亲的话在理，便放下了去探望梅雨的想法，但她始终从心底放不下梅雨，她在私下里打算从豆蓉奶奶那儿打探到一些梅雨夫家的消息。豆蓉奶奶的大女儿陈榆青早在二十几年前就嫁入垴儿峪村，她隔三岔五回家看望独居的母亲。当然，她总会把发生在小村里鸡毛蒜皮的小事儿讲出来以娱乐母亲耳目，豆蓉奶奶又会不吝辛苦地在清晨或者黄昏以生动形象的描述娱乐众人的耳目。

老邻居豆蓉奶奶在年轻时是个人物，她倾村倾镇的姿色像火焰一般灼烧着男人们的眼睛和心。劳累了一天的男人们只要一想到年轻时豆蓉奶奶的脸，那弥漫在血液里的绝望和疲倦马上被抖搂得一干二净。同时，一股莫名的喜悦和亢奋从脚底缓缓升起，像穿村而过的溪流潋滟光滑、潺潺有声。当豆蓉奶奶和邻居陈修回的谣言炊烟般袅绕着西庄上空，当陈修回的婆娘用一瓶敌敌畏绝命于厨房，年轻而妖娆的豆蓉奶奶就正大光明地做了陈家的女主人。她一连生了四个儿子和两个女儿，在最小的儿子十岁那年，陈修回因饮酒过量猝死。她用陈修回做生意留下的积蓄将六个儿女培育成人，现在她那个最小儿子的小女儿已经七八岁，而她孤苦伶仃地独居在陈修回迎她进门时的小院。只是，泥墙的屋子早在小儿子结婚时被水泥粉刷一新，现在，水泥墙已经在长年累月的烟熏火燎中变得暗黄；桌椅板凳也已失却往日的光彩，它们在老位置上默默地陪伴和见证着一个女人由光彩到黯淡的生命史；木质的双人床替代了结实而温暖的土炕，夜深人静时，那永远空着的一个被卷成了豆蓉奶奶最揪心的陪伴。"我一摸到那铺盖卷儿，就好像老陈还活着一样，他在那被卷里咳嗽、说话、笑……他活着，我就能活。"豆蓉奶奶不止一次这样跟我母亲说。

惧怕孤独的豆蓉奶奶成了父母家的常客，尽管父亲并不欢迎这个过分精明又擅长言谈的老女人，但他还是忍气吞声地把她让到屋里的沙发上，然后和母亲一起有一搭没一搭地陪着她闲聊。因为豆蓉奶奶做村主任的二儿子在处理石瓠岔事件上帮了大忙。虽然他只是如实叙述了事实和相关法律，但大伯从这叙述中听出了门道儿，这不疼不痒的叙述像黑火药粉一般摧毁了大伯的嚣张气焰，他和父亲决战到底的信心也萎靡成冬天的一抹枯黄。因为这个，父亲甘愿自家大门永远向豆蓉奶奶敞开，一直敞开到她死或者他们死。

“豆蓉奶奶，你听你女儿榆青说起过梅雨的事儿没？”母亲问这话的时候，火炉里的火苗燃得正旺，它们像日暮时分的太阳照着每个人的脸。母亲坐在沙发旁的小板凳上摆出一副诚恳而善意的面孔，父亲坐在炕沿上悠闲地制作旱烟卷。

“梅雨？梅雨是谁？”豆蓉奶奶显然对这个生疏的名字没有印象。虽然梅雨在西庄住过一段日子，但她几乎足不出户。而那段时间豆蓉奶奶恰巧在二姑娘家养病，所以她从没见过梅雨，更不知道梅雨的名字。

“梅雨是差点和混账老二结婚的我姑姑的孙女呀，听说嫁到垴儿峪了，也不知道过得咋样？”母亲说这话时面露愧色，就好像自己是残害梅雨的主谋一样。

“哦，想起来了，倒是听榆青说过，说是一个市郊区的妮子大着肚子嫁过来了。嫁给谁了呢？我想想哦，对了，就嫁给老史家爹娘都没了的史小坡了。那孩子，唉——”豆蓉奶奶这一声长叹让父母的心顿时揪了起来，就像被铁丝穿着放在火焰上烘烤那般煎熬。

“那孩子咋了，也不正干吗？”母亲的脸上瞬时闪过一层阴云，那层阴云在母亲脸上焦躁不安地翻滚，“这可咋办？好姑娘呀，唉——作孽呀！”

“咋就能遂人愿呢？万事不遂人愿才对呀！就像我，你看，老来老来跟前没个人。榆青说老史家那小子坑蒙拐骗、吃喝嫖赌，啥坏事儿都干哪！一辈子打光棍的料儿，梅雨那妮子昏了脑袋了？咋就……”豆蓉奶奶边说边自顾自地唉声叹气，好像跳入火坑的梅雨是自家孙女一样。

“那她过得咋样？史家那小子再混账也不能对媳妇不好吧？”母亲显然希望从豆蓉奶奶嘴里听到另一番话语，但希望的美好怎能抵得过现实的残酷呢？一个劣迹斑斑而又毫无能耐的从小野惯了的男人怎么能轻易改变呢？几年的牢狱生活恐怕非但不能改掉他一身的恶习，反倒使他的性情和行为愈加变本加厉。

“过得咋样？听榆青说很不咋样。那小妮儿大着的肚子很快被打得瘪了下去，见天儿能听到她哭叫啊！唉——还不如嫁给你家二，二就是稍懒点，话头儿倒方便，在家也随活儿，咋也比老史家那野小子强啊！”

“谁说不是呢？梅雨啊，唉——难不成这就是她的命？”母亲带着哭腔的声音给这座夜幕中的小屋增添了浓郁的伤感气氛，她觉得有一股带着尖刺的暗流正挟裹着泥沙猛烈地撞击自己的五脏六腑。

“豆蓉奶奶，榆青有没有说为啥呢，那小子下狠手儿咋也得有个理由吧？”

“混账出手还要理由？听说还真有蛛丝马迹，说是那妮儿肚子里怀的不是史混账的种！哎哟呀，现在的年轻人哦！不好说——”

“我家二子造大孽了哟，这可咋办？咋办哪？！”母亲一边说一边簌簌地落泪，她从心里疼惜梅雨，但她又为自己的爱莫能助而焦虑忧伤。

“也甭想太多，不顶事儿！”豆蓉奶奶临走时这样安慰母亲，但这安慰显然起不到任何作用。这突如其来的巨大痛楚像西庄村头的磨盘一样压迫着父母，但他们不得不在这压迫着的慌乱中有条不紊地为水南的婚事做各种准备。父亲拖着年老的身体爬到梯子上用白灰泥一丝不苟地勾缝，那些石头垒砌的老房子遗留下来的缝隙已经三十几年了，父亲要赶在二弟结婚之前将它们勾好。勾缝工作差不多耗费了半个月。之后，他又将家里所有的木质家具用透明漆漆了一遍。母亲将室内的装饰工作完全揽在身上，从家具的款式到窗帘的颜色到床品的质地等各种琐碎，她都做了精心细致的挑选。虽然在这精心细致中多少存在一丝心不在焉的成分，毕竟，水南的种种劣迹仍然像毒针一般刺灼着她的内心。

尽管母亲没有勇气将梅雨的遭遇向水南和盘托出，甚至，她很少当着水南的面提到梅雨，但水南还是通过自己的方式得知了梅雨的悲惨处境。起初，他扬言要找史混账拼命，但在父亲的谆谆劝诱和母亲的严加看管下安静下来。这期间，素影也向他展开了含蓄而温情的爱情攻势。最终，他放弃了拯救梅雨而心安理得地投入做新郎的喜悦当中。

水南和素影的婚期日益临近，尽管每个人都心怀隐忧，但每个人都以真挚的热情和诚恳的祝福对待这场不被看好的婚礼。谁都没有料到梅雨——这个一向软弱又毫无主见的姑娘，她会在水南婚礼当天投入垴儿峪村通往西庄的南洼水库。到底是那些非常人能够忍受的磨难将她逼入死谷，还是她原本就打算施展这种恐怖的报复方式。也许是以同样的方式弃命于南洼水库的冤魂们由于怜悯她生在阳间的苦难而向她发出善意邀请，而她则毫不犹豫地应约而去。

阴历九月十六日是适宜结婚的黄道吉日，得到父亲通知的舅姑们一大早就在西庄集合了，他们乘坐一辆花四百块钱雇来的大巴沿着蜿蜒的双车道油漆路朝市区行驶。车子行驶到距离市区二十公里处时，父亲接到了水南的电话，从父亲愕然而惊恐的表情可以推断事情出现意外，并且是非常严重的意外。因为，父亲的脸色在瞬间变成死灰色，继而又变得像夜晚霜地上的月光那般惨白。他不断地嗡动嘴唇，但最终只艰难地说出四个字："照常婚礼。"

"咋了？"母亲和亲戚们忧虑地盯着父亲，他们急切地想知道究竟出了什么事。

"梅雨，她，她，她跳水库了，死了，那孩子，那好孩子跳水库死了……今儿，刚刚……"父亲从不口吃，但在表达这句话时像有神秘而巨大的力量阻碍着他的喉管。

众人惊愕地"啊"了一声，车厢随即陷入死一般的沉寂，母亲的小声抽泣像飘洒在旷野间的细雪，这个善良的女人再也无法抑制内心的悲痛，她从心底喜欢、怜爱那孩子。但现在，她死了，为了自己那不争气的儿子，而自己的儿子正处于莫大的喜庆当中……

"二子有啥打算？"母亲止住哭声。她看到父亲眼睛下方的大片潮湿在阳光的照射下分外醒目。

"史混账联系的二子，他不打算让梅雨入他家祖坟。唉，造孽呀，可小雨咋也不能入咱家祖坟吧！我让他照常婚礼，可这婚礼能不能照常呢？先到亲家那再说吧。"父亲说完这句话再没开口，他不停地卷着旱烟抽。每一支卷起的旱烟都不抽完，他只抽几小口就匆匆扔掉，然后抬起右脚狠狠地将残存的火星踩灭。

从素影家里的凝重气氛可以推断梅雨自杀的事情已经不是秘密，虽然鞭炮声在大门外回响，但大门内完全是另一种气氛。

"亲家，水南说了那事，不怪孩子，年轻人哪能不犯点儿浑呢？！也不忌讳啥。咱今儿照常婚礼。明儿个，我让素影跟他一起回西庄料理那妮子的后事。"这是素影父亲在我们一行迈进大门时说的话，显然，他已等候多时，并做好了决定。

这不得不继续的最尴尬、最忧伤、最沉重的婚礼！水南既不说话，也不喝酒，他像个木头人儿一样面无表情地穿梭在亲友当中。素影寸步不离地跟着他，就好像自己肩负了保护他的重任一般。她已钟情于他，这是不容置疑的事实。

梅雨的家人不愿接受一具背叛家族且草率弃命的尸体，所以，在父亲和他们交涉的时候非常慷慨。接下来，父亲为梅雨的安葬地犯了愁——在祖坟里安葬一个早亡且没有名分的姑娘，这显然有悖习俗。但如果让梅雨魂飘四野，已步入暮年的父母显然承受不了这份五味杂陈的煎熬。最终，经过和刘家几位长辈将近两小时的商谈，梅雨的安葬地定于距离刘家祖坟百米开外的一个小山丘。在那，在一片长势正旺的柏树林中，梅雨可以日夜眺望树木掩映中的西庄的石屋、炊烟、小溪，还有爱她也伤害过她的亲人。

33

十月中旬的一个礼拜天上午，那时，我正和顾克谦在蓝田咖啡馆二层靠窗的小隔间里享受美好时光。阳光透过玻璃实实在在地铺满不大但典雅、温馨的空间，正如顾克谦向我释放的爱意一般——无私、明媚、热情、柔和。顾克谦轻抚我的手背，转而谨慎而有力地将我的整只手握住。

“它真漂亮呀，细腻、绵软、光滑，是不一般的手啊，它掌控着我的后半生。”顾克谦满含深情地盯着那双手，只要是在一个单独的空间里，他总是毫不吝惜对我的赞美之情，我的眼睛、鼻梁、嘴唇、脖颈、脚踝……凡任何裸露在衣服之外的部位都能成为他赞美的目标。当然，在向我奉献那些溢美之词时，他的表情往往比任何时候都真诚，还从来没有一个男人向我表达出这么火热而澎湃的爱意呢！如果我说我丝毫不曾动心，如果我说与顾克谦的交往纯属逢场作戏和消遣光阴，那我简直与泯灭良心和尊严的荡妇毫无差别。

“真傻！一双手值得你浪费好几个形容词吗？要知道，那些词一般用来形容绸缎的。”

我朝他调皮地努了一下嘴，我能感觉到有一丝灼热的暗流刹那间从脚底朝上翻滚，经由双腿、胸膛、脖颈、脸颊，一直蔓延到发梢。

“傻吗？我不觉得呀！我不觉得爱一个值得爱的女人是犯傻。你都不知道你自己有多么可爱，哦，说你可爱显得轻佻。你就像是……”顾克谦用手挠了挠右耳上方的头发，他希望能借此得到一个恰如其分的比喻。

我将下巴放在双手交叉支起的平台上温柔地看着他，看着这个向我无私奉献爱心和赞美的男人。就在此刻，我突然感觉到当前的场景更像是一个刁蛮任性的女儿在为难自己笨言拙语的父亲。“像是什么呀——”我故意将“呀”拉得好长。

“你就像……啊呀，梨花啦、芙蓉啦、西施啦、仙子啦……那简直太老套了，没深度。要我说，你现在像泛着微波的海水，是海水，绝对不是甘于在小湖泊里沉睡的水。迟早有一天，你要‘惊涛拍岸，卷起千堆雪’。”烟瘾会在顾克谦激动的时候乘虚而入，现在，他将手伸进上衣口袋摸出一支黄金叶。我以为他会像往常一样将它点燃并优哉游哉地享用，没想到他只是将那支黄金叶横在鼻孔前使劲嗅了几下。

“你？不点着吗？”我惊诧极了。

“戒烟喽！”顾克谦优雅地笑了笑，“就为了能够活到欣赏你‘惊涛拍岸，卷起千堆雪’的那一刻，我宣布戒烟喽。小人儿啊，我向你发誓！绝不让尼古丁、焦油、亚硝酸什么的再毒害我的肺了！”顾克谦说完这些话突然变得严肃起来，他盯着玻璃窗外那片好像酝酿着罪恶和怨恨的灰蒙蒙的天空陷入了沉思。在频繁交往的记忆碎片中，任凭我怎样绞尽脑汁，都想不起来他向我展现过类似表情。

“别赖我，我可没让你戒烟哪！”我满怀不屑地瞟了他一眼。我知道我这不屑的一瞟里有赞许、感激、爱意等多种成分。

“不赖你，对，是我自愿的，我完全自愿的呀！我的烟瘾大得很，之前戒过十几次，但都失败了！这一次嘛，我觉得靠谱，不信，咱走着瞧？”顾克谦再次将我的两只手紧握住，他捧起它们，像捧着价值连城的珠宝，缓缓地，缓缓地，他将它们送至自己唇边。

我的双手一接触到他那虽然紧闭却无时无刻不肆意散发爱和欣赏的嘴唇时，整颗心便不由自主地激烈颤抖，完全像脱离了结缔组织和筋膜一样毫无着落。我感觉到他微微张开嘴轻吮它们，一股潮湿的热流再次袭击了我。我迷恋他向我表达爱意的方式，确切地说——我迷恋他对我的爱。但我要怎样妥帖地安顿他及他的爱意呢？我有婚姻，尽管自己的丈夫粗俗、自私、狭隘；尽管我在这烂泥潭中像一条小鲇鱼般苟延残喘着虚耗光阴，但我从未试图脱离家庭——并非单纯由于我甘愿恪守传统道德观念（它们并不能像一把利剑在我心头日夜高悬），也并非愚善、懦弱、优柔寡断的性格有足够的力量阻止我前进（事实上，我超凡寻常的固执、倔强且充满野心，关于这一点，那些朝夕陪伴我的细胞可以证明），也并非我对这个家及每一位家庭成员的爱深厚无比……

直到我感觉手背有点疼痛的时候才从不自觉陷入的沉思中回过神来，我略带羞涩地说：“不好意思啊，走神了。我们该怎么办呢？没有路啊！”我将话题引入一个我们谁都不愿面对的尴尬境地。并非蓄意，它就像耐心潜伏了好久的毒素在等待着时机成熟。而现在，它那么轻松自然，但又那么裹挟着逼人的寒气飘然而来。

“但也没有荆棘啊，只管走下去就是了。”顾克谦慢条斯理地说。他说话时的语气缓慢而低迷，和方才表现出的巨大热情完全相反。我从心底厌恶他摆出的这种满不在乎，抑或是成竹在胸的模样。

“骗子！”我猛地抽回那双一直被他紧握着的手。之后，我用冰冷而陌生的眼神死死盯着他。

顾克谦一怔，他显然没有料到我变起脸来简直比安东·巴甫洛维奇·契诃夫笔下的“变色龙”还更胜一筹。我知道在一个江湖老手儿面前要小性子简直无疑弱智，但我又不善以其他更为优雅的方式表达内心的不满——索性，真实一些。

“你真是个小人儿啊，呵呵，像个没长大的孩子！”顾克谦迅速在我交叠着的手上拍了几下——轻柔而混合着暖意和力量。我的心就在这刹那间酥软下来，我决定不再和他斗气。

“如果有荆棘，我就做一把镰刀！锋利的那种。”顾克谦坚定地说。我看到一丝不易觉察的混合了决然、犀利、纠结等诸多复杂成分的表情从他脸上一闪而过。如果我毫不掩饰由于意外听到这激动人心的爱情表白而喜形于色，这未免有失淑女风范。但我真实而清晰地感觉到浑身的血液都在汪洋恣肆般沸腾，那些“嘟嘟”冒着热气的气泡里面流动着伟大而隐秘的快乐。我完全折服于他，而他也完全愿意为我奉献真心。如果他甘愿做一把失去理智的镰刀，那我无疑落上幕后操纵者的骂名，而这又完全背离了我的初衷。

“不要你做镰刀，因为没有什么能阻止友谊。”我用右手沿鬓角往后捋了一下垂在耳际的头发，向他展示出一个淡定而优雅的微笑。就像捋掉一些烦恼一样，我的脑海在这瞬间里明朗起来。确实，有那么一段时间，就在今天赴约的时候，我的脑海里还燃着一团被欲望和迷恋怂恿的大火。然而，在他表示甘愿做一把镰刀之后，我突然清醒了。

“友谊？”顾克谦疑惑不安地看着我，为了掩饰这突如其来的恐慌，他将咖啡杯放到唇边轻呷了一口。那是一只小把手釉瓷马克杯，杯身呈棕黄色，上面印有我的黑白大头照。照片上的我穿一件折叠式大领毛衣，由于透窗而入的光照，我的微微侧着的左半边脸陷入一种迷蒙状态，但右半边脸清澈而美好，透露着一种人到中年的知性和娴雅。这是我们在一家叫“酷客”的小店定做的一对情侣杯，这是一对简单而精致的杯子。那时，我们都怀有罪恶而美好的冲动。然而，现在我窥到他即将为了这罪恶而美好的冲动付出代价，这不，他亲口表态要做一把锋利的镰刀——而这多么恐怖！

“是啊，友谊，是友谊啊！”我知道说这话时的虚情假意使我的整颗心焦躁不安，就好像在火红的铁板上挣扎。我向往着能在预想的轨道上，我与他做一对长长久久的有情人——信任、包容、尊重、欣赏、成全。但如果这条轨道必须要以锋利的镰刀砍伐掉无辜的荆棘为代价，那我们的心灵将何以重载起这无比沉重的精神负担，单是这销魂蚀骨的罪恶感就能将肉体和精神上的所有亲密接触摧毁得荡然无存。

“可我还想有一日能和你……”顾克谦伤感地望着窗外。他想借着窗外的无边浩渺释放这猛然压迫在心头的“乌烟瘴气”，但他又不忍将我置于被他冷落的尴尬境地，旋即，他又转过头看我。四目相对的一刹那，我被他脸上的失落和绝望震撼了，我的心剧烈地疼痛，但我对此束手无策。

“我也想过，我们相爱，不管不顾地相爱，至于死后去天堂还是地狱，那就随便吧！”我的话并不单单是慰藉他此时的落寞，这是我本心的自然流露，它们经过长久的酝酿，现在，正是将它们一吐为快的好时机。

“那？你说的友谊？不会是你一时的心血来潮吧？你这个小人儿，不能这样子吓人的。”

“是，就是我的真实意思啊。”

“太残酷了！我不相信。一直很好的，你知道的，我爱上你了，现在越发不能控制，可你为什么突然泼下来一瓢冷水呢！”顾克谦无奈地说。他的眉毛紧紧拧着，眼神暗淡而焦灼。

“我不愿你做什么锋利的镰刀。爱情的美好不应该建立在对过去的无情和暴力之上。你能对过去挥刀，对未来，你也能。而我，不希望这样。”在我肺腑之言的感召下，顾克谦渐渐平静下来，他又呈现出惯常的绅士状态。

“为什么这么善良呢？你知不知道这样更让我迷恋？”顾克谦再次将我的手抓过轻轻摩挲。我并没有因为刚才的表态而拒绝他，我倒是觉得我的一双手放在他的手里刚刚好——合适、舒适。

“‘人之初，性本善’，是人性的缘故，非我的缘故。”我调皮地笑了笑，气氛也因此骤然活泛了许多。

“你这个精灵！你喜欢我做朋友还是？”顾克谦又把话题拽回到那个使人迷茫又不悦的话题上。

“情侣这关系嘛——劳心伤肺且不得善终者广；朋友嘛——亲疏有度而得以永恒者稀。知己可好？”我被自己这么文绉绉的表述逗乐了，顾克谦也笑了。

“但我可能无法控制其他的欲望，比如这儿。”顾克谦指了指自己的心和嘴唇，“不瞒你说啊，我幻想过好多次那样的场景，你知道是什么。唉，折磨人哪！你这个精灵！”

“刚看过《花城》微信公众号分享的《异性之间能有纯粹的友谊吗》，我觉得人家说得好极了，我给你找找看啊。”我赶紧打开微信，很快就从收藏里面找到了，“里面列举了莫洛亚总结的三种异性之间存在纯粹友谊的情形：一方单恋而另一方容忍；一方或双方是过了恋爱年龄的老人；昔日的恋人转变为友人。显然，我们嘛，因为互相爱慕，所以排除第一种情形；我们正当青壮年且还没过了恋爱年龄，第二种情形也排除掉；如此嘛，我们属于第三种情形，如果莫洛亚表述正确的话，我们相恋，但又不能成为情侣，只好做亲密朋友好了，是亲密的异性朋友，而非草率的泛泛之交。”

“我的小精灵，我克服不了那些冲动！男人对女人的冲动，我克服不了啊。”

“不用克服呀！”

“嗯？”顾克谦不解地看着我，这不禁增添了我的表达欲望。通常在和他的论辩中，像我这样不善读书且记忆超滥的人是拿不出像样的论据和他针锋相对的。现在，你瞧，他变得多么愚蠢，而我明显处于优势。

“莫洛亚又说了：三种情形中的每一种都不可能完全排除性吸引因素。即使有性的因素起作用，又有什么要紧呢？身为男子和女子，要在生活中忘记了肉体的作用，始终是件疯狂的行为。说得真好呀，你不这么认为吗？”我不无得意地说，就好像这些理论本来就是我研发的。

“你的意思是？不，莫洛亚的意思是……默许异性朋友间正常的肉体亲昵行为？比如牵手？拥抱？接吻？”顾克谦陷入了迷茫，因为他的脸色将这种迷茫呈现出来，对于一个不善掩盖喜怒的人，脸和心常常这样不谋而合的一致。

“呵呵，事在人为。”

“呵呵，事在人为。”

我们以“事在人为”结束了这场谈话。在走出蓝田咖啡馆的时候正巧遇到了一个捡烟头抽的流浪者，那时，他正倚着一棵脱了皮的法国梧桐树狠命地吮吸那被人丢在地上还未来得及熄灭的烟头。顾克谦毫不犹豫地将衣兜里的整盒黄金叶掏出来递到他手上。

“不管怎样，戒烟还是必需的——君子重诺，诺而必信，不信无以立天下，唯有信诺怀真者方可有大作为、大境界、大造化！”顾克谦一边念念有词，一边自然地拉起我的手，我们像幸福的情侣一样走在熙来攘往的人群中。

34

当天晚上，我主动投入姚大志的怀抱，那时，他正像一个在肉体上饥渴久了的流浪汉一样赤裸着侧躺在大床一端。我知道我的身体还沉浸在和顾克谦约会时产生的巨大兴奋之中，精神满足之后需要肉体的补偿。显然，和自己的丈夫鱼水之欢既符合伦理道德，又可以自欺欺人地缓解由于自己的有意过错而造成的心理负担。我表现得动情而投入，并且破天荒地允许他亲吻我的嘴唇。我已经忘记了从哪一年的哪一天拒绝他亲吻我的嘴唇。而现在，仅仅为了表演得更逼真一点，或者为了削减良心上的亏欠，我竟然不假思索地违背了内心。我的非口头道歉方式一贯如此，这种看似坦诚实则狡诈的无聊行为可能要在未来的岁月里无休止上演。说实话，我憎恶这披着美好外衣的无比阴险的自私行为，但压迫在我心头的罪恶感需要排解。而我，一时半会儿又不甘愿从这条“身心俱悦”的羊肠小道上全身而退。在一阵伴随着小声呻吟的痉挛过后，姚大志疲倦极了，他几乎来不及与我温存半秒便进入梦乡。我喜欢在做爱后相互依偎着柔声细语地聊些日常，如果与我做爱的人像事前调情那样轻轻摩挲我的肌肤，那我将无比安慰。但姚大志不是这样的人，他只顾发泄，一旦他的欲望得到满足即对那奉献了热情的人索然无味。我不知道这算不算刻薄寡恩，也许只是他的习惯而已，就像我习惯在和顾克谦约会后和他动情地做爱一样。

就在我思索的时候，手机屏幕闪了一下，这瞬间的光明迅疾无限地蔓延开来，直至我的内心。“一想到你，我便安心。期待我们能在梦中相遇，在那，你要放下一切包袱，做我快乐无忧的恋人。”顾克谦的短信会在每晚的十一点准时到来，每一则短信都是他以飞扬的文采和炽热的真情编辑而成。由于担心这如期而至的绵绵情话会给我的生活带来麻烦，所以我不得不将手机静音，并且一而再地告诫他注意措辞，即尽量委婉。即使加倍谨慎和约束，类似这样露骨的句子仍然会不时地出现在我的手机上，我实在不忍心将它们永久性删掉，于是，我将每天的短信抄录在一个黑皮小本子上，那个小本子一直安放在办公桌右手边上了锁的抽屉里。我记得昨天抄到了第 208 条，这就意味着与顾克谦的亲密交往已经有了 208 天。

睡觉之前，我到小卧室检查婆婆的状态，她正仰着头熟睡，由于头过分后仰，那受到阻碍的鼾声并不均匀，也许并不是仰着头的缘故，而是跟呼吸系统的某种疾病有关。她的一条腿整个裸露在外，说是一条人腿，但和朽掉的干柴棒有什么区别呢？一些污垢顽固地趴在她的脚趾缝及周围部分，它们像在那儿扎了根。我曾试过用鞋刷将它们祛除，但显然并未成功。在婆婆的几声哀叫之后，我只得放弃。“就让这些污垢陪伴她进入坟墓吧！”这样想着，我便释然多了。我将她那条干柴棒般的蜷曲着的腿放回被窝，顺便摸了摸她屁股底下的褥子，天哪！正有一股热流徐徐而过，而我婆婆仍然睡得香甜，她根本对尿床这件事浑然无觉。若在平时，我会愤怒地撩开被子，并朝她屁股上猛拍几下，但现在，我只是轻轻推了推她的肩膀。也许困意正像在夏日里猖狂的那些藤条将她牢牢束缚，她并没有醒来。她只是改变了一下仰躺的姿势，她朝里翻个身侧躺着继续打鼾。此时的鼾声均匀多了，完全听不出是个病人。已经十一点多了，我也感觉到困意紧逼。但如果我像个没事人一样走开而任由婆婆用残病的体温将褥子烘干，我实在于心不忍。之前我曾这么干过，但我发誓仅有一次，并且事后我难过得要死。我加大力度来摇晃婆婆的肩膀，果然，婆婆有了感知。她回转身子睁开眼看我，并用略带嗔怪的语气说：“干啥呀？！”那副无辜的样子既可恨，又可笑。

“尿床了，咱到卫生间换一下，啊？”我耐着性子小声说道。

婆婆将一只手放到身子下胡乱摸了摸，“不湿。”她含混不清地说。我知道她这样说是为了避免起床并走到卫生间，这在她看来是比较烦琐的动作。我真心憎恶她的懒惰，但对于一位懒惰了几十年且患病的老人，显然，除了压制内心的焦躁和愤怒之外别无他法。

“湿了，真的湿了呀，不骗你啊。”我的喉咙里憋着火，我能听到它们轰隆隆地燃烧。但由于压迫在心底的罪恶感又像盘旋在我童年记忆中的旋风一样强大起来，所以，我必须以较之往常更温柔、耐心的方式对待这病入膏肓的老人来将它减弱一些。我向她绽放了一向吝啬的微笑，并把她那只由于不能灵活运动而变形、干涩、萎缩的手握住，随着我轻轻用力，她便迷迷瞪瞪地坐起来。看到她直挺挺坐在湿漉漉的褥子上，我无比痛心地感觉到暮年的悲哀和病魔的残忍。短暂的两三秒之后，婆婆回过神来，她将双腿垂到床边准确地寻找鞋子。她几乎将全部体重倚在我身上，她的全部体重仅仅八十来斤，甚至更少！要知道，她曾经胖嘟嘟的像个英国贵妇人！我为那平白消失掉的另外八十来斤的肌丝蛋白深感惋惜。我的婆婆每天懒洋洋地躺在那儿，她什么都不干、什么都不想，然而，谁都不能制止发生在她身上的那场悄无声息的蒸发和衰败。我丝毫不用费力地搀扶着她，把她安顿在坐便器上。我帮她脱掉湿了大半的秋裤，她完全像个毫无主见又缺乏羞耻感的人任由我摆弄，是实话，我无比真挚而深沉地怜悯她的处境，但除了尽人之为人的本分使她更舒适一些之外，我还能做什么呢？之后，我用热水冲洗了她的下身。整个过程婆婆表现得十分被动，完全像个没有思维的痴呆人。你若视她不见，她便视自己不见，即使身子下堆积着粪便。她很容易进入梦乡，这一点使人欣慰。待到她的鼾声再抑扬顿挫地响起——她的鼾声已明显失去了患病前的韵律和力道，我需要将换下来的褥子洗干净。夜深了，而那台由于时间长、负荷大也步入老年期的洗衣机发出的声音太大，它们会沿着下水道鬼魅般进入别人的梦乡。所以，我不得不用手搓洗它。

睡觉前，博美犬“妞妞”乐颠颠地跑过来亲吻了我的头发，其实，它更宏伟，更接近它内心的目的是亲吻我的脸，甚至，亲吻我的嘴唇。但我被一天的疲累弄得没了一点情趣，我只简单地抚摸了它。在得到这浮皮潦草的抚慰之后，它识趣地跑回垫子上睡觉了。儿子在客厅的小床上做着美梦，我看到他的嘴角荡漾着坏坏的微笑。

日子啊日子，就这样无情而倔强地流逝，一天天、一年年，就这样无情而倔强地流逝！我们每个人又能从中得到些什么呢？我愈来愈觉得《金刚经》里的“凡所有相，皆是虚妄”才是存在于这世间的唯一真理。

第二天，姚大志先醒来，他在厨房叮当着给儿子准备早餐的时候，我也醒来了。那时，姚小泰正在挑逗“妞妞”，“妞妞”实在是个暴脾气，它在三番五次欲咬住姚小泰的裤脚而不得的情况下暴怒了，它龇着小白牙躁狂地尖叫，完全像对着一个陌生人。

“看啊，妈妈，它急了，哈哈……”

姚小泰洗漱完匆匆吃了一口饭便上学走了。一想到这孩子又将在学校度过一天寡淡无味的无聊时光，我就感觉到悲凉和难过。但一个微不足道的小人物，即使有持之以恒的悲凉和难过，又管什么用呢？姚小泰厌恶灌输式的教育模式，不仅姚小泰，所有的中国孩子和家长都厌恶，但单凭这厌恶情绪管什么用呢？当局者对此心知肚明，但他们的孩子不也在这厌恶情绪中苦苦挣扎而毫无出路吗？

“商量个事儿呗，喂，你过来一下，小北！”姚大志在唤我。那时我刚把婆婆搀扶到客厅的餐桌旁，她在专用的圈椅里稳当地坐下来。

“说吧。”我朝他看了一眼，但并没过去。因为婆婆两眼积满了浊黄的眼屎，差不多把她半边眼完全糊住了，我需要用沾湿的小毛巾将它们擦掉。

“矿上效益实在不行啦，出的煤不挣钱，白赚忙活。全矿各单位开始轮岗了，本来工资就少得可怜，这一轮岗，怕是交不起房贷了！我想辞职不干了，在社会上找点事儿做。”姚大志犹豫着说，他显然料到他摆出的事儿并不容易从我这里得到许可，因为毕竟他所任职的煤矿是国企。

“我觉得嘛——还是等等看呗，矿上那么多难兄难弟呢？”婆婆眼角的最后一点眼屎被我擦干净了，之后，我把一袋黑芝麻糊倒在不锈钢大碗里，用开水将它冲开，搅拌均匀，这是婆婆最喜欢的早餐。她对黑芝麻糊表现了超乎寻常的迷恋，她迷恋的可能是它的营养，也可能是它的味道。

“不能等啊，咱一点积蓄也没有，可每月一千五百块钱的房贷等着呢！你又赚不了多少钱！再说我早烦透下井了！真心想换个工作呢！咋样儿？”姚大志几乎用了恳求的语气，听得出他辞职的决心异常坚定。

“可是你能干啥呢？”我的疑问并非毫无道理，也并非恶意打击这个想有点作为的男人。凭着十余年的相处，我自认为对他有深刻且透彻的了解：除了采煤他并没掌握其他门类的技术，他不思进取又易怒，交际能力也低劣得一塌糊涂……把这样一个人放到社会上，除了遭受打击还能有什么值得欣慰的收获吗？

“可是你咋就断定我干不了啥呢？”姚大志的眼睛里满是不屑和怨恨。

“我是你老婆啊，我想，我还是了解你的。”我不敢把心底里对他的评价坦白地讲出来，这世界上再没有比口无遮拦地损伤一个男人的自尊更可怕的事情了。

“哼，还不知道是谁老婆呢！别说得这么好听，我又不是傻子。你的心在哪儿呢？早就不在我这儿了吧！”姚大志一边说一边从鼻子里哼哼了两声。

婆婆只顾用那只还能活动的右手端着碗将黑芝麻糊倒进口中，貌似压根儿没听到我们的对话——她向来对我们之间的争执视若无睹。即使在她身体康健、思维活泛的那几年，她也从不插手我们之间的争执。她不热衷于调停，也不热衷于向孩子们奉献爱心，她的所有热情只有在基督堂才有生命，才会主动而灵活地得到体现。可能是眼前的紧张气氛使她感到了压迫，她的手微微颤抖了一下，一些黑芝麻糊洒了出来。也许是声音，也许是气味吸引了“妞妞”，它连忙跑过去，只轻轻一跃便将两只前爪搭在婆婆的腿上。它使劲地探着头将洒了的黑芝麻糊舔入口中。

“这话说得没意思。我是你老婆，当然，你可以不把我当成老婆，但事实上我只是你老婆，不是其他任何人的老婆。至于心在哪儿，那得看你！”对于一个学过法律又善于卖弄文字的人，和人辩论向来不是难事，何况，对手又是相濡以沫了十余年的自己的男人。纵然夫妻关系的紧张期来临，纵然感知了对方都变成了熟悉的陌生人，但，毕竟，曾经熟悉过，即使在熟悉的时间里并不相爱。

“看我？看我啥？我有啥让你好看的？”姚大志没好气地白了我一眼。

“我希望……唉，希望又有什么用呢？本来就是这样子。”我还是不能把话说得太透，我希望的只能在自己心里窝憋着，因为对于姚大志来说，那根本就是他终其毕生智慧和精力也不能达到的境界。

“你希望啥？本来又是啥呢？”姚大志脸上的愠怒和无奈层层荡漾开去，他用毫无底气的口吻继续说，“反正换工作的事，我决定了，这是我自己的事。”

“是啊，这本来就是你自己的事，你只管自己决定好了。”如果我强力打击一个男人想改变命运的勇气，并且丝毫不给予他一个妻子应当奉献的信任和激励，那我还有什么脸面澄清自己是他老婆的事实呢？常言说“人挪活，树挪死”，“穷则思变”，目前，在企业效益低迷的情况下，他有勇气重新选择，这本来就无比难能可贵，要知道，他已经按部就班地在矿上工作了十八年。如果社会这个大杂烩眷顾他的勇气，如果他真的寻觅到了新的栖息之地，那儿可以使他的精神家园丰满一些，又何乐而不为呢？想到这，我深为方才的不理智感到懊悔。我应该推他一把，而不是像个可恶的绊脚石试图将他摧毁。

“对不起啊，为你点个赞！等你的好消息。”我这话完全没有奚落之意，而是发自真心。

“我要是有点能耐，就不会让你跟着我过这糟心日子。不能坐等了啊，上个月才开了两千来块，除去房贷只剩五百块余头儿，五百块够干吗呢？我急呀，我是男人，眼看着都养不了家了……”姚大志的痛苦不言而喻。

一直到十一月底，姚大志才找到一份给个体老板开车的工作。显然这并不是一份理想的差事，工资加补助才三千来块钱，并且十分忙碌，常常要熬到半夜十一点才能回到家里。对于一个国有企业的正式员工来说，简直得不偿失。我试图劝他放弃这忙碌、单调且高危的工作，但他完全不听我的。我知道我已经拽不回他那颗狂野的心，要知道这颗心刚从牢笼里解放出来，它对一切都感到新奇和迷恋。

35

阴历年迈着从容华贵的步伐莅临人间，不卑不亢、不徐不疾，但它显然有点像失宠已久的女人不被重视和爱戴。这从大人们脸上漠然无知、疲倦恍惚的表情可见一斑，就连那些不谙世事、天真无邪的孩子也不屑整日里与烟花爆竹为伴。西庄最后一位会剪条挂的老人已去世两年，现在装点门楣和院子的大多是从超市买来的成品，自然缺乏了趣味，在美观上也与本地的手工品相去甚远。但像这样的永久性遗失何尝不是每天都在上演哪！

那些一贯自高自大而又顽固地坚持己见者从来不对自己的盲目和自私行为做出检讨，他们竟然毫不愧疚地和那些谦逊而又慈悲的人毫无二致地度过一天又一天的日子。就像父亲刘宗仁一样，在旧年将去之时，他仍未意识到和自己的亲大哥决裂是多么狭隘而恶劣的举动。我推测父亲之所以在这件事上顽固不化，并且牢牢筑起一道铜墙铁壁般的防线，无非有两方面的因素：大伯和堂哥们的谩骂彻底激怒了他，以至于他根本无法在乡亲们面前捡起遗落在地的面子，而他一向是个死要面子的人；夺回的石瓠岔每年能产生约两万元的经济收入，何况地势平坦，步行一刻钟就能到达的距离无异照顾了他们日渐老笨的身体。为此，父亲宁可冒着被家族所有人指责的风险，也丝毫不肯让步。因为他知道，一旦和解，以母亲的性格和家族世代沿袭下来的规程，他至少需要返还给大伯一半的地盘儿，而这无疑是在割他的肉！

作为晚辈，我们深知肩负着劝导的责任和义务，姐弟们显然对此事并不上心，我曾试探着从母亲那里打开缺口，因为母亲的大度、慈悲在三乡五里是出了名的。但我的试探碰了钉子，母亲以不容商榷的姿态拒绝了我。“你想气死你爹吗？和那样的人有啥交往的？你要是偷着去看那人，就别怪你爹不让你进家门吧！”当母亲神态严肃、语气铿锵地说出这句话，我便知道两家人再无和好的可能。这使人多么痛苦！要知道这是有着血肉亲情、相好了几十年的弟兄啊！然而，我能怎么样？纵然我有背地里去看望大伯的勇气，毕竟他年岁已高并且在一次脑病后行动不便；纵然我并不畏惧被自己的亲爹拒之门外，毕竟父女亲情血浓于水并且他有着朴素的知识分子情怀，他并不是彻头彻尾的不谙人情世故之人。但我还是没能做出任何行动，我既担心见面后的尴尬和冷遇，也担心神经不太正常的堂哥像对待父亲那样，攥着石块朝我投掷。于是，这被提上日程的计划就此搁浅。

西庄是我魂牵梦萦的心灵栖息地，我降生于此，成长于此，我爱它不亚于爱任何一个风度优雅而又博学多才的男人！然而，当有了另一个家，我就不得不与它一次次离别，一次次体验做客于故乡的纠结和不舍。对于那个我并不十分爱戴且已萌生逃离之意的和姚大志建立起来的家，我惊喜地发现竟然也有着类似的纠结和不舍！比如，在西庄时，我十分挂念婆婆，尽管她整日里失去思维一般不声不响地躺着，尽管她毫不羞愧地尿湿被褥，甚至将大便拉在裤子里，但我实实在在地挂念她。我想念博美犬“妞妞”，怜悯它可能无数次将耳朵贴在门板上聆听动静的徒劳。我也想念满屋子杂乱无章的摆设，它们等着我奉献爱心和热情。所以，正月初八的这次返家，我们只待了短短的四小时。在这四小时里，我几乎形影不离地跟着母亲——母亲去抱柴，我也象征性地从柴垛里扯出几根，母亲提醒会弄脏或挂坏衣服，而我毫无兴致顾忌这些；母亲切菜时，我就观察她粗糙而变形的双手，这双在我心里永远是世界上最伟大的手啊，它经受了多少辛劳和磨难；母亲搅拌了麸皮和碎菜叶喂鸡，我争着提起盛放鸡食的小桶和她一起朝西场的鸡罩走，母亲用破勺子将食物平摊在一块干净的石板上，我毫不费力地数清了有八只母亲和一只公鸡……我不能忍受一分钟看不到母亲，由此，我不再嘲笑普鲁斯特对他母亲那种近乎变态的依恋，因为我相信这感情是真的！

母亲坐在小板凳上往炉膛里添柴。她微探着身子将目光全神贯注地洒在燃着的火焰上，欢实而温暖的火焰照着她那张因过度劳累而略显肿胀的脸，安详而慈爱的神情随着火光的摇曳自由、愉快地荡漾。那一刻，我像一个热爱巴比松派画技的艺术家痴痴地陶醉于眼前这幅慈母烧火图。突然，一丝复杂的纠结意味不安分地冲破了眼前的美好，母亲的眉头在瞬间紧锁了一下，但她随即又将它们舒展开。

“唉，都是穷家长大的孩子，差别咋就这么大？”母亲将身体坐正，她定定地看着我，似乎有话说。

“说谁呀？咋啦？”虽然我能猜到母亲的异常来自小弟，但我仍然希望扰烦母亲的是其他人，最好是和我们家毫无关系的其他人。

“还能有谁？二子呗！唉，真不知是我们造了孽，还是他自己？唉——”母亲那长长的叹息在这欢庆的节日里显得不太合宜。我的心顿时紧张起来：难道他在做了入赘的女婿之后仍然惰性不改，抑或根本不能靠着踏实、勤劳的工作来养活新婚的妻子，要知道，素影已经有了三个多月的身孕哪！

“咋了？”

“唉，让我咋说呢？二子向我们张嘴要钱！硬生生要啊！”母亲的嗓音有些沙哑，仿佛窝着一团火，那团火即将把喉咙烧烂了。

“你们是不是承诺过他什么？”

“我们私下里商量过要把手里不多的积蓄分给他一点，你爹还叮咛我千万不要预先向他透底儿，但我还是悄悄跟他说了，我只是想让他高兴一点。唉，哪儿能想到他这么着急要啊。他问能不能把他的钱先给他？我说得等到我们用不着了之后。他又接着问你们啥时候才用不着啊？瞧，这就是你的好弟弟！唉——造孽啊！”母亲黯然地垂下头，她难过极了，但她又不愿让我看到。

“坚决不能再给他一分钱了，你们也不要随便承诺啥。他必须得自己面对生活，用他自己的肩膀挑起担子。”我不无担忧地说。这来自二弟的意外消息使我胆寒，我本来也像大家以为的那样，这个浪荡得疲倦了的孩子会在婚后有所改观，毕竟寄人篱下的滋味并不十分顺畅怡心。

“是啊，幸亏雅致没有嫁给他，要不然没脸见你胖婶了。”母亲似乎也感觉到话题太过沉重，她自然而巧妙地将话题转移。

“听说雅致也往家招了一个？”我也放松下来，一边摆弄手机微信一边问道。那时，姚小泰正在房顶上逗那只黑猫。“被我赶到树上啦，哈哈，真鬼精！”他放肆的笑声透过老式格子窗户传到屋内。

“是个挺能干的小伙儿！家境还算殷实。就这你胖婶还有点不满意，她嫌雅致在男人家住得多，毕竟是招的女婿嘛。”

“哦，为啥老去男人家住着？胖婶儿盖的房子多好啊！”

“也没啥，主要是雅致丈夫的村子是个移民村，多数村民都到市郊区享福去了。他们家的地挺多，听说有二三十亩呢！两口子得操持啊。”母亲用一根细铁棍将炉膛里的柴火捅了几下，一些烟灰飘飘袅袅地旋转着上升，它们要等好久才能落到地面。

“哦，这不是啥坏事，胖婶该支持才对。”我说。

“是啊，可你胖婶迷糊倒腾得算不清账呗，还不是为了个面子？”

母亲知道我喜欢吃粉条，她冒着被父亲责难的风险，在做大锅菜的时候放了较平时多一倍的细粉条。那天中午，我喝了两大碗菜饭，肚子都要撑破了。临行时，母亲又反复叮咛：脾气要好些，多孝敬婆婆，不要向她甩脸色，要支持姚大志，不要依仗着自己现在有了些本事就骄傲自满……

二月下旬的一天，叔叔由于突发脑血栓住进了市第一医院。我和姚大志前去探望的时候遇到大伯，他正由堂兄搀扶着从大门朝外走，看来，他由于惦记亲兄弟而不顾自己行动不便的麻烦。两三步之遥的距离根本来不及躲闪，看来，这是上天赐予的好机会。其实，我们晚辈和大伯并无过节，我们所记忆的都是大伯的种种好处，甚至超过了父亲的给予。

“大伯——”这久违了的显得略微羞怯的称呼毫不阻碍地从我的喉咙蹦出来，就好像它们在那温润但缺乏光明的地方憋屈得太久了。

“小北——”大伯只喊了我的名字后便哽咽得不能发声。我赶忙走上去拉住大伯的手，并把另一只手也放上去轻轻抚拍。

“你叔没事儿，我也没事儿。你爹？唉，都是我混账，不怨他。”大伯显然意识到了自己的错误，他迫切期待着和解，以至于在这个不太适宜的地点都不由自主地将埋在心底的话说出来。

“我爹也没事儿，大伯，到啥时候咱们都是一家人。”

直到看着他们的身影消失在人流中，我们才朝叔叔的病房走去。叔叔的血栓并不严重，他的两侧躯体都活动自如，只是嘴巴稍微有点歪，但并不妨碍说话。

在程序性的问候之后，叔叔把话题转移到了父亲和大伯身上。他用微弱的几乎是恳求的语气说了下面一席话：“小北，做做你爹的工作吧，他听你的。

我们弟兄们总不能就这么僵着。我也以为有没有你大伯没啥要紧，可完全不是这么回事！我鼓动过你爹狠狠整他，把石瓠岔夺回来也完全是我的主意，因为你大伯把那儿看得比他自己的眼珠子还重要。可，可，可毕竟，他是你们的亲大伯，是我和你爹的亲大哥呀。事儿过去就过去了，不能老翻出来念叨。劝劝你爹，小北呀，他听你的，你好好劝劝你爹，啊？”叔叔说这话时眼角噙着泪，估计是被大伯抱病前来探视的一举感动了。

“叔儿，放心吧，包我身上了。我就不信那倔老头油盐不进！我们一起努力，家和万事兴嘛！”

叔叔在得到我的确切答复后欣慰地笑了。那笑容看起来并不舒展，仿佛隐藏着巨大的不信任。确实，刚才的一番信誓旦旦的保证显然只是为了安抚病人，因为我根本毫无把握。

“顺其自然吧！”这样想我便轻松多了，但我知道这显然是自欺欺人。实际的情形是，一直到暑期来临，这事仍然悬而未决。

36

暑期结束，姚小泰就要开始从未体验过的寄宿生涯了。他将要就读的恒骅中学是市区小有名气的贵族学校。实际上据我所知：无论学校环境、硬件设施、师资力量、升学率，恒骅都算不得出类拔萃。但由于本市著名教育家兼校长李济周先生将于本学期开始入驻恒骅，据说他已经放出狠话——用三年时间将恒骅打造成齐名衡中、冀中的真正意义上的魔鬼学校。其实，我心中属意的学校是另外两所，但苦于不属片内，即使掏高价学费也未必能够录取。权衡再三，我还是带姚小泰参加了恒骅学校在7月20日举行的入学考试，谁知那小子竟然一举考中。那时，他并不知道“厄运”就此开始，我也并不知道一个以爱孩子为天职的母亲亲自将孩子送进了披着优雅外衣的“牢狱”！姚小泰那么阳光、有主见，并且像热爱空气一样热爱自由，怎么能够甘于赤裸裸的灌输式教育呢？

果然，姚小泰寄宿的第二天晚上，大约九点吧，他便借用同学家长的手机打来电话：“妈妈，我不想在这儿上，您快点想办法把我弄出去吧！求您了！妈妈，快点啊，我一天都不想在这儿待了……”电话里除了姚小泰的央求声外还夹杂着另一个男孩的哭声。

“可这是为啥呢？要知道啊孩子，我们已经给你交了学费、生活费和书本费，六千块钱哪，孩子！差不多得妈妈攒半年呢！”我知道这样的劝解并不高明，但我还能说些什么呢？我必须以实际的困境来压迫这个向来善于替父母着想的孩子。

电话那头沉默着，但另一个男孩的哭泣声依然清晰，甚至，他哭得更上劲儿了，有一种死去活来的疼痛。

“妈妈，这儿太不人性化了，所有时间都在学习、学习、学习！放学排队、吃饭排队、回宿舍排队，总之，都得排队，傻帽一样！早自习两节，上午五节，下午四节，晚自习两节，一天下来十三节课，简直要烦死了。乒乓球案子根本只是摆设，哪能有时间呢？最糟糕的是饭菜，没法吃，炒煳了的和馊了的都让吃。妈妈，我想回家，给我换个学校吧，求求您啦，求求好妈妈——”姚小泰一股脑将上面那些既富有逻辑又非常煽情的话说出来，我能听得出他的焦虑和沮丧，这是每一个母亲不忍心忽略的焦虑和沮丧啊！因为爱和信任，每一个孩子都相信母亲是这个世界上愿意并且能够拯救自己的人，姚小泰也把可以帮助自己摆脱困境的稻草寄托在我这儿。的确，那一刹那我完全相信了他，并且由衷怜悯他。虽然他在平日里有过撒谎的臭毛病，但这一刻，我相信他。母亲对于自己孩子表达出的信任就是这么偏激，偏激到不肯经过大脑稍稍思维一下，虽然那并不占用多少时间，也并不花费多少智慧。

在我看来，这样的教学模式简直不是在培育精英，而是想把我们可爱的孩子都“制造”成“奴隶”！“以分数定未来”的畸形教育观已经深入老师和家长们的心，由此，学校变成“监狱”也就成了水到渠成的现实。至于政府和教育部门的长官们，他们才不会花费半点心思在祖国的未来身上，因为眼前的各种纷扰已经像重庆春秋两季的雾霾那样浓重，何况新上任不久的教育局长所学的工商管理专业于教育界简直是风马牛不相及的事儿！我立刻对姚小泰的处境感到不安，我怜悯他当前的烦恼和无助，但我又不能轻易松口。毕竟，中国的“以分数定未来”的形式在短时间内不会被推翻，再说姚小泰身上的散漫性和惰性需要在严酷的环境下得到改善。

“宝儿啊，妈妈愿意相信你，但妈妈也要亲自问一下班主任。好孩子，受点苦不算什么，妈妈相信你！这样，你先把手机还给同学家长，今天晚上先睡觉好吗？”我不知道这样回答算不算明智，但在一定意义上安抚了姚小泰的心。

“好的，妈妈，晚安！”姚小泰果断地挂掉了电话——他一向懂事，且善于为别人着想。我的心却陷入了一种深不可测的黑暗，并且，这黑暗像张牙舞爪的魔鬼一样从四面八方朝我挤压。我感觉自己简直喘不过气来！

为了验证姚小泰那番话里真实和虚假的比例，我迅速给他的班主任李明凯去了电话。李明凯中等微胖的身材，皮肤黝黑，一双大眼睛放射着果敢睿智的光芒，高而大的鼻梁端正地盘踞在中央。从言行举止和穿衣打扮上可以推断他来自西部山区，而他操着的那一口并不标准的普通话也暴露了这一点。

“呵呵，别上孩子的当！他们最擅长这招儿！我当班主任将近十年了，每年开学总会接到类似的电话。学校管理是严苛了些，课程安排得也比较紧，但音体美照常开着。另外学生们还可以根据自己的爱好报书法、篮球、乒乓、声乐等兴趣班呀！至于伙食嘛！老师们和学生同在一个饭桌上吃一样的饭，你就想吧，总不至于像孩子说的那么糟！不要担心，据我观察，姚小泰这孩子没问题，他的适应能力强着呢！”李明凯老师的话无疑将我心头的疑虑和担忧消除大半，但我并不能立即轻松起来。一想到出于“解放自己”的目的，我把这个一回家就到处寻觅我的孩子送到一个完全陌生的地方，在那，他要真正开始独立生活，他才十三岁，然而他必须孤立无援地面对新环境带给他的一切——恼人的校规和一群处于青春期的少年，他可能被身着名牌的“富三代”们歧视，也可能被浪荡惯了的坏孩子欺负，还可能因为改不掉拖沓懒散的臭毛病而被老师们责罚……他必须在得不到任何帮助的情况下独立解决掉这一切，而他才是个十三岁的孩子，他从未离开过我的监护。一想到这些，我就强烈地感觉到自己简直罪孽深重！虽然坚持让姚小泰寄宿的主要原因并不在我想甩开这个包袱——我承认是有这么一点点成分，但主要还是想为他提供一个更好的环境。毕竟，我们和婆婆同住的二居室里不能为他隔出来一处安静的空间供他学习，而且我和姚大志时常会为鸡毛蒜皮的小事争执，让一个处于生长期且生性敏感的孩子遭受这个委实太过残酷，也许他会逐渐变得胆小、抑郁也未可知呢！我的本意是能够使这个聪慧、阳光、有主见的好孩子在一个适宜的环境下健康成长。但骨感的现实总是和丰满的理想相差甚远。也许现实并不骨感，我只是受了一个乍一离开母亲而被无助、恐慌和种种不适应围困的孩子的蛊惑而已。也许正如李明凯班主任所说，他根本没有问题，他的适应能力强着呢！而我此时的担心纯属多余！一个母亲即使纯属多余的担心也并不可笑啊。此刻，我想念他，想念他从门边探进来的小脑袋和略微忧郁的眼神，那眼神显得干净、成熟、善良。

之后的一个礼拜我没有接到姚小泰的电话。其实，我几乎每天都焦躁不安地等待那深沉而沮丧的声音，那来自我亲生儿子的愤愤不平的倾诉。但实际上完全出乎我的意料，就好像他完全忘记了我，忘记了曾无忧无虑生活过的家。这样，我悬着的一颗心才得以缓缓放下来，它又可以在那温润潮湿地带正常运转了。

“务必出来见我一面，务必！中午十二点，我准时在麦缇小厨等你。”当这条短信无比突兀地出现在我的手机屏幕上，欣喜之余，我竟然萌生出强烈的厌恶情绪。凭着我单调的人际关系和发短信人猖狂决绝的口气，我断定李熙盛回来了！我之所以果断排除掉顾克谦，是因为我们没有在中午十二点见面的习惯，我们更不会选择麦缇小厨那华而不实的奢靡地儿消磨时间。

差不多两年的时间，李熙盛不肯在我的世界搅扰起一丝半点涟漪，我也不肯主动将期待被搅扰起涟漪的水面呈现于他。我以女性的尊严和任性切断了对他的思念。我曾坦言要为他保留一条秘密通道，只待他幡然醒悟后的一个蓦然回首，那时，我将奉献我的拥抱、热吻甚至肉体，但这样的想法在将近两年的日子里早已被消磨殆尽。现在，那条四季常绿、鸟语花香的泥土小径上已经走着另外一个人，他比他更懂得欣赏与成全。

虽然我断定我并不喜欢这次会面，甚至，我不愿见到那张在我心目中已经丑陋起来的、被坏风气浸泡得阳刚不足而狡黠有余的脸，但我还是鬼使神差地回了这么几个字：准时赴约但不排除迟到几分钟。

麦缇小厨位于最繁华的兴华路上，在政府大院南二百米左右路东的一个并不算宽阔的胡同里。深褐色砖条状主题墙使原本普普通通的一排平房获得了完美而任性的蜕变，现在，它具备了英伦范儿，竟然有点像坐落在英格兰小峡谷中的库姆堡镇上的一所小店。透过浅棕色木格子窗户，你可以窥到小店内简单而不失奢华的装修风格。忙碌着上菜端茶的服务生们身材苗条、面容姣好，她们的神态透露着经过专业培训后才具备的从容和自信。

“喂，这儿呢！”就在我挎着包东张西望着寻找他的时候，我听到一个细软乏力的声音从走廊最里面的隔间传来。虽然将近两年的时间不曾通话，但这令人厌恶的声音一响起来，我就能准确地判定这声音来自李熙盛。

“怀旧阁”三个带有行草意味的繁体字标牌挂在隔间的门楣处，这为接下来的会面增添了一丝言说不清的伤感气息，或许有淡淡的暧昧掺杂其中。我还没想明白赴约的真实目的和意义就欣欣然前来，并且我丝毫没有顾忌到姚大志的感受，我也没有顾忌到已经走在那条四季常绿、鸟语花香的泥土小径上的另外一个。我并不认为和初恋男友相会有伤风化，毕竟，我有自由和权利处置关于个人的所有问题。有时候，我简直要被自己的自私吓坏了，也许，我所追求并以此要挟姚大志的正是这可怕而盲目的自由主义和丑陋狭隘的个人主义。我怀疑我骨子里潜藏着放荡成分，是这肆虐横行的放荡成分把我逼入险境，而我身处险境却浑然不知。

李熙盛局促地站起身，他快速地将一双手斜插进裤兜，但旋即又拿出来交叉着放到胸前，一些细微的汗粒突然冒出来，它们在瞬间汇成细流并沿着脸颊向下移动。此时，他呈现出的一派羞怯不安之态使人意外，而这完全不像一个在中国南方摸爬滚打了十几年的男人应该有的表现。

“小北，谢谢你能来，谢谢！我简直高兴极了！真高兴！就在刚才，我还担心呢！你来了，我可真高兴哪！你坐。”李熙盛一边语无伦次地说话一边推着我入座。

“怎么有空了？”我坐定后淡淡地问了一句，其实，我本心也是无比冷静的。但这几个反问语气的字毫不客气地暴露了我的情怀——既有惊喜，也有嗔怪。是啊，这与我初恋的男人在过去的十余年间应该有无数次路过我生活的小城，而他仅仅做了不曾停留的远客。

“你想吃什么？”李熙盛知道他并没有能力消除我话里氤氲而出的火药味儿，所以暂时将话题转移。

“随便吧，对吃的向来不在意！哦，不行，得点两个讲究一些的菜，毕竟你大驾光临一次不容易哪！”我不知道究竟为什么话里带话地刺激他，莫非是骨子里那些肆虐横行的放荡成分也产生了报复心理？

“你点，呵呵，随便点吧，只要你高兴。”李熙盛将菜单推到我这边，他就势用右胳膊将下巴支起来专注而温暖地看着我。

“你越发气质了——成熟、智慧、知性，简直太完美了！”李熙盛不由自主地将支着下巴的右手放到我的手背上，他试图探索那从未触碰过的肌肤。

如果我顺应了他的要求，那接下来将不可避免地发生更为严重的后果，而这后果无疑是生命中不能承受之重。所以，在他的手一接触到我的手，我便果断地将它抽回。虽然，我的举动会使他感到难堪，但我必须摆明态度，我不能任由着骨子里那些肆虐横行的放荡行为付诸行动。

“你胆子大了，也会赞美人儿了。”我回敬他一个淡淡的微笑之后便将注意力集中在菜单上。

“麦缇烤肉、面包诱惑和糖醋小排，你觉得怎么样？”在报出这三个菜名之后，我礼节性地征询李熙盛的意见。

“行啊，你这品位根本点不出不好吃的菜，OK 了！”李熙盛愉快地用拇指和中指打了一个响哨，他将服务员唤来时又给我要了一杯芒果奶昔，给他自己则要了两瓶崂山黑啤。

李熙盛借着两瓶黑啤的微弱醉意向我表达了歉意和爱慕。据他所说由于得不到第一任妻子的信任，每次回老家路过我生活的小城，他妻子总会形影不离地紧紧跟随，所以纵使他有千百次约见我的计划和冲动，也总会在严密监视之下泡汤。现在的第二任妻子几乎对他放任不管，她厌恶北方，更厌恶他那些贫穷而没有见过世面的亲人。为此，在他父亲因突发脑溢血而昏迷不醒在市第一医院的重症监护室之后，他独自回来尽孝道了。

在得知李熙盛还没到医院看望父亲便先来和我见面时，我不仅没有为他对我的重视感到兴奋，反而，我的内心里涌起的是难以名状的沉重。我用刻薄的语言批评了他，但他只是反复说：“爹现在昏迷不醒，有老娘在呢！而我是想见你想得都快疯了，我必须得先见到你。”

由于我们将大部分时间花在聊天上，所以在大部分客人走光，而我们不得不结账的时候才发现点的三个菜几乎完好无损。我建议他将它们打包带给守候在医院的母亲。他顺从地接受了我的建议，这使人愉悦。一直到他微驼的身影消失在耀眼的日光里，我才离开。其间，他曾无数次回头看我，我呈现给他一副不喜不悲、神闲气定的漠然神态。他不能从这样一种神态里准确判定我的态度，而实际上，我也完全被这意料之外的会见弄蒙了。我清晰地知道我并不爱现在的他，但我也清晰地知道初恋的力量大得惊人，那是终生都不得释怀的奇妙情愫。

37

一场大雨毫无征兆地来临，它试图清洗附着在房屋、田地、枝叶等一切物体上的尘垢，清洗那些被利益和欲望污染得疲倦而垂死的灵魂，但它那伟大的愿望显然可笑至极。它肆意地释放淫威，但管什么用呢？父亲不是为了那微不足道的利益和事实上分文不值的颜面而拒不听劝吗？他狠心割断几十年的兄弟情分，大有和大伯老死不相往来的气概和决心。二弟呢，他依然顽固地保持婚前那副吊儿郎当的模样，从心理上克服掉懒散耍滑的坏毛病，那简直比登天还难。这不，从婚后至今的十个多月时间里，他从押运工到快递员到装修工频繁地更换工作，最近又从承包的小工程上败下阵来，这让他损失掉从素影本家两个大哥那儿借来的五千块钱本金，除去这笔，他还欠了工人们将近一万块钱的工资。是啊，一个技术上不过关、责任心又极度匮乏的包工头领着一群生手能干成什么呢？何况，他过分耽于享乐，又不肯学习经营之道，据说在他承包工程的那段时间里，竟然沉迷于睡懒觉、下馆子、泡网吧这样大逆不道的事儿。所以，他再次受到惩罚简直是天理所在。

而我，要我怎么说呢？我真实地感觉到隐匿在骨子里的放荡因子正焦躁不安地乱窜，它们假以女性解放、独立、自由之名，迫切需要找到新的栖身之处。就在几年前，我彻底摆脱了家庭主妇身份而有声有色地经营起自己的事业和兴趣，并且，在真实地品尝到写作的快乐之后，我决定将余生的所有热情和精力奉献于它。一个热衷于写作的女人并不甘心爱情之洲的荒凉与寂寞，即使忍受着道德与良心的谴责。在悄然而至的激情旋涡里，每一个试图僭越者都大义凛然地做好了毁灭的准备。如今，我正像一个亟待被毁灭的弃儿似的急切等待着，或许，我已身处其中；或许，我的膝盖以下的血肉已经烂掉了……但这有什么关系呢？一个做好准备被毁灭掉的人儿究竟怕什么呢？想必是没什么好怕的！

整个被雨声渲染得具备了凄凉色彩的晚上，我一直坐在那把有着银白色皮革面的矮凳上胡思乱想，除了上面那些内容，我还想到了姚小泰。此时，他肯定在靠窗的上铺睡着了，他是在遭受了一天的心理折磨后独自爬上床睡觉的。他正睡得酣甜——眼睛紧闭，嘴巴微张，呼吸均匀，两只松着的拳头呈投降状放在脑袋两侧——他实在是个英俊而聪慧的家伙！一想到热爱并苦心追求自由的母亲却狠心将唯一的儿子送入完全失却自由的“牢狱”之中，一想到他正在遭受自己遭受过的挣扎和痛苦，我的心就万分疼痛。然而，我还没有勇气做到如姜文和王朔般潇洒，他们以不同的方式给予孩子独立而自由的天空。而我目前的拙劣选择显然迎合了中国式教育体制。我无比愧疚，但我无可奈何。然而我是真的无可奈何吗？

“亲爱的儿子啊，为了所谓的美好前程，请原谅一个没太大本事的母亲的狭隘和偏执吧！”我自私地安慰自己，希望姚小泰能在遥远的将来理解我的苦衷，并且原谅我的过失。瞧，人就是这么自私！

当窗外的槐枝停止摇摆，雨点打砸地面的力度渐趋温和，我才从这浩瀚的胡思乱想中回过神来。电脑上显示的时间是 21 点 10 分，大约在两小时前，我将一碗小米粥和一个韭菜肉包子放到坐在餐桌旁打盹儿的婆婆面前。“吃饭吧！”我在她耳边大声喊了一句便转身离开了。现在，我探身朝婆婆坐的位置看过去，啊，天哪！她竟然坐着睡着了！像一尊泥塑，她将两只手朝下平放在大腿上，脖颈与前胸呈九十度角，此举显然是为了使睡眠毫不干扰地进行。

我意识到作为儿媳的失职，如果她摔倒在地板上，那不堪设想的后果会是什么呢？大腿骨折？脑出血？抑或由于脑部缺血而猝死？即使只是擦破点皮，那我也将背上照顾不周的沉重包袱……想到这里，我赶紧快步走到婆婆身边，摇醒她，并搀扶她上卫生间小便。我的搀扶并不能消除婆婆的担忧，她几乎是挪着小碎步朝前走，并且，她几乎将全部体重倚在我身上。给她脱裤子时，她那凹陷的肚子、肚皮上那些密集的褶皱以及裸露在褶皱里的顽固黑斑再次跃入我的视线，我强烈地感觉到衰老的可怕、可怜和可憎。

姚大志要陪同老板出差几天，据他说要陪同老板接连考察本市下属所有县城的轮胎业务，这无疑是振奋人心的消息，要知道十余年的朝夕相处实在是一种几近丧失尊严的煎熬，纵然有过如胶似漆的日子，但那日子短暂得可怕，几乎没留下值得怀念的记忆便倏忽而过了。

我意识到自己染上了轻微洁癖症，或者是一种含蓄的强迫症。比如，写作之前若不把地板及电脑桌上的微尘、毛发等污物清理干净，我怀疑它们会阻碍我的思维，甚至污染即将从我脑海中喷薄欲出的好句子。而实际上，人在污浊的环境中确实难以保持冷静而纯洁的思想，也非常容易懈怠。这毛病也影响到了我的交际原则，我一直坚信自己有完美的人格，起码能够做到对生活在身边的贫富贵贱等各种人一视同仁，但我发现根本不是这么回事——我极度厌恶顾克谦的朋友 A 君，A 君体型瘦小、长相猥琐，后脖颈至头发根处生着一些恶疮，他常年混迹在一群混天熬日的舞女之中，完全靠着她们的淫荡和施舍过活，最使人不能容忍的是他竟然热衷于以含混不清的口音和拙劣不堪的见识在饭桌上不遗余力地夸夸其谈。人最可恨之处在于对自己的可恨毫无知觉，并且放任它们肆意而为。顾克谦则对于这个招人嫌的朋友表示出了真诚的宽容情怀，他倒是不强硬地要求我在对待 A 君的态度上和他保持一致。由此，我断定，顾克谦的秉性优胜于我——他是个值得信赖的、品行良好的朋友。

博美犬“妞妞”依照惯例在亲吻我之后便依依不舍地踱到暖气片下打盹了，它实在太困，不到五分钟工夫，它便将薄而漂亮的眼睑牢牢闭上，再也不肯朝我这儿调皮地乜斜，尽管我不怀好意地发出怪声引逗它。

在顾克谦的短信到来之前，我竟然对那个在“怀旧阁”向我奉献殷勤和赞美的男人念念不忘。想必他已见到在重症监护室里亟待照顾和抚慰的父亲，父亲的面容憔悴而衰老，手背及胳膊上的青筋根根暴突，他没有任何知觉，只有微弱的呼吸证明着生命的延续。或许，他抓着父亲那不能回之于任何反应的手时感到了深深的愧疚，这愧疚像一股电流击中了他；或许，他望着父亲那不能展现任何表情的脸时感觉到的只是累赘和陌生，而他，像急于逃离窘境的鼹鼠一般表现出了深深的恐惧和焦躁。

“他在干吗呢？在医院走廊的座椅上打盹，还是在昏暗的灯光下陪母亲聊天？可能他独自一人在花园的鹅卵石小径上散步？或者他正给第二任妻子编辑一条违心的短信……”

我知道我应该将精力放在我的家人身上，但此时此刻，家人的光环显然被这猝然而至的外来客掐灭了，即使他们试图透过密实的阻碍唤醒我的内心，但他们的力量显然微不足道。

“安顿好了吗？”我迫切地按下微信的发送键，并且焦急地等待回应。

“父亲还在监护室，他处于重度昏迷。我和母亲在医院走廊的座椅上，没料到这场雨，所以没有薄被，有点冷。”我的手机屏幕上很快出现了一行字。我不能对这行向我表达难处的文字无动于衷，毕竟，在那情窦初开的年纪，我曾将最无私、最纯洁、最美好的情感毫不隐瞒地交付于他。

“二十分钟后到市第一医院正门口等我。”几乎没有经过任何考虑，这几个字就鬼使神差地被发送过去。

“不麻烦了，熬一夜很容易，明天我就会安排妥当。”当我乘坐上一辆出租车时，李熙盛的回信才发至我的手机。显然，他是在经历了一番激烈思想斗争之后才做出的这个决定。

“等我吧，二十分钟，正门口，我已打上车。”我以不容推却的语气又回了一条。一直到车子行驶至市医院大门口，微信没再出现新的信息。我不知道在这漫长的沉默里，他会思虑些什么。其实，我的本意并不在扰乱他的心，也无意使他对我产生愧疚和感激之情，我只是想尽一下地主之谊，让两个身处异地的乡亲在这雨后的凉夜里感受到故乡式的温暖。如果有一点小私心的话，我想借此机会亲证抑或观摩一下李熙盛对待我的态度，以一颗狡黠而放荡的心，观摩一下这个被侵染坏了的男人如何面对从未在肉体上得到过的初恋情人。

飞蛾欲扑火，谁堪阻挠之？我甘为鱼肉，默默待刀俎！我感觉到一种复杂意味的悲壮，隐藏在这悲壮里的不只是窥探，还有真诚及那久不释怀的情结。

我看到那熟悉的身影搀扶着一个比我母亲略微肥胖的中年女人急匆匆地走来，是他们！果然，他在思虑再三之后甘愿接受我的帮助，也许他只想为精疲力竭的母亲找个暖和的去处，也许他从心理上渴望与我的再次相见。我本应下车迎接他们，但我只是从降下的车窗朝他们挥了挥手。

“去我位于西华里的家住一宿，很近，五分钟车程。”待他们上车坐定后，我说。

“不简单哪，两套房子了！”李熙盛的话音有些暗淡，甚至我能听出淡淡的调侃味道。

“现在住着的是公婆的，西华里这套才是婚后我们自己买的，简装了一下给老家的亲戚们落脚。”我回过头看他们的时候，他和他母亲都抬着头看我。他母亲脸上流露着一层扑朔迷离的恍惚，显然，她已记不起我这个曾因为急性关节炎而躺在她家西屋的窄床上接受针灸的姑娘了，那时，她儿子像忠实的金毛犬一样守护着我。

“你还是那么善良。”李熙盛由衷地说。我感到那火辣辣的目光简直要穿透我的脑袋。

“这是谁呀，小儿？”老母亲疑惑地问。

“你猜。”李熙盛并不直言相告，我能听出洋溢在他内心的快乐。此时，重症监护室的那个人和我的婆婆显然处于被遗忘的角落。人心，总是狭隘而残忍的！在标榜的光鲜美德的缝隙里总有黑黢黢的虱子在爬动，它们悄无声息，但生命力却异常顽强。

“是嘉慧吗？”老母亲试探性地回答。为了配合眼前的气氛，我特地扭转头给她看了一眼。

“不是。”

“那？”

“是小北啊，娘，是小北！刘木北，忘了呀！”李熙盛见母亲的疑惑逐渐加大，他终于不忍心母亲在经历了白天的恐惧和慌乱之后再煞费心思。

“哦？哦——”老母亲恍然大悟地松了口气便没再说话。

为了使老母亲睡得舒适，我建议她洗个澡。她起初有些扭捏，但看到我的真诚和坚持后便欣然同意了。为此，我从衣柜里找出一套蓝底儿碎花的纯棉家居服给她替换。我亲自给她示范了电热器的用法，并且将适宜温度的热水放出，并告知她不必关水。

老母亲洗浴的当儿，我和李熙盛便坐在客厅的沙发上聊天。我们有意隔开大约两人的距离，除了给即将走出浴室的母亲一个好印象，还从形式上约束两人不经意间可能发生的亲密之举。他表现得矜持而慎重，因为下午的酒意早已消退得一干二净，他没再将那些轻浮和爱慕的话说出口，但我能从他的眉眼和口吻里捕捉到难以名状的天真和兴奋。

虽然西华里的房子是大三居，虽然每个房间都有备好的被褥，但我还是选择了和他母亲同居一室，而他将在书房的单人床上度过昔日恋人近在眼前而不可及的难熬一夜！

也许是太累了，也许老母亲根本不善言辞，也许和我根本没什么话题，老母亲很快背对着我睡着了。

黎明时分，我在恍惚中感觉到有人抱住了我！我在一个激灵中清醒过来，我彻底清醒了！而我发现横亘在胸前的是李熙盛的手臂，他的头紧挨着我的头——我多么紧张、激动、惧怕！

“嘘——”他制止了我的喊叫，并朝他母亲望了一眼。

“你不能！”我一边挣脱他的搂抱一边小声嗔怪。

“这是我多年的愿望，啊，小北，就满足我吧，几分钟就好！”李熙盛在我耳边苦苦恳求。他的母亲看似像一截木桩一样毫无知觉，她依旧背对着我们睡得酣甜！我不敢动，不敢大声喊叫，只能由着他搂抱着。我想就满足彼此几分钟吧！毕竟我们是对方初恋的情人！但欲望会被宠坏的，它总是表现得像个任性的孩子，当你给它一点缝隙，它总是想拥有更大的！他竟然亲吻起我的脖颈！天哪！我的默许显然已纵容并唤醒了他的欲望，此时，他正像一团熊熊燃烧的烈火！我把这团火引进家，我必须要有扑灭它的能力！想到这，我霍地坐起来，不管不顾地下了床。为了避免他母亲发现，他也轻手轻脚地下了床，那样子狼狈极了。

李熙盛的表现超出了我预先设想的情节，它使我愈加看清了“流窜”在男人血液和思想里的欲望之火，那火凶狠而激烈地燃烧……而他只顾在凶狠而激烈的燃烧中感受刺激，实在无暇顾及到那些诸如良心谴责、社会评论之类的微不足道的小问题。我承认自己绝非爱护“清誉”的圣女，现在，那股游荡于我体内的“放荡”之气见缝插针地攻击我，如果我有意压制——以我的强悍和毅力，它们一定会服服帖帖得畏缩不前。但问题的关键是，我压根儿不想这么干！我神闲气定地把他引进一个迷蒙而温暖的危谷，热情洋溢也可以说不怀好意地观摩并体验一个成年男人在突然相遇初恋情人时的种种表现。而，现在，我达到了目的。但显然我得到了期待中的李熙盛的赞美，事实上他不仅赞美我，而且还向我表达了真挚而强烈的希冀，虽然我暂时搞不清他对我的希冀到底是肉体上的还是精神上的，或者他希冀与我重修余生之好……

我们深知初恋纵然如美玉、明月、花朵般美好，但毕竟时过境迁，我们怀念和思慕的是初恋时的人和情分，而绝非当下。

“但愿君心似我心，定不负相思意！思念如此美好，而思念你愈加美好！所有的你的呈现，不论对错，都是美好！我的小人儿，只有唤着你的名字才能入眠！”

我的手机屏幕上赫然躺着这些字，这是另一个男人的心声。而我在他唤着我的名字入眠的夜晚，却盛情接待了初恋的情人——罪孽深重啊——实在罪孽深重！

这次见面正如陈寅恪写给吴雨僧的那句“暮年一晤非容易，应作生离死别看”。事实的真相应该是我们不约而同地意识到了彼此的改变，并且彼此的改变又表现得那样不尽如人意。所以，在李熙盛南归之前，我们再也没有制造机会相见，在他南归之后，我们也心照不宣地断了一切联系。我想，这种割断应该会持续到缥缈而又遥远的未来……

38

“怀旧阁”的情调和西华里的魅惑使我深感歉疚和恐慌，我知道自己正不明就里地朝着一个深渊坠落。其实社会上的深渊本来就一个接一个地潜伏着，它们像颇具耐心的鳄鱼专等着猎物上钩。而我这只尚未完全丧失尊严、良心及信念的猎物显然有了反省意识，并且这强烈的反省意识时刻折磨着我——难道所谓的女性自由就是背着没本事的丈夫而沉湎于其他优秀男人的学识、涵养、品格之中，从而艳羡一种截然不同于往昔的生活方式，甚至滋生出冲破这粗鄙而干涸牢笼的意愿，投入另一个男子的怀抱？难道所谓的个性解放就是对社会伦常发出的抗议之声不管不顾吗？虽然我已经通过自己的不懈努力博得了一些进步和声誉，但我并不懂得怎样爱护它们，我甚至亲自用带着毒性的“营养液”摧残它们！我怀疑造成我嬗变的除了自身的虚荣心和利己主义作祟之外，集体浮躁的社会环境也是一股不可小觑的力量，甚至，这股力量可能起着决定性作用。我没有足够的智慧和能力对抗整个社会的集体浮躁，但我敢肯定在对抗自己的虚荣心和利己主义上，那些不同寻常的勇气和信心已经迫不及待地跃跃欲试，它们将以无限的热情和爱意拯救我脱离险境。

这样的反省使我痛苦，因为我深知愈是反省得透彻、深刻，距离所谓的个人幸福也就愈加遥远。我已经像个胆大而纯洁的小姑娘在追求个人幸福的道路上迈出了一小步，在这一小步美景中，我真切地体验到了爱和被爱的滋味。而现在，正是抽身离去的好时机——浅尝辄止未尝不是爱情的最佳境界。虽然在学术上这是个几乎让所有人都鄙弃的词汇，但在爱情上，它绝对应该被推崇。因为爱情的美好总会被隐藏在人性中的丑陋所损伤，而在那初始的战战兢兢的一小步中，陷入爱情的双方谁都会运用智慧并耐着性子收敛起那些丑陋。当然，这只是我的一己之见。然而我就是凭着这近乎鲁莽的一己之见而产生了和顾克谦彻底了断的念头。在这可怕的念头还未酝酿出实际行动之前，我们依然在蓝田咖啡馆或是其他适宜谈情说爱的场合频繁见面。尽管在每一次见面之前我都抱定了了断的决心，但一见到他，我那试图了断的意愿就会在顷刻间消失得无影无踪。他使我陷入圈套，一个为爱情的成长提供了一切的仿佛具备魔力的圈套。确切地说，我们之间的爱情使我们陷入了圈套——不能自拔，不忍自拔。

直到有一天，我应约赶到一处陌生地方，在那儿，我们意外而又果断地结束了这场风花雪月。逃离那陌生地方之后，我迫不及待地将一直安放在办公桌右手边上了锁的抽屉里的黑皮笔记本焚烧掉。在焚烧之前，我一边忍受着眼泪的汹涌肆虐，一边将那些泛着赞美和爱意的句子细致而深情地吟诵，我发誓那是最后一次温暖而心痛地感受爱情。

现在距离那我至今都想不起名字的陌生地方的诀别已经过去整整半年，姚大志的工作有了很大起色，他在我的建议下认真阅读了一些有助于提高业务能力的书籍，比如《演讲与口才》《世界上最伟大的推销员》《人性的弱点》等。现在，他已经不满足于单纯给人开车这样的小角色，他向老板申请要在业务上独当一面。自然，老板看在他忠实可靠且勤奋好学的分上，几乎是不假思索就答应了他。一个礼拜之前，他已经接连攻克了两个县城的十余家轮胎销售点，单是订单提成就产生了两万余元的收益。就在他犹豫着要不要向原单位递交辞呈之际，兄弟矿突发了一起跳井筒事件，在那起事件中，一名不到四十岁的矿工当场死亡。据说事件原因是抗议轮休制及轮休以来仍然不能按时开支的悲惨境况。事件发生的第二天，姚大志果断地递交了辞呈，自此，他由一名国家正式员工沦落为打工仔。

遥远而伤感的初春时分，窗外那不久前还泛着芳香的花海悄然变成一大片绿波，在东风的催促下，那些年轻的树冠悠闲地摇摆，似乎要将整个冬天的烦恼抖擞干净。淡蓝而明澈的天空从容而安静地平铺向远方，一条条高压线像刻意勒出的细痕横亘眼前。凭着细腻而敏感的内心，我将那些细痕无限放大，它们引导我回想起半年前那个陌生地方，在那，我和一个相爱的男人——我们做出了最后的决定。

那是坐落在距离市中心较远的马槐路上的一处小到可以忽略的独院，院子东侧种着一排毛竹，毛竹的阴影下有一个袖珍碾盘，碾盘上的石轮呈现出均匀的龟裂纹状。西侧的长方形栅栏里种植着五六种不常见的花，那些花的姿态和颜色都是我打心眼里喜欢的，虽然我叫不出它们的名字，但我一定在某时某地向他透露过对于它们的喜欢。北侧那一间屋子显然经过简单装修，装修风格古典而质朴，暗合着我的审美观和心理诉求。

顾克谦将我引进这所院子时，我并不知道自己在几个月之前已经成了这所院子的主人，直到他将一把月牙形的钥匙递到我手心里，我才意识到事态的严重性。就在我由于疑惑而愣怔的时候，他一把将我抱起来，容不得我挣扎，那是一股由于被压制得太久而爆发出巨大战栗和顽固的力量。我感到前所未有的恐惧和幸福，而那时，暮色熹微，万籁俱寂，正是消磨情感的好时候。

在悄然而至的激情旋涡里，每一个试图僭越者都大义凛然地做好了毁灭的准备。如今，我正像一个亟待被毁灭的宠儿似的急切等待着……毁灭的时刻终于来临，就像我曾经想象和期盼的那样……

那些像刻意勒在淡蓝而明澈天空上的高压线在风的驱赶下剧烈地颤抖了几下，在它们戛然恢复平静之后，我的肉体和精神再也按捺不住一股神奇力量的召唤，这是一股带给我强烈震颤的美妙而激越的力量，也是一次使我铭心刻骨却执意要封杀的爱情苦旅——我不得不怀着无限柔情细细回味那促使我们做出最后决定的罪恶夜晚。

当我意识到那沉陷在毛竹和无名小花里的拥抱不同于往常时，我的心根本不允许我悖逆，它比往常明显跳得激烈，甚至，我能感到有灼热的气流在我的胸腔里乱窜！像早就有了肉体关系的亲密爱人一样，我几乎不假思索就将胳膊伸出来环在他脖颈处。顾克谦神色凝重地紧盯着我，那是一种我从未见过且无法准确形容的目光——从容、焦灼、柔情、蛮横——它们神秘而快速地变换——在从院子到卧室的一小段距离中，我以局内人和局外人的双重身份探视着一个中年男子的面部表情的丰富变化，虽然那时候，充盈在我胸腔内的那股气流并未停止乱窜。

在进入卧室之前，我们路过一个大约十五平方米的长方形小客厅。那时，我正被限制在顾克谦的怀抱里，我清晰地感受到他抱我的力量又增加了几成，这差不多使我喘不过气，但我仍然使劲转过头将这已归到我名下的房产的一角扫视了一下，我的目之所及非常有限：一张刷着仿古漆的方形实木餐桌上摆着一款看起来像墨玉材质的茶台，两只梨花楠木的直筒型小杯子在空阔的茶台上显得有些孤独；一面中式镂空榫卯花格实木格子的隔断上摆放着一些饰品，有一个瓷制的唐仕女，还有一个看起来面熟且具备罗丹《沉思者》气质的石膏头像。就在我冥思苦想那女性头像是谁的时候，顾克谦已经抱着我进入了另一间屋子，那显然是卧室，因为我已经被放到一张舒适的大床上，是我喜欢的北欧风格的布艺床。蓝底儿大牡丹花的亚麻窗帘占据了整面墙，我知道窗外是黑夜，是可以包容一切的黑夜！

我几乎没来得及翻身便被顾克谦压了下来，因为有了长达一年的铺垫，因为爱情这个魔鬼一直不曾停止诱惑，更因为我们都做好了毁灭的准备，所以，我们顺理成章地完成了有情人之间最应该完成的事情。虽然，这件事在“道德君”嘴里一贯以“无耻、下流、卑鄙、淫荡”等贬义意味十足的词语形容，但我们获得的奇幻而美妙的感受岂止“登峰造极”“浃髓沦肌”“惊心动魄”等词语可以穷尽？

灵与肉的结合才是最道德、最和谐、最正义的结合！而那时，我们多么幸福！我们都觉得我们是这个世界上最应该“执子之手，与子偕老”的人。我们毫不犹豫地将“莫洛亚的意思”发挥到了极致，而在这突如其来的极致里，我们根本不忍心悬崖勒马。

“让我们自由自在地相爱吧！我爱你，爱得严肃、深沉。别怕，不配有任何人谴责我们，因为我们不是逢场作戏。你爱我吗？你说你爱我吗？”待一切平息下来，那时，月光正穿透窗户洒在他的脸颊上，像乡下深秋的早晨平铺在大地上的一层霜；淡雅而澄澈的花香波浪般氤氲着整个房间，它们使我在瞬间里想起苦乐悲欢的童年。他侧着脸看我，那是一张涂满“成年羞”、焦灼、渴盼等复杂表情的脸，单那两道灼热而无辜的目光就足以使我臣服。

那一刻，我们臣服于爱情。仅是那短暂而又美好的一刻而已！我很快发现罪恶感像裹挟着利剑的暗流一波一波地袭击着我的心，毕竟，我是丈夫的妻子，我还是儿子的母亲！我不能想象一个爱护尊严且追求上进的女人沦为人们茶余饭后的谈资，甚至，她要遭受最最拙劣的污言秽语，更不能想象一个虽然不太富足却拥有简单幸福的家庭面临解体，像塌陷在熊本市益城町的房子那样变成一团废墟。

“你爱我吗？你说呀，难道你不爱我？”顾克谦使劲地晃了晃我，那时，我正陷入沉思，但我明显感受到他摇晃我的力度。

“我不爱！”理性代替我做了回答，但我知道这三个字并不代表我的心灵。

“你不爱我？你不爱我吗？真的不爱我吗？”顾克谦将我抱得更紧了，并且他试图俯身吻我。

“是，我的确不爱你。”我本来不打算这么绝情，毕竟，我们是有情人。但在那一刻，我仿佛被某种神秘力量操纵了一般，就这样，这句将我们引入绝境的话竟然轻松出口了。

“哦，既然如此……”顾克谦决绝地松开一直抱着我的手臂，脸色煞白，眉毛纠结，额头处仿佛遭遇了肌肉痉挛般轻微地颤动。

直到我离开，顾克谦都保持着这样的姿态，即使听到我把那串钥匙放到客厅的实木餐桌上，他都一声未响，像沉寂在夜色里的没有生命意义的建筑。

从此——我断不思量，你莫思量我。起码在形式上，我们断绝了交往，在没有任何仪式的情况下，我们不约而同地断绝了交往，甚至，在尊严这个虚词的作祟下，我们没有见上最后一面。戛然而止得太过仓促，仓促得使人忍不住痛惜，忍不住要在某种情怀下不由自主地回味。

婆婆在生日的前两天猝然离世，她是在我眼皮底下和这繁华人间告别的。那时，我正一勺一勺地给她喂饭，是她喜欢的掺有肉汤的菜粥。她咀嚼得很慢，并且吞咽得也很困难。起初，我并没意识到问题的严重性，只是耐心地等待她。我从来没有表现得那么耐心，现在想来，可能是耶稣指示我，或者他怜悯一颗善于反省并懂得慈悲的心。试想，如果在婆婆临死之前，我又没能按捺住脾气而数落她的不是，甚至对她言辞刻薄，那在她离世后，我将会陷入永无休止的懊悔之中。待我认识到情况异常时，婆婆已经表现出现了昏迷状态，继而，她的身体筛糠似的抽搐。短短十分钟之后，她的生命便永远停止了！遵照她的生前意愿，我们将她那灵魂得救的肉身送回老家和公公葬在一起。

39

仓央嘉措说：世间事除了生死，都是闲事。细品此话，它弥漫着近乎悲凉的顿悟和超越凡俗的智慧，完全不像出自一个不到三十岁的青年之口。婆婆终于完成人世间最重要的两件事，而我们不得不继续在这无限冗繁的闲事中彷徨挣扎。

“唉——你成地道的孤儿了！——可怜哪！”埋葬完婆婆的当天晚上，疲倦和忧伤正像无处不在的空气一样侵扰着我们。那时，姚大志正蜷缩在床上，他背对着我一言不发。远处，从趣园东侧的小广场那边影影绰绰地传来低沉甜暖的音乐，一些不甘寂寞的男女借着夜色的掩饰，以运动之名，他们用眼神、臂膀的力量和动作的幅度传递着暧昧信息。窗外那棵一抱粗的大槐树沉默在昏暗的夜色里，微风徐来，一股浓郁的槐香透过半开的纱窗滑进屋子。

“你小时候吃过蒸槐花吗？就是先把玉米面撒在槐花上拌匀，再把拌好的槐花放到笼屉上加热，大概十五分钟就熟了。捣一头蒜，放上醋、盐、香油调汁……啊，那可真是美味！你吃过吗？”为了使那并不善言谈的男人恢复一点元气，他实在太孤单了，此刻，他像个迷失在森林中的孩子那般使人忍不住怜悯。这在平日里显得拥挤的小二居因为婆婆的离去变得格外空旷，这突如其来的空旷几乎使我们无法适应。到处都是婆婆的影子：她坐在客厅的圈椅里打盹，隔壁卧室又响起她抑扬顿挫的鼾声，她目光呆滞地仰卧在床上，她由于将大便拉在裤裆里而难为情地哭泣……

姚大志并不回话，他一动不动地保持着蜷缩的姿势，好像重感冒患者怕冷一样。他也没回过头看我，就好像暂时失了听觉，或者，他根本就从心底排斥任何声音。我知道他正沉浸在巨大的悲伤之中，虽然我认为婆婆并未给予他多少温暖和爱护，但他毕竟痛失了母亲，为此，他彻底沦为孤儿。

“你一定吃过的，是吧？”我的目的在于帮助他驱赶悲伤，可是，我选择的话题并不合适——小时候的蒸槐花必然出自母亲之手，而母亲刚刚离去，此刻，她正睡在几米深的地下，说不定有一些虫子已经开始咬噬她的肉身。

姚大志仍然一动不动地保持着蜷缩的姿势，我猜想是漫长而温暖的回忆正引导着他在充满快乐的童年小径上奔跑，而他根本舍不得停下脚步。直到我看到他微微颤动的肩膀，并且，沉闷的哭泣声也随之而来——成年男人的哭泣沉闷而怪异，闷雷一般撞向冰冷的墙壁和浩渺的夜空。我吓坏了，因为他在整个葬礼过程中都没有表现得这样激烈，甚至，他根本就没掉一滴眼泪！他像个由于迷失而陷进无限迷惘的孩子，他需要安慰，他正被孤独和恐惧纠缠。

我紧挨着他躺下，并且尽可能和他的体型保持一致，这样，我便成了围裹着他的一层保护膜。我感受到他在我的怀抱里渐渐安静下来，这从他渐趋均匀的呼吸可以推断。但我仍然用右手轻轻抚摸他的手臂，就那样在夜色朦胧的静谧中过了好久。多少年了，我忽略了身边这个实质上情感充沛而富有责任感的男人。我几乎毫不客气地把诸如狂野、低俗、不思进取、死要面子等一些低等词强加于他，并且，我放任这些词汇在他身上无限扩大，直到将通向爱和理解的小径堵住。只差一点儿，我们就在这条被堵住的小径两端因氧气和光照的长期缺乏而窒息死亡。

“媳妇，你是我媳妇。你不要离开我，好吗？”姚大志将左手伸过来压住我正轻抚他手臂的右手，他用力地握住它，甚至，我听到了一声轻微的骨骼错位时发出的“咔嚓”声。

“我不离开，不离开啊，从没想过离开。”我感觉到姚大志的手心灼热而潮湿，他握着我右手的力量丝毫没有减弱。

“我怕你离开，毕竟我们不是一路人，你搞的那一套我完全不懂啊，我是真不懂，也没兴趣和精力懂。媳妇，我想过让你走你该走的路——但——唉——我就是舍不得让你走。我知道你喜欢那个叫潜初的，哦，他真名叫顾克谦是吧？不瞒你说，我跟踪过你们，香溪路，蓝田咖啡馆……说实话，你们真般配呀！

简直是天生的一对儿！”姚大志将这些话说出口的时候仍然背对着我，他只顾说下去，并不像往常咄咄逼人地等待我的解释。

“春天的一天，他带着你去了马槐路，那小院子挺漂亮，你很喜欢，是吧？你们在里面待了整整两个半小时，那时，我死的心都有啊。但房贷、姚小泰和我妈都不允许我死啊。所以我耐着性子等着，直到你单独一个人跑出来。你沿着马槐路走啊，走啊，我就像贼一样远远跟着，一直跟着，后来你坐到一辆的士里面……媳妇，我感谢你回来了！但我从心里觉得你和他才般配。我都不知道该咋办了！我害怕你突然没了，怕这个家散了……”姚大志几乎是啜泣着说完这些话的，而我像个被剥光衣服的小丑满怀着愧疚将这些话听完。我在丈夫的眼皮底下演了一场低劣的剧目，而那个在我心里一贯表现得不尽如人意的男人却以无限博大的胸怀容忍着这一切！究竟是爱情还是传统的家庭观念使他选择了忍耐，抑或他根本无力承担变故和非议？这无关紧要，紧要的是风雨乍过，暖阳如酥。

在六月下旬的期末考试中，姚小泰取得了年级第二十八的好名次，要知道初一年级学生总数不少于九百人呢！这于我简直是莫大的惊喜，在见到姚小泰之前，我没有办法确定发送到我手机上的成绩究竟有几分准确性。但有一个事实——严谨而又死板的班主任从来没有犯过弄错学生成绩单的错误。由此，我确信了那一直不爱学习、过分好动且懈怠作业的孩子着实狠狠地赐予了母亲一份盛大的礼物。尽管这礼物晚了好多年，尽管这礼物的持续性像精神病人脸上的微笑一般捉摸不定，但它绝对以无与伦比的分量满足了我的虚荣心。虽然，我一贯摆出一副开明态度，即孩子健康快乐地成长才是重中之重。为此，在姚小泰刚开学的第二个大周，我还煞有介事地给班主任发去一条短信。那时姚小泰对这所管理苛刻、人性化缺失、硬件贫瘠的学校没有一丝好感，且闹着转学。为此，我义愤填膺地给他的班主任李明凯老师写了这样的话：

老师，之所以出现这样的情况，我想可能教育模式也有一定问题，不然孩子们为什么有集体厌学的征兆呢？作为家长，我很忧虑。如今，孩子们发育得早，懂的事情和道理也比较多且广，也非常崇尚自由，太禁锢的教育往往适得其反。试想把一套适合高中学生的教育理论用在一群十三四岁的少年身上，这的确缺乏理智。家长更希望孩子们快乐无忧地学习，能像热爱父母和家乡一样热爱学校！真诚建议校方能够顾及到孩子们期待快乐和自由的心灵！给他们一方充满爱和知识的天空。

当然，这则长消息并未得到及时而中肯的回复，我想李明凯老师可能太忙，或者他已经在暗地里嘲笑一个过分溺爱孩子的母亲的迂腐了。不管怎样，我勇敢地为姚小泰伸张过正义，即使这种努力毫无意义。但毕竟，一个做母亲的总归可以获得一丝心安理得的自我慰藉。

姚小泰从来不会按部就班地将某项计划进行到底，所以，我并没有逼着他写暑期计划。他每天会在我上班后欣欣然起床，而就在我离开房间时他还假装睡得酣甜。我想，他一定在我渐行渐远的脚步声里快乐得浑身打战，或者憋不住从喉咙迸射出愉悦的笑声。他已经是个讲卫生的孩子了，所以我不怀疑他在洗漱这件优雅的事情上捣鬼。至于早餐，冰箱里有冷冻的三全凌小馄饨和三生缘手抓饼，那完全可以对付一下肚子，再说，他早在上小学四年级时就学会煮方便面，并且，他能将荷包蛋做得完好无损。

有一天中午时分，我没能忍耐住那炽热而顽固的冲动，那冲动来自一个母亲迫切想窥探进入青春期的关于儿子隐私的愿望。尽管我知道这对一个一贯信任自己母亲的孩子来说极为不公。也许因此愚蠢一举，我试图与他建立的朋友关系会遭遇不同凡响的重创，如果说得严重一点，即在之后漫长的光阴里，他不愿也不能再信任这个世界上唯一有充分理由宣称无私爱他的女人。虽然利害关系醒目而惨烈地摆在那儿，但我性格里的神经质分子偏偏像受热分解的高氯酸铵迅速扩散，以至于我根本无法操控那一刻近乎野蛮的思想和行动。从他舒展而放松的表情可以推断，他已经进入深度睡眠。一小绺细细的口水正沿着他的嘴角向下滑动，它在耳根处拐了弯而径直滑向脖颈。趁着他熟睡的当儿，我点开他的 QQ 对话框，啊，那时，我竟然没有萌生丝毫罪恶感！这实在令人不可思议。照理说公民保护自己隐私的权利生而平等，我不能因为自己的母亲身份而强硬剥夺。我之所以这样鲁莽，是因为我从姚小泰近期表现的种种迹象推断出肯定在他身上发生了一些什么。比如，他格外在意穿着，即使冒着被数落的危险，他也要从坑人的专卖店里挑选自己喜欢的衣物，而对那些和家庭经济水平相当的超市卖场的中下层次的衣物往往不屑一顾；他对那些不约而至地长在嘴边和下巴的小胡子表现出极端厌恶的态度，甚至，他试图网购脱毛膏以清除掉那些不雅之物；他对照镜子摆酷这件事也表现得乐此不疲，有时候，他也会盯着镜子里的自己满意地笑笑……为此，我近乎肯定地得出结论——姚小泰恋爱了！而这多么骇人！——他还是个十四岁少年！我从姚小泰与一个网名叫“可可洛”的女孩子的聊天记录中证实了之前的担忧绝非空穴来风。在那十几个对话回合里，姚小泰亲切地称呼“可可洛”为妹妹，他毫不提防地向她倾诉衷肠。姚小泰告诉她自己喜欢上一个高年级的女孩，但那女孩有心仪的男朋友，但他不想退出，而是想通过努力赢得女孩的青睐。“可可洛”对此大加赞赏，甚至，她给他出了一些歪门邪道但可操性极强的馊主意，其中“武斗”这一项被姚小泰果断地拒绝了，但对于“写一封不下五百字的英文情书”、“七夕节时，要有勇气送她一份‘吃不掉、用不掉、送不掉、扔不掉’的独一无二的礼物”、“录制一段颇具男性魅力的真情告白”这三条建议，姚小泰表示一定慎重考虑。

就在这巨大的不幸突然降临的时候，我的心竟然出奇的平静，那本应该迅速占据我内心的焦虑、恐慌、愤怒等情绪反常地表现出一副偃旗息鼓姿态。我的儿子姚小泰——那个刚刚步入青春期的少年，他正陷入一场单相思的泥淖之中。我仿佛看到他手足无措地奋力挣扎，他的小心脏在每晚熄灯后的狂热跳动，他在意外邂逅她时表现出来的胆怯和矛盾……而一个被划定为“局外人”身份的母亲能做些什么呢？我强烈而真切地怜悯他的处境，爱情的荷尔蒙已经毫不手软地朝我的儿子发起了进攻，显然，他还没做好准备！姚小泰早在一年前就向我关闭了心扉，如今，我只能像可怜的流浪者一般在那条通往他心扉的小径上徘徊，要想破扉而入，简直难比登天。而这多么残酷！我几乎来不及焦虑、恐慌、愤怒。我必须想个万全之策以拯救他脱离险境，尽管他可能感觉良好地沉溺其中。

“对不起啊，儿子。”我在说出这句话的时候，窗外那无穷的暗灰色的天幕中正斜斜地飘荡密集的雨丝，雨丝细得柔软而轻佻。几只麻雀叽喳着飞向空中，旋即又飞了回来。这是一个适宜聊天的好天气。

那时姚小泰已经醒了，他正在看资中筠先生写的《美国十讲》。从姿态和神情判断，他还未进入深度阅读境界，因为他总要时不时地挠挠头或朝外张望。所以我的话刚一出口，他立刻就将目光从《美国十讲》移到我的脸上，他怔怔地看着我，有点丈二和尚摸不着脑袋的迷茫。短短的两秒之后，他又将目光移回到《美国十讲》，但显然比刚才还心不在焉。

“有点儿莫名其妙啊，妈妈？”他又抬起头看了我一眼，这次，他的目光没再离开。在这样的对视里，我有点心悸，但我还是决定将憋在心里的一切向他和盘托出。

“请先接受妈妈的道歉，妈妈知道那么做不合适，但妈妈还是没能忍住！”说这句话的时候我一直盯着他。所有的存在物如果没有被虚伪蒙蔽的话，它们会毫不犹豫地证明我的真诚和爱意。真的，对待一个陷入迷茫的青春期孩子，他那一向开明的母亲怎么忍心横加指责呢？要知道，摧残一颗心比抚平一颗心困难得多！

“怎么了妈妈？”姚小泰显得有些紧张，他脸上的一抹绯红迅速扩散开去，之后又变得惨白，像是预感到了什么。

“妈妈想变成一个人，嗯——”我确认有必要向他敞开心扉后接着说，“妈妈想做儿子的‘可可洛’，可以吗？”

“可可洛？哦——！”姚小泰仿佛恍然明白了什么，他将头深深地低下去，再低下去，恨不得能凭空从我面前消失似的。

刚才还柔和的雨丝突然间增大了不少，像一根根倔强的金属丝从一望无际的灰暗里插将下来，大有将这世界搅扰得千疮百孔之势。

“你喜欢的女孩子漂亮吗？成绩好吗？市区的还是下县的？”开门见山也许比遮遮掩掩来得痛快一些。

“妈妈！”姚小泰用比平时语气高几倍的话语试图制止我，那略带沙哑的声音透露出无助和恐惧，“妈妈，您脑袋是不是被老鼠啃了洞了？”像任何犯错的人在证据未收集充分之前试图抵赖那样，姚小泰突然恢复了镇静。

“你摸摸，妈妈这儿有个包，拳头这么大，真的，你摸摸。”我拉过姚小泰的一只手放到我左耳上方五厘米处，那儿确实有一个来历不明的大包。

“妈妈，你真坏！”姚小泰羞赧地笑了笑，之后，他又将头深深地低下去以避免和我的目光接触。我厌恶这种犯了错的孩子惯有的懦弱样儿，但，一个刚刚步入青春期的心智明显稚嫩的家伙，你还指望他能摆出一副怎样练达老成的姿态呢？

“比我预感的来得早了些，儿子，妈妈不怪你。或早或晚，每个人都会拥有关于青春期的一份最真实也最难忘的回忆。而现在，很不幸，你中招儿了！

妈妈想帮你，你信吗？”我不假思索地讲出这些话，并非卑鄙无耻地以求博得姚小泰的信任，说实话，我从心底怜悯他的处境。初次恋爱带给人心灵和肉体的巨大震颤是无可描摹、难能替代的，甚至这巨大的震颤里面包容着莫名的自卑、失落、伤感、恐慌，而现在，我的儿子就处在这样的泥淖中。如果一个妈妈对此置若罔闻，或者，她采取中国式家长惯有的野蛮姿态，那事情的结果未必朝着顺遂人意的境况发展。

“你能帮我什么？”姚小泰将原本噘着的嘴放平，他脸上的恐惧成分早被我的诚心驱散了，而现在，他期待我能够向他奉献好的招数。

“稳保住当前的名次，这是其一；第二，利用好每周一次的篮球特色班，要知道灌篮高手的魅力简直所向披靡、锐不可当哦；第三，加强自身修养，比如诚心、爱心、上进心、孝心等；第四，第四？第四嘛……”由于一时想不起来第四的内容，我只好冲姚小泰尴尬地笑了笑，以求获得谅解。

“妈妈，你今天惊着我了！比窗户外面的响雷更雷人！我谨遵圣命！绝不违逆！”姚小泰无比感激地看了我一眼，他试图钻入我的怀抱，但我用右手将他趴伏过来的身体挡住了。

“妈妈——”姚小泰拖着长音责怪我。

“呵呵，儿子长大喽！”我无比爱怜地在他的脸上抚摸了一下，他讨厌别人摸脑袋，所以，我只得将爱抚停留在他脸上。

“不长大该有多好啊！”姚小泰望向窗外，浩渺的暗灰色天空里依旧垂着倔强的金属丝一般的雨帘，这雨丝毫没有停的迹象，就像开始于姚小泰心中的那份微妙而纯正的苦涩情感。

40

暑期结束得有些匆忙，作为母亲，我与姚小泰之间的友谊重建工作显然还未取得突破性进展，仅仅是凭着一点杂糅着母爱成分的小聪明和能言善道的好口才将那扇紧闭的门撬开了一道小缝而已。虽然姚小泰口头上表达了对我的信任，但我确信他心中那扇关得严实的信任之门已经很难毫无顾忌地朝我敞开。这样的推断完全能够从他的日常表现寻觅到印证，比如，他再也不会不谨慎地在退出 QQ 之前去忙别的事情，即使有相约到趣园玩乐的同学在楼底下焦躁地大声呼喊他的名字；在暑期作业要求写的十五篇日记中，博美犬“妞妞”出现的频率最高，其次是几个男同学的名字，再其次是远在农村的外公、外婆，至于含辛茹苦养育他成人的妈妈，他则选择了屏蔽；偶尔谈心时，他总是表现出一副心不在焉的模样，或者说话时干脆闪烁其词地避重就轻……也许这是母子关系发展中的一种常态，但我不知道自己为什么近乎偏执地不满足于单纯的母亲身份，也不知道一个处于成长期的孩子为什么毫不留情地对亲爱的妈妈建立起牢固的防线。姚小泰显然猜透了我的心思，但他就像故意与我作对似的对我的真诚视而不见。我并未采取强攻姿态，因为那样只会适得其反。我相信，再无情的岁月都不能淹没母亲那颗最深情的心！在遥远的未来，也许是近在咫尺的某一天，那充满温情、理解、忏悔的一天已经朝我们张开了友善的双臂。到那时，隔阂、防御、怀疑……类似这样的不美好的杂念都将消失，我们将互为彼此最最值得信赖和托付的朋友……

开学后前两个大周的小测试表明姚小泰并未像我担忧的那样乱了方寸，的确，在临返校前，他向我信誓旦旦地保证过要稳保当前名次，并且会认真履行我提供的那三条策略。看来，那在我意念中纯属“泥淖”的“小把戏”倒帮了他一把——世上到底没有完全绝对的事情。不管怎样，我在姚小泰身上悬着的那颗心可以暂时躲到风景秀美处休憩一下。

从去年二月下旬叔叔脑血栓住院至今已经过去一年零七个月，其间，我曾无数次试探着做父亲的工作。最初的几次，往往在我刚刚提起“大伯”这个称呼时，父亲就陷于怒不可遏的痛苦之中，他以粗暴的态度强硬地命令我停止，仿佛我正手捧盐巴强硬地按在他那永远都裸露着血丝的伤口上。后来的几次，在我还未开口之前，但试图展开进攻的气氛正在铺就之时，我的父亲往往就以一种近乎魔幻式的洞察力察觉了这一切。这时，他就果断地结束当前正在进行的谈话而起身外出。最后，我的老父亲干脆避免了和我进行时间长一些的交谈，他残忍地将父女之间的交流限制在见面时的寒暄和离开时的道别。照理说，时间这剂良药应该会渐渐抚平父亲心头的那块创伤，但不是所有的创伤都是时间能够治疗的，父亲表现出的强硬态度使我有充分理由不再相信时间的万能性。

叔叔也隔三岔五到我家来，他拖着尚在恢复期的病腿坐在被磨得光溜但依然厚实的门槛上，有时候坐在一个掉漆的小板凳上，有时候坐在至少有六十年历史的土炕沿儿上，他试图用细如虫吟的声音与固执而暴躁的老哥哥进行沟通。叔叔的温和脾性在西庄是得到公认的，即使遭逢最使人不能忍受的委屈，他都能和颜悦色地晓之以理。在父亲面前，他一直是个无能而卑微的存在。每当他壮着胆子将话题引到与大伯的关系上时，当然，在表达和好的愿望之初，他总是絮絮叨叨地诉说在那灾难频仍、穷困潦倒的年代，兄弟们相互帮扶的点滴小事。父亲感觉到叔叔的迂回战术幼稚而可笑，为此，他多次毫不客气地将叔叔正小心翼翼的讲述打断。“老三哪，你要实在没话说，就去篦子上拿个肉包子占住嘴巴，你二嫂调的馅儿香得很呢！”叔叔意识到谈话不能正常进行，如果强而行之，父亲就会反感，由反感导致激动，而激动则会引起血液沸腾，进而引发一系列悲剧性的后果。所以，他只好识趣地将目光锁定到大竹条篦子上，在那儿，他总能发现比当前的话题美好得多的食物，有时候是韭菜肉的包子，有时候是暄腾腾的香油花卷，有时候是撒着葱花的又香又薄的大油饼……

有一次，叔叔意外地免去那些前奏，即他不再从兄弟们相互帮扶的小事上说起，而是直奔主题。据母亲的精确回忆，那是初春时分的一个傍晚，叔叔坐在门槛上不耐烦地撩逗那只前来串门的小狸猫，父亲坐在炕沿儿上端着一碗水时不时地抿上一口，而母亲正把从山上背回的木柴塞到灶膛里。

“二哥，和大哥不能僵着了！咱们去看看吧，七十三、八十四都是坎儿哪！大哥正好七十三，他都躺了十几天了，听说水米不进，人瘦成了麻秆儿。”在毫无征兆的情况下，叔叔以比往常要大好几个分贝的声音将上面那句话字正腔圆地说出来。尽管叔叔撺掇弟兄们和好的愿望十分强烈，但作为弟弟，他还不敢命令性格耿直、脾气暴躁的哥哥。但那一天，叔叔的表现简直令人吃惊。

“这么说，你去看过了？你去看过那个人了？”父亲将碗放在靠墙根的条几上，那是已去世多年的爷爷留下的老古董，紫红或棕黑的漆面斑斑驳驳，不规则的裂缝随意延伸，像大旱后蔓延在土地上的那些横七竖八的纹路。父亲的语气不太友好，甚至有点咄咄逼人。他揣摩着叔叔在没征得他同意的情况下私自去看望过大伯了，而这举动无疑是对他的权威和信任的巨大挑战。

“没有，我没有去看他。我想……”叔叔感知了父亲的责怪，但那堆积在喉头的话容不得他犹豫，此时兄弟情分显然占了上风，“我想还是咱们老哥俩一起去比较好，你说呢？”在完整地表述完这句话之后，他好不容易积攒起来的胆量一瞬间就散得没了踪影，他的声音又恢复了往常那细如虫吟的绵软。

“要去你自己去吧！好了伤疤忘了疼的软骨头，哼，看来你都忘了，我还没忘呢！”父亲愤恨恨地端起盛着水的白瓷碗，又重重地将它放下，好像黯淡在记忆中那些被辱骂的场面又清晰地在他脑海中铺展开来，而那些场面刀子般刺着他的心。

一些水被那股愤怒的力量从白瓷碗里震动出来，它们恨不得变成带刺的刀子飞向那个发出细如虫吟腔调的懦夫。您瞧，叔叔那张枯黄干瘪的脸上掀起了涟漪般的隐秘红晕，那些由于恐惧抑或羞愧而迫不及待涌现出来的浅薄之物虽然在刹那间便消散得毫无踪影，但这已经激起了父亲的强烈不满。叔叔显然没有意识到自己的哥哥已经练就了一副铁石心肠，在利益和尊严面前，那个一向耷拉着黑脸、被人冠以“正直”之名的人已经发生了质变，他根本无暇顾及亲哥哥那条挣扎在地狱门外的性命。叔叔继续以那绵软得近乎悲怆的声音试图说服眼前的这块巨石。

“可大哥没多少日子了，可能是肠癌。咱们弟兄们怎么也得见一面吧，二哥，你说呢？”叔叔在遭到拒绝之后并未灰心，而是以商榷的语气再次恳求。

“他是你大哥，但早就不是我大哥了！你要是不落忍，你尽管去看啊，关我啥事呢？但别想攀着我，别想！我死都不去看一眼！”父亲再次严词拒绝了叔叔的请求。在他看来，那个躺在病床上奄奄一息的一母同胞的亲大哥俨然变成了陌生人。尽管那陌生人表达过忏悔，他迫切希望能在赶赴天国之前握一握弟弟们的手，或者看他们一眼，哪怕仅仅几分钟也好啊。

“唉，他真的没多少日子了，他瘦成了木柴棍儿，他可怜哪！”叔叔只管小声咕哝着，他已经不奢望父亲在他的恳求下能改变主意，从而决定与他一同前去看望那个被疾病打败的亲人。他将目光转向母亲，试图从这个善良而理性的女人身上得到一星半点的支持。但母亲并不接叔叔的目光，母亲深知凭着与父亲在四十余年的打打闹闹中积累的认识，即便是她动用了最极端的招数，也未必能使得那过分自私且死要面子的家伙回心转意。所以，在叔叔将目光投过来时，她慢条斯理地长时间低着头往灶膛里面添一些细小的干柴，她以此逃避叔叔寄托在她身上的期许。

“二哥，你要是真的不愿去，就随你吧。我得去，不管你咋看我，我得去看看他，毕竟，我住院时，他去看过我。”叔叔在眼见得劝服无望的情况下坚决表了态，这多少有点出乎父母亲的意料。叔叔一向是个毫无主见之人，若依照常态，在得不到父亲准许的条件下，他万不敢自作主张。但那一天，亲情似乎战胜了依附性和软骨病。

“那是你自己的事，你自己做主啊，礼尚往来嘛！”父亲不冷不热地回了一句。他说话时将先前的嗔怪和鄙夷滤了去，这让一向没有主张的叔叔好受了许多。

之后，他们在逐渐恢复的和谐气氛里又谈了新近发生的大小事件：垴儿峪村的一户人家在翻车事故中死了婆婆、儿媳和孙子三个人，而孙子是花了八万元买来的，刚刚一周半多一点；胖婶家的女婿在帮人施工时被掉下的钢钎砸烂了下体，胖婶夫妻俩撺掇着雅致离婚，但雅致和遭难的丈夫不离不弃，为此已经三个月不回娘家了；寡妇丹菊在守寡五年后嫁到邻村，后夫是个憨实能干的人，他答应给丹菊十九岁的儿子盖房娶亲……在弥漫着浓浓柴烟味儿的和谐气氛中，母亲将暖瓶舀满，又把淘好的米下锅。

就在那次谈话后的第五天夜里，大伯在深不可测的黑暗中孤独地咽下了最后一口气。见过他遗容的本家人在描述的时候，对大伯那两道紧锁的眉毛表达了无比痛心的遗憾，他们深知那并不仅仅表达了疾病造成的剧痛，更表达了临死前得不到亲兄弟谅解的悲哀。为此，他们在到我家试图说服父亲参加伯父葬礼时毫不客气地指责了父亲的狭隘和狠心，但父亲对伯父的死表现得很木然。为了将一贯强硬的态度贯彻到底，父亲最终没有在大庭广众之下看一眼那躺在棺椁里等待谅解的可怜人。

母亲在近几天才透露出一个出乎任何人意料的真相，那是个既使人惊诧又使人欣慰的真相：当伯父的棺椁停在搭在当街的那挂满白条挂的灵棚里面时，父亲表现得非常焦躁，他一句话也不说，只是蹲在墙根下一口接一口地抽烟，时不时地从嗓子里迸发出沉闷而奇怪的声音。“起灵喽——乡亲们靠前喽——”当管事儿的长者拖着沉痛而悠长的声音宣告送别大伯的时候，父亲霍地站了起来，就好像有一股超自然的神秘力量催促他一般，但随即又蹲下去，又霍地站了起来，又蹲下去……如此反复，一直到送葬的哭声、鞭炮声、唢呐声消失在村郊的旷野里。吃罢晚饭，父亲在夜色的笼罩下一声不吭地出了门。母亲已经从父亲在白天的表现中窥到了异常，她迈着轻步悄悄地尾随在后，直到眼看着父亲往通向老坟的小路走去时方才折回。父亲一夜未归，母亲一夜未眠。凌晨，父亲拖着疲倦的身子回到家。他那张像遭逢了苦难的黑脸上有眼泪滑过的痕迹，眼神也透露着无限悲痛。

“去坟上了？”母亲有点明知故问，但她总得对这个平生第一次彻夜不归的男人象征性地盘问一下。

“嗯，在那儿待了会儿。还好，坟头很正，冲着北边山脊，山代表着人丁兴旺，他那一门儿会越来越好的。”父亲说，“我算是赎罪了，但愿他地下有知，唉——我真是个混账！就为了那点坡地和面子……”

待大伯一家人从失去亲人的悲伤中稍微缓过神来，父亲主动找到家族里的长辈进行调节，他表示愿意将小桃沟的一半坡地让与堂哥，并且亲自起草了措辞严谨的赠予合同。虽然，已经被伤害得体无完肤的亲情不可能在短时间内和好如初，但毕竟，父亲这一举动无疑使可能更为漫长的修复期变得短暂。

最近几个月，全家人鲜有二弟的消息，他就像失踪在幽深暗夜里的微光一样，无奈而决绝地逃离了白日的关照。即使在忙于收获的金秋八月，他都没能赶回来贡献一份劳力。父母亲的思儿之苦一时得不到缓解，他们沉浸在无限的焦躁和绝望之中。

“打电话让他回来吧，反正他可能闲着。”我的提议刚从喉咙蹦出来，父亲便焦躁地将那只短粗皲裂的右手使劲地摆了摆。我看到从他脸上掠过一层暗灰色的无奈和痛楚，尽管那无奈和痛楚迅速消失，但还是强烈而深重地撞击到了我的心。

“不用不用，根本不用。”父亲愤愤地吐出一口携带着怨气的唾沫，很不巧，也许因为角度不对，那口唾沫落在他自个儿的脚面上。那时，他正坐在灶台边柴堆旁的小板凳上。他麻利地抽出一截细柴，那是一截在连年大旱中死掉的核桃树的枝杈。他用它将脚面上的唾沫扒拉掉，看得出，他满脸的厌恶情绪由于得不到排解越发显得浓墨般深重。

“好歹也是个壮劳力，不用白不用。”我小声嘟囔。事实上，我也惦记那善于撒谎又不爱劳动的年轻人：他有没有一项新的工作占据时间；口直而刁蛮的小姨子会不会给他白眼；他会不会遭到丈母娘的数落；他与磨合期的妻子相处得是否融洽；他知不知道给怀孕的妻子放一些优美和谐的音乐……

“白用也不用，哼！不回来也好，回来倒添了闹心！”说完话，父亲便将一大沓化肥袋子夹在胳膊底下，顺势拿起一把挂在木橛子上的镰刀出了门。

那些生长在距离村子不太近的小片土地和有着一定倾斜度的山坡上的玉米、板栗、核桃及其他农作物，在亲戚和雇工的帮助下都得到了妥善安置。所有人都付出了卓绝的劳动，但二弟始终像消失在幽深暗夜里的幽光一样毫无踪影。这让沉浸在辛劳和思念中的两位老人苦不堪言。

十一月底，天气暖和得有点儿反常。西庄沉浸在一派宁静的慵懒之中，紧靠大路的墙根下偎着几位袖着手打盹儿的老人，父亲也在其中。他时不时地朝着路的转弯处张望。突然，从他倦怠而干枯的眼中现出一层光亮……我的二弟——那个曾经的浪荡子，他携着怀抱婴儿的妻子出现在大路转弯处……